TOMMY
WIERINGA

SANTA
RITA

Roman

Aus dem Niederländischen
von Bettina Bach

Carl Hanser Verlag

Die niederländische Originalausgabe erschien 2017
unter dem Titel *De heilige Rita* bei Bezige Bij in Amsterdam.

1. Auflage 2019

ISBN 978-3-446-26391-8

Umschlag: Peter-Andreas Hassiepen, München
Motiv: plainpicture/Karin Broekhuijsen –
aus der Kollektion Rauschen
Satz: Satz für Satz, Wangen im Allgäu
Druck und Bindung: CPI books GmbH, Leck
Printed in Germany

FSC
www.fsc.org
MIX
Papier aus verantwortungsvollen Quellen
FSC® C083411

Für meinen Vater, den Nassesser,

und für Marinus

I

Paul Krüzen spuckte in die Hände, packte den Griff und hob die Axt über den Kopf. Das Holzstück auf dem Hackklotz spaltete sich, zersplitterte aber nicht. Vögel, die in den Bäumen Schutz vor der Nacht gesucht hatten, flüchteten sich in die Dämmerung. Wild zwitschernde Amseln schossen durchs Unterholz. Paul ließ die Axt erneut niedersausen, wieder und wieder, bis das Stück Eiche entzweibrach. Danach wurde es einfacher. Die Stücke stoben nur so herum. Holzschnipsel überall, Lichtflecken auf dem Waldboden. Die Axt die Arbeit machen lassen, so hatte er es vor langer Zeit von seinem Vater gelernt, doch ihm machte es Spaß, Kraft auszuüben.

Ein paar blasse Sterne zeigten sich am Himmel. Viel weiter unten, auf der Lichtung im Wald, schwenkte der Dämon seine Axt. Er ließ sie knallen wie eine Peitsche. Holzscheite wirbelten durch die Luft. Die Buchen ringsum, kräftig und glatt wie Jungenarme, erschauderten von der Gewalt.

Das war sein Leben, er legte Holz hin und spaltete es. Das Hemd klebte ihm am Körper. Stiche im unteren Rücken. Jeder Hieb ein Treffer. Das tat er schon sehr lange, alles mit wohlüberlegter, beherrschter Eile. Der Schweiß, die Schmerzen mussten sein.

Er fuhr sich mit dem Deoroller über die Achseln und schlüpfte in ein frisch gewaschenes kariertes Hemd. »Ich mach los«, sagte er zu seinem Vater, der im Lampenlicht las.

Der Abend war kühl, ein Hauch von Staudensellerie lag über dem Gras. Er fuhr mit offenem Fenster ins Dorf. Drei hohe Bremsschwellen gab es an der Straße. Schwellen und Kreisel sind ein Zeichen für Fortschritt, für eine erhöhte Lebensgeschwindigkeit, die ausgebremst werden muss, auch in Mariënveen, wo sich am Wochenende ab und zu junge Kerle totfuhren. Alle paar Jahre saß Paul dann kerzengerade im Bett von dem Schlag, den Sirenen und dem Jaulen der Kettensäge kurz darauf; der gespenstische Widerschein auf den Eichen in der Kurve. Am nächsten Morgen sah er dann, dass wieder mal einer was von der Rinde abgenagt hatte. In den letzten Jahren stellten die Angehörigen manchmal Blumen und Fotos auf.

Paul hielt vor Hedwiges Geerdinks Haus. Er klingelte und setzte sich wieder ins Auto, ließ die Tür offen. Er hatte keine Gedanken. Anfang Juni, der letzte Rest Licht am westlichen Horizont. Dann setzte sich Hedwiges neben ihn. »Guten Abend alle Mann«, sagte er mit seiner hohen Stimme. Zwei Stimmen hatte sein Freund, man wusste nie, welche es werden würde: seine hohe Piepsstimme oder die tiefe, heisere Bruststimme. Wer es zum ersten Mal hörte, für den zerfiel er schlagartig in zwei Menschen: den hohen Hedwiges und den tiefen Hedwiges. Bakkers Hedwig, wie er im Dorf genannt wurde. Mäuschen Piep.

Paul zog die Beine ein, schlug die Tür zu und fuhr ins Dorf.

Bei Shu Dynasty, ehemals Bar-Feestzaal Kottink, stand Laurens Steggink mit einem Unbekannten am Billardtisch.

»Manner«, grußte er.

Paul setzte sich ans Kopfende der Theke in die holzverkleidete Nische. Er hatte gern Rückendeckung, wie ein Cowboy, damit er alle sah, die reinkamen. Hedwiges setzte sich auf den Barhocker neben ihm. Das Radio stand zwischen zwei Sendern, auf Rauschwellen erklang *Die Sonne geht unter in Texas.*

Mama Shu sagte »Hallo, Paul« und »hallo, Hedwig« und stellte eine Flasche Grolsch vor Paul und ein Glas Cola vor Hedwiges. Der Piratensender bedankte sich bei Imbissbuden, Lohnunternehmen, Sägewerken und Abrissfirmen für ihre Unterstützung. Paul wusste, wo er untergebracht war, in einer Scheune hinten beim Tien Ellenweg; manchmal war das dumpfe Bassdröhnen im weiten Umkreis zu hören.

Steggink beugte sich vor und spähte am Queue entlang. Er ließ sich Zeit. Er spielte gut Billard. Im Wehrdienst gelernt, in den langen, leeren Stunden im Mannschaftsheim in Seedorf.

Paul Krüzen war mit Hedwiges Geerdink und Laurens Steggink in eine Klasse gegangen.

Einmal hatten Steggink und er sich im Wald einen Unterschlupf gebaut, um dort zu schlafen. Sie grillten tiefgefrorene Frikadellen an einem qualmenden Lagerfeuer und breiteten ihre Schlafsäcke aus, doch als es dunkel wurde, schreckte Paul vor einer Nacht inmitten von Spinnen und Mauerasseln zurück und radelte nach Hause. Steggink blieb allein da. Er hatte keine Angst im Dunkeln.

Die Freundschaft ging vorüber; Pauls Abneigung gegen Stegginks Streiche und Geschichten, aber auch gegen den fettigen Pferdeschwanz in seinem Nacken war immer größer geworden.

An Theo Abbinks dreiundzwanzigstem Geburtstag hatte Steggink den drei Kätzchen von Theos Freundin den Hals umgedreht und sie auf die Weide geschleudert. Seine Verteidigung: Er sei betrunken gewesen und könne Katzen nicht leiden.

Das Schweigen zwischen ihnen hatte fast zwanzig Jahre gedauert.

Als Steggink eines Tages verurteilt worden war, weil er in der Scheune der Eltern seiner Verlobten Marihuana angebaut und im Internet betrogen hatte, wunderte das Paul nicht. Niemand eigentlich. Das war vorhersehbar gewesen. Laurens Steggink hatte keine Biographie, er hatte ein Vorstrafenregister. Seine Ex machte sich seinetwegen immer noch in die Hose.

Nach der Freilassung hatte er seine Geschäfte hinter die Grenze verlegt. In einer ehemaligen Druckerei in einem mickrigen Industriegebiet bei Stattau leitete er einen Puff mit Frauen aus allen Ländern der Welt, Club Pascha. Dort thronte der lange Kerl auf einem Barhocker mit einem Glas Sprudel vor sich und seinem Handy am Ohr. Nichts entging ihm. Aber heute war Montag, und montags war das Pascha geschlossen.

Paul fuhr manchmal rüber, in der Hoffnung, eine seiner Herzensdamen anzutreffen, die maßlose Thong aus Bangkok oder lieber noch die mütterliche Rita aus Quezon. Wer glaubt, dass es keine Liebe geben kann, wenn man dafür bezahlen muss, kennt ihre glühenden Herzen nicht.

Dumpf schlug die Kugel an die lange Bande, schrammte die gelbe und traf voll auf die rote. Ein satter Klang, fand Paul, ein mit Kraft und Vertrauen ausgeführter Treffer. Noch zweimal legte Steggink an, bevor er vorbeitraf. Der andere wählte seine Position, sein Gesicht erschien unter der Lampe.

Blasse Augen, bestimmt ein Pole, der geduckte Körper

schwer von Schweineschmalz und Eisbein. Manchmal kamen sie zu Paul auf den Hof, die Mareks und Wojciechs, an denen war nicht viel zu verdienen. Aber es gab Ausnahmen. Den Händler aus Wroclaw zum Beispiel, der ihm ein wahres Wunder gezeigt hatte: einen ganzen Kofferraum voll russischer Sommeruniformen aus dem Ersten Weltkrieg, noch mit den Orden dran.

Der Pole stieß zu. Die Kugeln hüpften übers Tuch.

Scheu kamen die Hennies rein und setzten sich an die Theke. Sie beugten sich über ihr neues Handy, das Display warf eine blaue Glut auf ihre Gesichter. Nach einer Weile sah die weibliche Hennie auf und fragte: »Dein Vater, Paul?«

Paul wedelte mit der Hand. Wozu noch mal erzählen, wie er die Wunde am Schienbein seines Vaters, die einfach nicht verheilen wollte, täglich desinfizierte? Demnächst müssten sie mal wieder ins Krankenhaus.

Neunundvierzig Jahre waren sie jetzt einer im Leben des anderen, sein Vater und er. Eines Tages in nicht allzu ferner Zukunft würde er allein in dem altsächsischen Bauernhaus in Muldershoek zurückbleiben und in Kauzigkeit und Selbstgespräche verfallen.

Die Billarduhr summte. Steggink nahm eine Fünfzig-Cent-Münze vom Stapel auf der Uhr und warf sie in den Schlitz an der Seite.

Die Hennies beugten sich wieder über ihr neues Sony Xperia. Wozu man es mit Sozialhilfe alles bringen kann. Zu Hause lagen ihre Kleinen im Bett. Man weiß nicht, ob es gut ist, wenn solche Leute sich fortpflanzen, aber das Unheil war schon geschehen; unbeaufsichtigt von jedweder Instanz hatten sie ihr Unglück zweimal vermehrt.

Mit Theo Abbink und Alfons Oliemuller war die Runde von Einzelgängern kurze Zeit später komplett. Aschenbecher kamen auf die Theke. Das Rauchverbot war noch nicht bis hierher vorgedrungen. Bevor es in Mariënveen ankam, hatte das Gesetz viel an Kraft und Glanz eingebüßt.

Als der kleine Berg Münzen auf der Billarduhr verbraucht war, schraubten Steggink und der Unbekannte wie Auftragskiller die Billardstöcke auseinander und räumten die Hälften wieder in ihre Tragetasche.

Jetzt war die Theke bis zum letzten Platz besetzt. Alfons Oliemuller schaute dem männlichen Hennie über die Schulter und sagte: »Dafür brauchst du 4G. In Kloosterzand haben sie 4G, hier wird das nix.« Und weiter ging das Gespräch, über die Biegbarkeit des neuen iPhone und den Produktionsfehler beim Akku des Galaxy Note. Es brach ab, als Steggink seinen Arm wie ein Schwert in die Runde schob. Alle schwiegen verblüfft, als hätte er eine Handvoll Trümpfe auf den Tisch gelegt.

»Wasn das?«, fragte Oliemuller.

»Wofür hältst du es denn?«

Oliemuller nahm ihm das Smartphone aus der Hand und drehte es um. »Gresso«, las er vor.

»Made in Russland«, sagte Steggink und grinste den unbekannten Polen an.

Obszön glänzend lag das Ding in Oliemullers Hand. Alle bestaunten es, wie sie auch Stegginks Ferrari bestaunt hatten, als er das erste Mal damit vorgefahren war. Wie Tagelöhner an einem Sandweg, die ein Automobil hätten vorbeibrausen sehen. Wenn er gehupt hätte, wären sie auf die Knie gefallen und hätten sich bekreuzigt.

Stegginks blutroter Ferrari Testarossa, sein Sonnenwagen –

so gut durfte es niemand haben. Schon gar nicht einer wie sie, ein Junge aus der Zouavenstraat, den sie hatten fallen und aufstehen sehen, fallen und aufstehen, den ganzen Weg dahin, wo er jetzt war.

»Bisschen kleines Display, finde ich«, sagte Oliemuller schließlich.

»Saphir«, sagte Steggink. »Und die Verschalung, die ist aus Gold und afrikanischem Schwarzholz, die Verschalung.«

»Verdammte Scheiße«, brachte Abbink heraus.

Am anderen Ende der Theke legte Paul die Bierflasche an den Mund, ohne den Blick von ihnen abzuwenden. Sein Zeigefinger roch nach verdorbener Zwiebel.

»Gibts kein zweites Mal auf der Welt«, sagte Steggink vergnügt.

»Aber was is denn jetzt mit dem Display?«, fragte Oliemuller.

Steggink schob das Kinn vor. »Was soll damit sein?«

»Na ja«, sagte Oliemuller zögerlich, »es is nicht gerade groß, oder so.«

»*Design* nennt sich das«, erwiderte Steggink knurrig. »Von nem italienischen Herrn, von dem du noch nie im Leben gehört hast.«

Darauf blieb es eine Weile still. Im Radio richtete der Pirat Grüße aus.

»Dass dieser Italiener so auf kleine Displays steht …«, murmelte der männliche Hennie dann erstaunt. Und Theo Abbink sagte fröhlich: »Haste ne Lupe dazugekriegt, Laurens?«

Die Runde brach in Lachen aus, der geschändete Selbstwert war wiederhergestellt.

Im 19. Jahrhundert hatten ihre Vorfahren es zu etwas Grundbesitz gebracht. Ein Stück Land, eine Kuh, ein kleiner Bauernhof. Als die Preise noch nicht im Keller waren, hatten die letzten beiden Generationen alles wieder verkauft, was ihre Vorigen mühsam zusammengekratzt hatten, und waren in den Neubau gezogen. Erneut wurden sie landlose Bauern und schielten mit kleinen, habsüchtigen Äuglein bei den Nachbarn rein, weil sie ihren eigenen Wohlstand bis ins Detail mit dem der anderen verglichen.

Ming, die erwachsene Tochter der Shus, schlappte in Flipflops hinter die Theke und unterhielt sich unbekümmert in gebrochenem Englisch mit dem Fremden. Als Paul aufschnappte, dass er ein Russe war und kein Pole, knurrte er missbilligend. Russen, die konnte er nicht ausstehen, weder hier noch in den All-inclusive-Resorts in Thailand oder auf den Philippinen, wo er jedes Jahr für ein paar Wochen mit Hedwiges hinfuhr.

Mama Shu wischte übers Display ihres Handys. Mit tausend feinen Fäden hing sie an einem fernen Land. Ihr Körper war hier, doch ihre Gedanken waren in einer verrußten Millionenstadt im Südwesten Chinas. Über einen Anschlag in Chengdu wusste sie früher Bescheid als über einen Autounfall hier in der Straße.

Der Russe, der sich anfangs ruhig verhalten hatte, rief immer lauter »Heya, Mutti!«, wenn er ein Bier wollte. Als der männliche Hennie ihm auf die Schulter schlug und »Sa gollandskorusskuju drushbu!« sagte, wussten alle, dass sie an diesem Abend im Shu Dynasty eine slawische Trunkenheit erleben würden, die damit endete, dass die gesamte Familie Shu aus den Schwingtüren kam, um den großen Russen an die Luft zu befördern.

Paul stellte sich darauf ein. Man darf nichts verpassen, will sich aber raushalten. Neben ihm meckerte Hedwiges über eine Sendung von RTV Oost, er hatte sich nur das Wort »Schrumpfregion« gemerkt. Ein gutes Wort, fand Hedwiges, es passe genau zu dem Tempo, in dem sich der Kundenstamm seines Lädchens ausdünne. »Einer nach dem anderen stirbt mir weg. Letzte Woche noch Ullie.«

»Ullie?«, fragte Paul unwillig.

»Von Tonnie. Mittwoch ist die Beerdigung. Bald bleibt mir keiner mehr übrig.«

»Bist doch sowieso längst Millionär, Hedwig!«, tönte da die weibliche Hennie.

Hedwiges zwinkerte, als hätte man ihm die Brille weggenommen. Ob er sich eigentlich rasiert, schoss es Paul durch den Kopf. Von ihren Urlauben konnte er sich nicht daran erinnern. Vielleicht hatte er gar keinen Bartwuchs. Seine Wangen waren glatt und bleich wie Wachs.

»Wie jetzt, Hedwig?«, fragte Steggink, die Ellbogen auf der Theke abgestützt, eine Bierflasche in seinen großen Händen, »biste Millionär?«

In einer seltenen Anwandlung von Trotz reckte Hedwiges das Kinn und machte sich lang. Er krähte: »Aber hallo bin ich Millionär.« Dann nickte er, schnaubte und sagte mit seiner hohen Stimme: »Locker. Sonst noch was?«

Ein kaum merkliches Stocken der Zeit. Dann kam das Leben mit nervösem Gelächter wieder in Gang. Bakkers Hedwig Millionär, es konnte sogar stimmen, sie alle kannten Geschichten von knickrigen Bauern, die sich nach ihrem Tod als steinreich rausgestellt hatten. Hedwiges passte ins Profil. Immer mit der Hand auf der Tasche, wenn man es sich recht überlegte –

er gab drei Euro aus, wenn Paul dreißig ausgab. Bestellte immer nur eine halbe Portion Babi Pangang oder Nasi Goreng, stibitzte Paul aber das Hühnchen vom Teller.

Steggink zuckte die Achseln. »Prima Sache, oder?« Er sah sich um. »Dieser Hedwig aber auch.«

»Dumm«, sagte Paul leise.

»Wenn es aber so is, fang ich doch nicht an zu lügen?«, sagte Hedwiges schrill.

Paul schüttelte den Kopf. Sich klein machen, das hatte er ihm schon öfter gesagt, immer kleiner und dümmer wirken als die anderen. Nix haben und nix können, das waren sie gewohnt, damit konnten sie umgehen. Aber für Hedwiges Johannes Geerdink war das kein solcher Abend, er wollte mal aus seiner rauen, blassen Haut raus und die Zweifel genießen, die er gesät hatte. Hedwiges, der *Mil-lio-när*, aber hallo!

Paul sah es daran, wie er das Glas zum Mund führte und versuchte zu trinken wie ein Mann. Irgendwo in seinem Innern lag ein kleiner Testosteronspeicher verborgen, und auf den griff er jetzt zu. Natürlich hatte Hedwiges Geld wie Heu, doch er lebte wie eine Kirchenmaus, in ständiger Sorge, alles zu verlieren und mittellos zu sterben. Deshalb tat er schon mal so, als besäße er nichts, gar nichts.

Er hatte Land verkauft, wusste Paul, hier und da was, und hinter De Steenkoele sogar mehrere Hektar für den Neubau. Land war Gold wert, und Hedwiges besaß eine unbekannte Menge, seit 1911 Cent für Cent zusammengespart mit Scheffeln von Buchweizen und Bohnen im Kaufmannsladen am Bunderweg.

Und jetzt wussten alle davon.

2

Paul Krüzens Mutter war die Tochter des letzten Schmieds am Ort. Seine Schmiede hatte gegenüber der Kirche gelegen, am Anfang des Bunderwegs, wo später, in den goldenen Zeiten im Bau, ein weiß verputztes Versicherungsbüro errichtet wurde. Der Schmied Mans Klein Haarhuis war wettergegerbt wie ein sizilianischer Fischer, doch seine beiden Töchter waren perlweiße Kinder von Mariënveen. Sein Sohn Gerard, der jüngste, gedrungen und mit einem Schopf dunklen, welligen Haars, sah ihm da schon ähnlicher.

Es waren die Schwestern Klein Haarhuis gewesen, die an einem wolkenverhangenen Tag 1955 über den Bunderweg nach Kloosterzand radelten. Marion und Alice nahmen die kleine Brücke über den Molenbeek, ohne den Jungen zu bemerken, der unten am Bach ihrem fröhlichen Geplapper lauschte. Kaum waren sie vorbei, kletterte er zur Straße hoch und sah ihnen nach, bis sie außer Sicht waren. Er pflückte alle Blumen am Bach, die er auf die Schnelle fand, Schwertlilien, Schlüsselblumen und ein paar letzte, vertrocknete Holunderblütendolden, und legte sie auf die Straße, als er sie von weitem zurückkommen sah. Mit klopfendem Herzen versteckte er sich hinter einem Baum. Als sie die Brücke überquert hatten, donnerte eben ein feuerwehrroter McCormick vorbei – die Mädchen konnten gerade noch stehen bleiben und schnaubten dem Traktor entrüstet hinterher.

Mit sechsundzwanzig Jahren heiratete Alois Krüzen dann Alice Klein Haarhuis. Rundlich, frisch und in der Blüte ihrer späten Jugend kam sie über die grauen Steinfliesen zum Altar, am Arm des Schmiedes in seinem Sonntagsstaat, der seine ergrauenden Locken mühsam mit Brylcreem gebändigt hatte. Vierschrötig und mürrisch sollte er gleich das Schönste weggeben, was er besaß. Ihr schleppendes, gut verständliches »Ja« kurz darauf, das genauso gut hörbar ein paar Herzen in der Kirche brach. Die vollendete Tatsache – Alice war hinter der eisenbeschlagenen Tür des Sakraments verschwunden, und sie konnten nur noch auf Ehebruch hoffen.

Es war ein Gotteswunder, dass Alice Klein Haarhuis ihm, Alois Krüzen, zuteilgeworden war, was, wie allgemein angenommen wurde, nur daran lag, dass sie keinen Bauern heiraten wollte. Alois hatte das Lehrerseminar in der Stadt besucht und war als Volksschullehrer zurückgekehrt. Ein Drinnenmann mit festem Einkommen, besser gings nicht. So war Alois Krüzen zu seiner Frau gekommen, und keiner konnte sich den Gedanken an falsches Spiel verkneifen.

Auf die Hochzeitsreise fuhren sie mit dem Wagen seines Schwiegervaters, dem ersten Automatikauto im Dorf, ein nagelneuer 2,6 Liter Opel Kapitän, weil Mans Klein Haarhuis ein paar Wochen vorher eine Runde um Alois' Lloyd Alexander TS gedreht und gesagt hatte: »Damit kannst du doch nicht dein Herzblatt rumkutschieren.«

Sie glitten über die Straße wie ein Kanu durchs Wasser, sechs Zylinder verrichteten lautlos ihre Arbeit. Ihre Hand lag auf seinem Oberschenkel, so still, als hätte sie Alois vergessen. Von Graphit war der tiefe Himmel, grün wie am ersten Tag der Erde.

Nachdem sie bei Zutphen die Ijssel überquert hatten, veränderte sich die Landschaft. Dunkle Anhöhen in der Ferne, wo das Inlandeis Moränen gebildet hatte. Bleierne Flüsse schlängelten sich durchs Flachland. Je weiter südlich sie kamen, desto schwerer drückte der Stein auf Alois' Brust. Das Schreckliche, das ihnen bevorstand – ein Frontalzusammenstoß würde sie zermalmen, ihr Blut sich auf der Straße mit Öl vermischen …

Es half nichts, sich sein Glück bewusstzumachen – die tolle Frau neben ihm, eine Tasche voller Geld und ein Automatikauto unterm Hintern –, es steckte in ihm.

»Es ist noch weiter, als ich dachte«, sagte Alice zerstreut. Sie starrte durch die Seitenscheibe.

»Immer«, sagte er. Der Stein drückte. Den Lenker gerade halten, defensiv fahren, begreifen, dass man sich nicht entkommen kann.

An diesem Tag aß er zum ersten Mal im Leben in einer Raststätte. Die Bedienung fragte ihn, ob er ein Glas Wein zum Schnitzel mit Kartoffelsalat wolle, und er verfiel in Unentschlossenheit. Erst als er sich erinnerte, dass er auf Hochzeitsreise war, nickte er.

»Und was für einer darfs sein?«

Er verzog das Gesicht und sagte: »Ach, was Sie offen haben.«

Und so wurde es auch der Tag, an dem er erstmals Weißwein trank.

Weil sie noch ein zweites Glas bestellten und sich dann in der Nähe von Nijmegen verfuhren, waren sie erst nach Sonnenuntergang in Mook, wo sie zu ihrem Erstaunen ihr Hotel dunkel und verschlossen antrafen.

Ein Stück weiter fanden sie ein anderes Hotel, ein Landhaus an einem Teich, doch es hatte nur noch ein Zimmer mit zwei Einzelbetten. Die Bar war schon geschlossen.

Alois wartete in seinem Bett, bis sie aus dem Bad kam. Es dauerte lange. Was sie da hinter der geschlossenen Tür machte, war ein Geheimnis, er kannte das Leben der Frauen nicht. Die Betten ließen sich nicht zusammenschieben, weil die Nachttische an der Wand befestigt waren.

Die Tür wurde entriegelt, sie erschien in einer Flut von Licht. Das Seidennachthemd spannte um ihre Brüste und ums Becken, sie glänzte wie ein Fisch. Sie ging zum Bett beim Fenster, schlug die Decke zurück und schlüpfte hinein. Die Sprungfedermatratze quietschte.

Auf dem Rücken liegend wartete er, bis sich seine Vorstellung von diesem Abend offenbarte. Er sehnte sich nach einer Anweisung, etwas, was ihn in Bewegung versetzen würde, doch Alice lag still in ihrem Bett und er mit einem schweren, überflüssigen Körper in seinem. Schritte im Gang, eine Tür, die sich öffnete und wieder schloss.

Woran dachte sie? Was erwartete sie von ihm?

Da erklang leise ihre Stimme. »Komm her.«

Er schlüpfte neben sie und schaltete die Nachttischlampe aus.

»He, hallo«, sagte sie.

Ihr Kuss mit harten Lippen, erstarrt von der Last der Ereignisse. Die Leute, der Pfarrer, das Element der Pflicht.

Nach einer Viertelstunde griff sie über ihn hinweg, schaltete die Lampe wieder an und sagte: »Ich krieg keine Luft so.«

Zurück im eigenen Bett verschränkte er die Arme unter dem Kopf und wurde wieder reglos.

»Gute Nacht«, sagte sie.

»Ja, schlaf gut.«

Am nächsten Morgen machten sie einen Spaziergang auf der Mookerheide. Unbewegt hing die Wolkendecke am Himmel. Er erzählte ihr von der Niederlage Ludwigs und Heinrichs von Nassau gegen die Spanier, hier im Maastal. Über den Tod Tausender Soldaten, die ungeordnete Flucht, davon, wie Unzählige im Sumpf ertranken und dass ihre rastlosen Seelen seither als kleine Lichter über die Heidefelder irrten.

Sie nickte ermutigend, aber zerstreut.

»Das ist mein Fach, Geschichte«, sagte er entschuldigend.

Nach dem Mittagessen zogen sie sich in ihr Zimmer zurück, um sich auszuruhen. Er nickte schon ein, als sie sich zu ihm legte. Ihre Kleider raschelten. Sie paarten sich im grauen Mittagslicht, mit weit offenen Augen.

Amsterdam war die zweite Station ihrer Hochzeitsreise. Sie stiegen im Hotel Neutraal am Damrak ab. Plastikvorhänge am Fenster, Tapete, die sich ablöste. Sie lachten sich kaputt, weil alles so verschlissen war.

Es war warm und sonnig geworden, sie gingen hinaus. Sie versuchten so zu bummeln, als hätten sie ein Recht auf diese Stadt, die auch ihre Hauptstadt war, doch die langhaarigen jungen Männer und die auf der Straße rauchenden jungen Frauen schüchterten sie ein; die Atmosphäre lachlustiger Provokation, die sie verbreiteten. Das alles machte ihnen klar, wohin sie gehörten. Landeier waren sie, denen die Augen aus dem Kopf fielen beim Anblick all dessen, wovon sie in ihrem fernen abgelegenen Winkel des Landes gehört und gelesen hatten. Ein kleines Land, aber gemessen an den Unterschieden zwischen Zentrum und Peripherie hatte es die Größe eines Erdteils.

Waren sie wirklich erst vier Tage von zu Hause weg?

Das Allerseltsamste waren die Schwarzen, die sie auf der Straße sahen. Alois drehte sich nach ihnen um. Wo sie herkamen, Alice und er, gab es keine Schwarzen, so jemand hatte sich noch nie blicken lassen. Vielleicht war so einer im Urwald geboren, in einem Dorf aus Palmhütten am Ufer des Maroni oder des Corantijn. Und jetzt lief er da rum, der schwarze Mann, in der Hauptstadt des Königreichs der Niederlande, ein Fremder wie er selbst, nur war es an seiner dunklen Haut viel deutlicher zu erkennen.

In einem Rundfahrtboot der Reederei P. Kooij fuhren sie durch die Grachten. Atemlos vor Bewunderung betrachtete Alois die Grachtenhäuser und Speicher aus dem siebzehnten Jahrhundert. Groß waren die Häuser, noch größer war der Ruhm des Goldenen Zeitalters. Unerschrocken die Seefahrer, schlau die Kaufleute und Bankiers. Sie hatten Steine zu Städten gestapelt, und im Schatten ihrer Paläste liefen heute diese Provos rum und die Nozems und wie sie alle hießen. Geschichte gab es für sie nicht, sie waren Anfang und Ende zugleich, die Zeit vor ihnen musste zerstört werden, und nach ihnen die Sintflut. Alois bewunderte sie und fürchtete sie; in der Zeitung nannte man sie eine Geschwulst, die weggeschnitten, weggebrannt werden musste – der Pranger sei noch zu gut dafür. So wurde über sie geschrieben, und Alois hatte zwar eine instinktive Abneigung vor jeder Form von Neuerungssucht, aber trotzdem wusste er, solche Kommentare konnten nur von ängstlichen Männern am Ende ihrer Herrschaft stammen.

Sie fuhren aufs Ij. Er sah seine frisch angetraute Frau an und versuchte sich ein Leben hier in der Stadt vorzustellen, inmitten all dieser Menschen. Er könnte hier unterrichten, die Schüler würden sich über seinen Dialekt lustig machen. Er könnte sich anders kleiden und sich den Bräuchen anpassen, doch es bliebe eine Maskerade. Und Alice? Alice würde von Dichtern im Stillen bewundert, sie wäre die Geliebte von Künstlern – eine Muse wäre sie, eine Muse mit dem Akzent des Ostens, den man bei ihr für exotisch hielte und nicht für bäuerlich.

Der Hauptbahnhof glitt vorbei, sie passierten den östlichen Handelshafen, die Inseln und Lagerhäuser, die nach fernen Kontinenten benannt waren. Aus der ganzen Welt waren mit Reichtümern beladene Frachtschiffe aufs Ij gefahren. Vielleicht war es nicht immer anständig zugegangen, dachte Alois, aber sie hatten ihre Sache gut hingekriegt, von ihrem kleinen Flecken auf der Erdkugel aus. Sie hatten sich einen Namen gemacht, der in allen Windrichtungen gehört wurde. In der Genesis wurde vor menschlichem Hochmut gewarnt, doch der Holländer war hochmütig und gottesfürchtig zugleich, und er wurde mit allen Reichtümern der Welt belohnt.

So träumte Alois Krüzen, die funkelnde Spiegelung des Wassers in den Augen, und sehnte sich nach einer anderen Zeit als der seinen.

Am zweiten Abend in Amsterdam betraten sie in einer Anwandlung von Übermut ein Spielcasino im Halvemaansteeg. Als er von der Theke wiederkam, stand sie an einem Roulettetisch. Ohne hinzusehen, nahm sie ihm das Glas mit süßem Weißwein aus der Hand, sagte: »Ich habs raus, glaub ich.« Die Kugel drehte sich im Kreis, der Zylinder wurde immer langsamer, dann blieb die Kugel in einem roten Fach liegen. Auf der anderen Seite des Tisches sog ein Chinese Luft durch die Mundwinkel. Erneut warf der Croupier die Kugel in den Kessel, eine alte Dame und der Chinese schoben Jetonstapel über die Felder auf dem Tisch.

»Frau Krüzen«, sagte er warnend, als er vom Wechselschalter zurückkam. Sie setzte, versuchte, mit dem Blick die Kugel auf ihrer Reise entlang der schwarzen und roten Fächer zu lenken. Sie verlor, gewann, verlor wieder und wieder. »Das macht Spaß«, seufzte sie. »Jetzt müssen wir nur noch gewinnen.«

»Pech im Spiel, Glück in der Liebe«, sagte Alois, doch sie hörte ihn schon nicht mehr.

Eine Stunde später standen sie wieder draußen. Die Amstel hatte ihren Glanz verloren, dunkel glitt das Wasser unter den Brücken hin. Sie schwiegen. Als hätten sie das Geld in den Wind geschlagen, Zehner und Fünfundzwanziger aus den Umschlägen der Hochzeitsgäste. Hundertfünfzig Gulden hatten sie verspielt. Es machte nichts, sagten sie sich, sie hatten noch genug, aber schade war es trotzdem.

»Morgen hab ich mehr Glück«, sagte sie, dann sah sie seinen Schrecken und fügte hinzu: »Entschuldigung, war nicht witzig.«

Als er in einer Kneipe am Leidseplein mit zwei Gläsern in der Hand von der Bar zurückkam, fragte sie: »Du willst mich wohl betrunken machen?«

»Je nachdem.«

»Vielleicht tanze ich dann auf den Tischen, das weißt du doch nicht.«

Er grinste. »Dann mal los.«

Dort, in dieser Kneipe, erzählte er ihr zum ersten Mal von den plattgefahrenen Blumen auf dem Bunderweg, als er noch mit Klinkersteinen gepflastert war und Traktoren von der Marshall-Hilfe vorbeigerast kamen.

»Aber wenn ich sie gesehen hätte«, fragte Alice erstaunt, »woher hätte ich dann wissen sollen, für wen sie sind?«

»Das hättest du gewusst.«

»Dass sie für Marion sind?«

»Ach, du.«

So soll das sein, dachte er, so wollte er sein, und so wollte er, dass sie war, und er war stolz und glücklich, als er später mit ihr tanzte, in einer Seitenstraße in einem Nachtlokal, wo sich anscheinend alle Schwarzen, die ihnen begegnet waren, versammelt hatten.

Die Band spielte Kaseko und Latin, man trank und lachte. Der Bandleader nickte Alice zu und sagte: »Das nächste Stück ist für ein ganz besonders hübsches Fräulein.« Er verneigte sich leicht. Die Band stimmte ein flottes, fröhliches Lied an, das mit großem Johlen begrüßt wurde. Flink sang der Bandleader: »Du wirst nicht glücklich mit einer schönen Frau. Immer fragst du dich: Ist sie mir treu? Und hältst du sie endlich im Arm, ist auch die Konkurrenz nicht fern ...«

Das Publikum klatschte und sang aus voller Kehle mit, alle kannten das Lied. Alice lächelte verlegen, Alois wippte mechanisch im Takt. Dutzende Männer sahen zu seiner Frau hin, sie hatten Alkohol intus und weiß Gott was sonst noch, und er verfluchte den Moment, als Alice und er das Nachtlokal betreten hatten. Sie waren die einzigen Weißen hier, außer dem Pianisten, dem Bassisten und zwei weiteren Paaren. Er sah Hände, die sich ihr aus dem Dunkel entgegenstreckten, nach ihr griffen, sich um ihren Mund und ihre Brüste legten, unter ihren Rock wanderten und sie hinter sich herzogen, und er, der versprochen hatte, für sie zu sorgen und sie zu beschützen, stand wie angewurzelt da. Er schrak aus seiner Erstarrung auf, beugte sich etwas vor, um seine Erektion zu verbergen. Langsam wich er zurück, bis er sich an die Wand lehnen konnte. Geniert und entzückt zugleich tanzte Alice inmitten des aufgepeitschten Negerstamms.

Er sehnte sich nach Hause.

Diese Nacht, die Stadt hinter den Vorhängen. Nicht ein Mann war er, er war alle Männer. Ihre Augen glänzten im Dunkeln wie die eines Kalbs. Er stützte sich mit den Fäusten auf die Matratze und nahm sie in Besitz. Ihr offener Mund, der Wein in ihrem Atem. So war es noch nicht gewesen. Die glückselige Gespanntheit unten an seinem Schwanz. Ihr Körper, der sich wie ein Bogen spannte.

Fünf oder sechs Minuten, das war die Dauer seiner Herrschaft.

Ob sie daran denkt, fragte er sich beim Frühstück. An ihren Atem neben seinem Ohr, an das Glitzernde zwischen ihren Beinen? Sie hatten nur so wenig Erfahrung, und die Ehe schien nicht dazu angetan, sie sich anzueignen. Ihre Blicke streiften einander. Die Zukunft wirkte düster, aussichtslos.

Er schaute auf seinen Teller.

Sie sah auf ihn, auf die Gründlichkeit, mit der er die Butter verstrich. Sein Messer, das langsam über den Toast schabte. Nach einer Weile fragte sie: »Geht es auch schneller?«

Er schüttelte den Kopf.

»Aber Obst nimmst du keins mehr, oder?«, fragte sie spöttisch.

Da sprach er es aus: »Ich will wieder nach Hause.«

Sie sah ihn an, sollte das ein Witz sein?

Er schüttelte den Kopf. »Das war schon immer so. Ich kann nicht lange wegbleiben.«

»Was denn, Alois, hast du etwa Heimweh?«

Der weite Weg des Messers zur Butterdose und wieder zurück.

»In Amsterdam?«

»Ich zähle die Tage.«

»Wie viele sind es noch?«

»Drei«, kam es wie aus der Pistole geschossen.

Es blieb lange still. Dann sagte sie: »Aber das ist doch unsere Hochzeitsreise.«

»Ich weiß.«

»Ein Mal. Nur ein Mal im Leben.«

Er nickte. Das Messer zerbrach den Toast, schnitt ihn nicht durch.

Er hörte, wie sie versuchte, den Hohn in ihrer Stimme zu verbergen, als sie sagte: »Dann hätten wir besser nach Bad Bentheim fahren sollen, oder so.«

Erneut nickte er. »Ja. Das ist nicht so weit weg, ja.«

Sie schwiegen.

»So ist das eben«, sagte er nach einer Weile.

»Hättest du das nicht früher sagen können – ich meine, dann hätten wir …«

»Es war mir nicht klar. Nicht so.« Er holte tief Luft. »Ich möchte wirklich gern nach Hause.«

Sie nickte. »Natürlich fahren wir zurück. Ich hätte es nur gern vorher gewusst.«

3

Halb vier Uhr morgens. Das Kind atmete, es schrie, sie nannten es Paul Thomas Krüzen. In seinem Leben als Erwachsener würde er in den Zeitungen und Zeitschriften immer das Horoskop mit dem Krebs darüber suchen, oft auch dargestellt als ♋, den Astrologen zufolge das fürsorgliche Tierkreiszeichen, sensibel unter seinem Panzer. Regelmäßig las er von der großen Liebe, die ihn erwarte, oder dass er auf Familienzuwachs hoffen dürfe, doch es sah ganz danach aus, als würde sein Familienzweig mit ihm aussterben.

Sein Vater hatte sich mehrere Kinder gewünscht, vielleicht eher eine Vorsichtsmaßnahme als reine Vaterliebe. »Schließlich wohnen wir an einer viel befahrenen Straße.«

Seine Mutter darauf: »Solange du sie austrägst.«

Auf krummen Beinchen tappte der Kleine seiner Mutter durchs ganze Haus hinterher. Manchmal stolperte sie über ihn.

»*Mensch* … Paul!«

Vormittags machte sie den Haushalt, mit ihm im Schlepptau. Das Laufen habe er nur gelernt, meinte Alois, um ihr besser hinterherzukommen.

»Mama«, hatte Paul eines Tages gesagt und auf den Boden gezeigt. »Die Sonne.«

Im frühen Morgenlicht sah sie einen Staubfleck auf dem Boden und drum herum Wischspuren, wie Sonnenstrahlen. Sie fand es poetisch. Das Versprechen einer besonderen Begabung.

In den ersten Schuljahren kam er nicht gut mit. Blutarmut, behauptete seine Mutter, doch wenn er später überhaupt mal an seine Kindheit zurückdachte, glaubte er, dass er die ersten Jahre in unfestem Aggregatzustand verbracht hatte. Flüssiges Plasma, noch ohne Form. Erst später im Leben hatte er den Zustand festen Stoffs angenommen.

Wo seine Mutter auch hinging, überall tauchte er auf, manchmal machte sie das so verrückt, dass sie ihm eine knallte. Er zitterte vor Dankbarkeit, wenn die Hand, die zugeschlagen hatte, ihn wenig später wieder streichelte. Wie ein kleiner Hund ließ er das nagende Schuldgefühl in ihren Umarmungen über sich ergehen.

Eines Nachmittags erzählte sie ihrer Schwester davon. »Von morgens bis abends klebt er an mir. Ich kann keinen Schritt ohne ihn gehen.«

»Du verwöhnst ihn zu sehr«, sagte Marion.

Eine Falte erschien über Alices Nase. »Gar nichts tue ich. Doch, ihn ignorieren. Aber aufs Klo nehme ich ihn nicht mehr mit.«

»Aufs *Klo*?«

Alice nickte. »Das ging mir doch zu weit.«

»Aufs Klo ... «, wiederholte ihre Schwester.

Alice schlug einen anderen Ton an. Verharmlosend: »Ach, so schlimm ist es auch wieder nicht.«

»Hast du noch Süßstoff?«

»Manchmal kann er sich richtig gut allein beschäftigen.«

»Der hier ist alle.«

»Du musst nur schütteln. Feuchtigkeit. Dieses Haus ... «

Marion schüttelte die Schachtel heftig und sagte: »Alles nicht so einfach, oder?«

Alice strich sich eine Strähne aus dem Gesicht. Paul nahm die Bastogne-Kekse vom Tisch.

»Nein, Schätzchen, du hattest schon.«

Im Garten waren unter dem schmelzenden Schnee dunkle Maulwurfshügel zum Vorschein gekommen. Marion sah ihren Neffen zerstreut an.

»Es geht schon«, sagte Alice. Sie hatte das Thema falsch angepackt, merkte sie. Ihre Schwester hatte drei Kinder, jedes das große Los, während es gerade so aussah, als müsste sie sich mit einer Niete zufriedengeben. Umständlich fing sie an, ihren dreijährigen Sohn zu loben – dass er ihr so gut beim Fegen und Kartoffelschälen helfe und dass kein Mann sie je wieder so sehr lieben werde wie er. »Stimmts, kleiner Prinz?« Sie zwickte ihn in die Nase.

Paul strahlte. »Wo ist die Nase jetzt?«, fragte er glücklich.

Sie lächelte ergeben. Mit der Spitze des Daumens zwischen Zeige- und Mittelfinger tippte sie ihm an die Nase. »Da ist sie, du Räuber.«

In der Sauerdornhecke flatterten die letzten Luftschlangen von seinem dritten Geburtstag. Januar, nachmittags halb fünf. Sonst trank sie nie so spät Kaffee.

Ihr Sohn holte das Tierdomino und stellte die Schachtel auf den Tisch. Einen nach dem anderen drehte er die Steine um und schob ihr fünf hin. Sie schüttelte den Kopf. »Ich unterhalte mich gerade mit Tante Marion, Liebling. Und gleich muss ich kochen.«

Erneut ging er weg und kam mit dem Weidenkorb für die Kartoffeln aus dem dunklen Flur zur Deele zurück.

Marion stand auf, die Lippen zu einem Lächeln verzogen. »Schwierig, ja. Ich sehe schon.«

Schwer drückte das Ziegeldach auf das Haus, die Fenster lagen dicht unter der auskragenden Dachkante. Wenn es draußen dämmerte, war es innen schon dunkel; an trüben Tagen wurde es gar nicht hell. Früher war es ein stolzes, dreischiffiges, altsächsisches Gehöft, doch ein Vorfahre hatte, als es ihm schlecht ging, die Seitenschiffe abreißen und nur den Mittelteil stehen lassen. Vorn bei der Einfahrt war das hohe, abgerundete doppelflügelige Tor zu der Deele, in der früher das Vieh gestanden hatte, dahinter wohnten die Menschen. Die Deele hatte ihren Zweck verloren und sich nach und nach mit ausrangierten Geräten gefüllt. Flach geschliffene Bentheimer Mahlsteine, ein Heuwender, eine Weidetränke – das Archiv der Misserfolge des Geschlechts Krüzen.

Mit acht Jahren war Paul einmal durch den dunklen Flur gegangen, der das Wohnhaus mit der Waschküche und der Deele verband. Er nahm den Schlüssel vom Nagel im Türpfosten und trat ein. Im großen Raum roch es nach altem Stroh. Er bewegte sich vorsichtig, als fürchtete er, jemanden aus dem Schlaf zu wecken. Die Rinnen waren mit Gehwegplatten abgedeckt. Er dachte an die warmen Kuhleiber, die hier früher gestanden hatten, an das Klappern an den Futterraufen und das Schlabbern an den gusseisernen Tränkebecken, und sehnte sich vage nach einer Zeit lange vor seiner Geburt zurück. Die feuchte Wärme unter den Balken voller Spinnweben, der säuerliche Geruch des Silofutters. Er streifte herum zwischen Reifenstapeln und abgeschriebenen Maschinen, deren Funktion er nicht kannte. Seine Schläfe schrammte gegen die rostige Zinke des Heuwenders; Blut an der Hand, als er darüberwischte. Die Ritzen der schmutzigen Stallfenster waren mit Papierknäueln abgedichtet, die Luft in der Deele stand still.

Er kletterte die Holzleiter zum Heuboden hoch. Als seine Augen sich an die Dämmerung gewöhnt hatten, sah er Haufen halb vermoderten Heus vor einer Trennwand. Sie rochen scharf nach Schimmel. Der Dachboden war zweigeteilt; der größte Teil lag hinter der Trennwand, in die eine alte Stalltür eingesetzt worden war, er erstreckte sich über die ganze Länge des Wohnhauses. Die Tür war fest verschlossen, der Riegel ließ sich kein bisschen bewegen. Der Raum, in den er hineinwollte, musste riesig sein, und mit einem Mal fürchtete er sich vor dem, was hinter der Tür lag; seine Aufregung verfärbte sich in eisige Angst. Sein Rütteln am Schloss – unsanft hatte er etwas aus dem Schlaf geweckt und nun näherte es sich der Tür. Er drehte sich um, fiel rücklings zu Boden, rappelte sich wieder auf und rutschte die Leiter hinab.

»Was ist das denn?«, fragte seine Mutter kurz danach. Sie zog ihn zu sich heran, um sich die Schramme beim Auge genau anzusehen. »Was hast du da auch zu suchen! Er hätte das längst aufräumen sollen ...«

Das Haus gehörte ihnen beiden, seiner Mutter und ihm. Am Nachmittag gesellte sich ein dritter Bewohner dazu, der mit seinem Statistendasein offenbar zufrieden war. Der Statist schien nicht das Bedürfnis zu haben, sich einzumischen, ohne ihn lief alles wie geschmiert. Er benahm sich wie ein vorbildlicher Kostgänger, trug die festen Ausgaben, gab das, was von seinem Gehalt übrig blieb, für die Einkäufe ab und versuchte an einem Nachmittag mal, seinem Sohn den Spannschuss beizubringen.

Fast fünfzig Jahre wohnten sie jetzt in Muldershoek, Paul und sein Vater Alois, aber von den ersten acht Jahren hatte Paul kaum eine Erinnerung an ihn. Hatte es ihn davor überhaupt gegeben? Aus der Frühzeit gab es allenfalls ein paar Eindrücke, nichts, was den Namen Erinnerung verdiente. Weder Name noch Form. Das Krampfadergeflecht auf der dünnen Haut an seinen Füßen, der Geruch nach Tabakrauch auf dem Klo, vermischt mit dem von Kacke. Noch weiter zurück lag das Geräusch seiner beim Gehen aneinanderreibenden Hosenbeine – und so waren da Bild, Klang und sogar Geruch, doch sie weigerten sich, zu einem Mann zu verschmelzen. Wie Rauch waberte der Vater durch seine früheste Kindheit.

Erst als Paul ihn eines Tages aus dem Maisfeld kommen sah, lärmend und einen Unbekannten an den Beinen hinter sich herschleifend, entstand eine fest umrissene Erinnerung an seinen Vater – Hochsommer, überbelichtet, alles war klar zu sehen.

4

Der Nachmittag, an dem sein Vater in sein Leben getaumelt war – das Laub am Waldrand bauschte sich schwanger und der Futtermais auf den Eschfluren stand hoch. Zuerst hatte es einen Mordsschlag getan, irgendwo draußen, und Paul rannte raus in der Hoffnung, ein Meteorit sei eingeschlagen. Dort, in dem Maisfeld, das an ihr Land grenzte, dröhnte etwas, bewegte sich etwas heftig; die Zuckungen eines Monsters, das Stampfen eines Pferdes – genau, ein Pferd würde die grüne Mauer durchbrechen, ein schweißglänzendes Wildpferd mit Schaum vor dem Maul; die von der Gewalt seines schweren Körpers krachenden Maisstängel kündigten es an, gleich könnte er es sehen, hoch wie eine Mauer, schnaubend und mit hervorquellenden Augen –, doch aus dem Mais kam kein Pferd, sondern ein Körper, bestehend aus zwei Männern; sein Vater, der einen anderen an den Beinen hinter sich herschleifte, einen Toten mit blutverschmiertem Gesicht, nun wuchtete er ihn über den Erdwall zwischen ihrem Land und dem von Voorthuis. Sein Vater ließ die Beine des Mannes los und legte ihm die Arme um die Brust, so hob er ihn über die Grundstücksgrenze. Als er Paul sah, brach es aus ihm heraus: »Deine Mutter, ruf Montizaan an!«

Paul starrte ihn an.

»Mach!«, schnauzte sein Vater, der noch nie laut geworden war.

Paul flog über die Wiese und rannte ins Haus, doch statt den Hausarzt anzurufen, stürmte seine Mutter nach draußen, wo ihr Mann einen anderen Mann durchs Gras schleifte und verzweifelt rief: »Ruft doch Montizaan an, verdammt.«

Das wusste Paul später zu berichten: dass sein Vater kurz davor noch mit dem Küchensieb in der Hand im Gemüsegarten gestanden hatte und Brechbohnen pflückte. In der Ferne hörte er einen stotternden Flugzeugmotor, der verstummte und knatternd wieder ansprang. Der Vater suchte den Himmel über den Pappeln ab und wandte sich gerade wieder den Bohnenstangen zu, als es einen lauten Schlag tat. Ein Schaudern ging durch die Bäume und das Gras. Sein Vater ließ das Küchensieb fallen, rannte zum Haus. *Ein Loch im Dach, Frau und Kind erdrückt, ein Flugzeug ist vom Himmel gefallen …* Aber nein, beim Haus war alles ruhig. Er rannte unter den Bäumen hindurch zum Bach, dann parallel zum Wasser über den Waldweg hinter dem Haus. Er sprang über Wurzeln und duckte sich unter tief hängenden Zweigen. Bis ganz hintenhin rannte er, ans Ende seines Grundstücks, dort stieg er auf eine Eiche, ein Haselbusch diente ihm als Trittleiter. Höher und höher kletterte er, bis er sein Haus sah, das orangerote Ziegeldach, das über den wuchernden Holunderbüschen aufragte. Er blickte auf das Meer von Mais. Da entdeckte er die Flügelspitze eines Flugzeugs mitten im Esch. Sie ragte aus den braunen Rispen, der letzte Gruß eines sinkenden Schiffs.

Rasend schnell war er wieder auf dem Boden und watete durch den Mais darauf zu. Die scharfen Blätter knackten und rissen ihm die Haut auf, unterwegs zertrat er Pflanzen. *Ein Flugzeug,* kreisten seine Gedanken, *hinterm Haus ist verdammt noch mal ein Flugzeug abgestürzt* … Die Vorahnung einer großen Veränderung. Ihm war leicht übel.

Hechelnd wie ein Hund blieb er am Rand der offenen Stelle stehen. Ein wüstes Durcheinander – zerwühlte Erde, abgebrochene Maisstängel, ein kleiner Doppeldecker, der im Gleitflug die Erde umgepflügt hatte. Seine Nase hatte sich in den Boden gebohrt, der Propeller und der linke Flügel waren zerbrochen. Von der Nähe des Todes überlief es ihn kalt.

Er ging am Schwanz vorbei, der Flieger sah aus, als hätte ihn jemand aus allem zusammengeschraubt, was er in seiner Scheune finden konnte. Die gerissene, hier und da wie ein alter Overall geflickte Stoffbespannung hatte die Farbe eines ausgeblichenen Armeezelts. Das Seitenfenster des Cockpits war blutverschmiert, von nahem sah er den Kopf des Piloten hintenüberhängen.

Alois stieg auf den Flügelansatz und schaute hinein. Das stille, breite, von einer ledernen Fliegermütze umrahmte Gesicht eines Mannes. Seine toten Augen, blassblau wie Schleifen in Mädchenhaar. Dann sah er, dass sich der blutige Speichel zwischen den Lippen bewegte. Ein Schock – *er atmet, er lebt.*

Die Spuckefäden zwischen den trockenen Lippen rissen, als der Mund des Mannes Wörter formte, die er nicht verstand.

»Wasn, biste abgestürzt?«

Kraftlose Wörter hinter Plexiglas, Augen, die sich langsam öffneten und wieder schlossen. Alois rüttelte vergeblich unten an der Kabinenhaube. »Mach auf!«, rief er. »Den da musste aufmachen!« Er zeigte auf den Hebel innen an der Haube. Der Pilot schob den rechten Arm an der Brust vorbei. Der andere hing schlaff hinab. Er wandte den Oberkörper nach links, mit verzerrtem Gesicht, und legte die Hand auf den Hebel.

»Fester!«, rief Alois. »Los, drück fester, verdammt!«

Er stieg ab und fand einen Stein in der zerwühlten Erde, schlug damit die Scheibe ein. Er schob die Hand in die feuchte Wärme dahinter, zog an dem Hebel und öffnete die Haube über dem Kopf des Fliegers. »So, steig aus.«

Der Pilot flüsterte etwas in einer fremden Sprache.

Es war klar, dass er nicht aus eigener Kraft aus dem Flieger käme. Pauls Vater beugte sich über ihn und versuchte ihn rauszuheben, doch der Mann ächzte so jämmerlich, dass er rasch wieder losließ.

Er sah zum Himmel, holte tief Luft. Eine Wolke, grau und flach wie ein Flussstein, hatte sich über ihre Köpfe geschoben. Unten auf der Straße fuhr ein Auto vorbei. Hätte der Fahrer rausgeschaut, hätte er weiter oben auf dem Esch einen Mann aus dem Mais ragen sehen, winkend, um seine Aufmerksamkeit zu erregen, doch er blickte stur auf den Asphalt und verschwand in der Kurve zwischen den Eichen.

»Das wird nix«, murmelte Alois. Über seinem Kopf schmolz ein Schwarm Krähen zu einer schwarzen Schlinge zusammen. Er beugte sich erneut über den Mann, legte ihm die Arme um den Oberkörper und zog ihn vom Sitz. Der Pilot brüllte vor Schmerz und Schreck und fiel in Ohnmacht, als er ihn mit aller Kraft aus dem Flieger schleifte.

Nun lag da ein Fremder auf der zerwühlten Erde, ein Mann von weit her, das hatte Alois inzwischen begriffen. Die Fliegermütze, die altmodische, abgetragene Kleidung – als wäre der Kerl nicht aus einem anderen Land, sondern aus einer anderen Zeit hierhergeflogen. Stumpfe Lederstiefel an den Füßen –

ein Bauer? Ein fliegender Bauer? Ein Pole, dachte Pauls Vater, Polen haben solche hellen Augen. Er zog ihm die Stiefel aus, packte ihn bei den Knöcheln und machte sich zwischen zwei Reihen Mais an den langen Rückweg nach Hause.

5

Hellgelb dösten die Felder um Muldershoek in der Sonne. Feierabend, die Lohnarbeiter waren wieder weg, das Heu war eingeholt. Die waren noch jung, machten sich keinen Kopf. Oder doch, über den Samstagabend, ihren Absturz im *Lindeboom*, aber der Samstagabend war noch so unabsehbar weit entfernt … Hoch oben auf ihren Landmaschinen zogen sie durch das unermessliche Tal der Pflichten; bis sie den hitzigen, lockenden Samstagabend erreicht hätten, wären sie längst vor Langeweile gestorben.

Am Feldsaum, im Schatten des Waldrandes, stand Paul. Er schaute auf das Land von Harry Voorthuis und seinem Sohn, das an ihres grenzte. Zwischen den Bäumen summten Myriaden von Insekten, ein träges, tiefes, von den warmen Junitagen erwecktes Surren.

Vor langer Zeit hatte ihm sein Vater die Stelle gezeigt, wo der Flieger runtergekommen war. Als Paul danach das Feld mit dem Metalldetektor abgesucht hatte, empfing er genau dort starke Signale. Winter, mehrere Schichten durchweichter Erde klebten ihm an den Sohlen. Er grub einen alten Stiefel mit Spikes im Absatz aus und ein Stück weiter ein vermodertes, stark oxidiertes Ding, das ihm nichts sagte. Er kniete sich auf den gepflügten Acker und schabte die festgeklebte Erde mit dem Taschenmesser ab. Die Suchspule lieferte immer weitere Signale. In einem halben Meter Tiefe fand er eine Art Schubkarrenrad mit einem halb vergammelten Gummi drum herum. Sein Herz schlug schneller. Die Vergangenheit – es gab sie, es hatte sie gegeben, und sie war untergegangen, aber er hatte sie ausgegraben. Es stimmte also – der Russe, sein Flugzeug, das, was sich in der Dämmerung seiner frühen Jugend abgespielt hatte und woran er sich nur dumpf erinnerte, wie an einen Traum – jetzt wurden die Konturen schärfer. Mit seinem Fund, so fühlte es sich an, hatte Paul Krüzen doch noch seinen Platz in den Ereignissen eingenommen.

Vor über dreißig Jahren war er hier mit seinem Metalldetektor aufs Feld gegangen – sechzehn oder siebzehn war er damals, und danach hatte er nie mehr etwas Wichtigeres als Stiefel, Kompass und Flugzeugrad gefunden.

Vom Himmel sank jetzt eine Krähe herab, eine große, gesunde Krähe mit einem großen, gesunden Hunger. Sie landete auf dem freien Feld, dicht bei einem verwaisten jungen Hasen, dessen Mutter im Sturm der Landmaschinen verloren gegangen war. Die Krähe machte ein paar wiegende Schritte, blieb stehen und ordnete ihr Gefieder. Von der Seite musterte sie ihre Beute. Das Hasenjunge rannte ein Stück davon und presste sich an den Boden. Noch vor ein paar Stunden hatte das Gras in Bahnen zum Trocknen gelegen, das Junge hätte sich dahinter verstecken können oder in die Haufen kriechen, doch jetzt war die Erde nackt und kahl. Die Krähe hüpfte hinter ihm her. Sie hatte es nicht eilig. Der Hase war klein und der Acker unabsehbar groß; ach, wenn es doch immer so einfach wäre.

Das Hasenjunge machte einen tapferen Ausfall. Kurz bevor es mit der Krähe zusammengestoßen wäre, schlug es einen Haken – die ewige List des Hasen. Die Krähe flatterte rückwärts auf und ruderte sofort wieder mit einigen Flügelschlägen zu ihm zurück. Sie war kein besonders guter Jäger, doch die Zeit arbeitete für sie.

Paul beobachtete den ungleichen Kampf aus der Ferne. Er unterdrückte die Neigung, mit wedelnden Armen aufs Feld zu rennen. Er hatte Gedanken über das Jagen und Gejagtwerden. Unsichtbar blieb er im Schatten der Bäume stehen und mischte sich nicht ein. Alles musste seinen Gang gehen. Im Leben der Tiere, in seinem, dem von Paul Krüzen – mehr Hase als Krähe. Ein einzelgängerisches Beutetier, ein Hasenfuß.

Weit entfernt, am anderen Ende des hohen, gewölbten Ackers fuhr ein Auto. Danach ein Traktor. Man hörte sie noch eine Weile, dann wurde es wieder still. Das gelbe Land und er am Waldrand, sonst nichts. Der tuschelnde Bach dahinten. Er stand ungewöhnlich niedrig für die Jahreszeit. Leise schleppte sich der Wasserlauf durch das Dämmerlicht zwischen den Bäumen. Der Boden war rot vom Ortstein.

Der Hase, so groß wie eine Mädchenhand, gab langsam auf. Zitternd presste er sich an den Boden. Die Zeit war gekommen, und sie bediente sich eines schwarzgewandeten, geschnäbelten Tiers. Das nach einem pickt. Man spürt alles, jeden Säbelhieb, dachte Paul, doch man muss sich abhärten. Man braucht einen starken Panzer, um neutral zu sein. Mit seinem Dolchschnabel hackte der Vogel zu. Paul blinzelte nicht. Man muss seinen Platz in der Nahrungskette kennen, dachte er. Seinen Platz in der Nahrungskette, und sich bewaffnen.

Ein Schwarm Dohlen flog vorüber. Die Krähe duckte sich und warf einen bohrenden Blick in den Himmel, ob Konkurrenz zu befürchten war. Dann machte sie sich wieder ans Werk. Der Widerstand war gebrochen. Vielleicht war das Hasenjunge sogar schon tot, und mit der Beute im Schnabel stieg die Krähe wenig später auf. Sie flog tief über das frisch gemähte Feld, das blass war wie die kahl rasierten Schädel der Neonazis, Paul sah sie manchmal auf Waffenmessen, wo sie, genau wie er, nach den Paraphernalien des letzten großen Krieges suchten, der den Kontinent umgepflügt und ihm ein neues Aussehen verliehen hatte. Outlaws, diese Kerle. Durch die meergrüne Odalrune am Hals oder am Unterarm waren sie für ein Leben am Rand bestimmt. Ein Job als Gabelstaplerfahrer oder Paketsortierer, mehr war für sie nicht drin. Er ging ihnen aus dem Weg, den Typen mit dem flammenden Blick, die von einer anderen Welt träumten als er.

»Bist spät dran«, sagte sein Vater, als er zurückkam.

»Weil du dich so früh an den Tisch gesetzt hast.«

Paul kochte Tee und schmierte seinem Vater ein Leberwurstbrot. Der faltete die Hände und blieb kurz still. So war das: Früher hatte sein Vater für ihn gesorgt, heute sorgte er für seinen Vater. Nach und nach war er nicht nur sein erster Diener geworden, sondern auch sein Pfleger, Koch und Vorkoster. Manchmal, in seinen Tagträumen, warf er Sand auf seinen Sarg und war glücklich.

Der Vater kaute hingebungsvoll. Jeden Bissen siebenunddreißig Mal, wusste Paul, weil es gut sein sollte für die Verdauung, doch wenn er versuchte mitzuzählen, kam er jedes Mal durcheinander.

Immer blasser war das Brot geworden, das sein Vater noch vertrug, immer leichter zu mahlen, bis zu dem pappigen schneeweißen Kastenbrot, das er ihm jetzt kaufte. Paul las in der Verdauung seines Vaters wie die Auguren im Vogelflug. »Du musst mehr trinken«, sagte er, wenn der Stuhl zu hart war. »Und mehr Ballaststoffe essen. Nächste Woche bringe ich dir San-Francisco-Vollkornkekse mit. Die magst du.«

Wer uns sieht, dachte er, kann sich nicht vorstellen, wie es früher war. Er konnte es sich selbst kaum noch vorstellen. In gewisser Hinsicht war alles beim Alten, zwei Männer in einem Haus und ein halbes, lautlos verstrichenes Jahrhundert, doch bei einem anderen Lichteinfall war nichts mehr wie früher.

»Isses gestern wieder spät geworden?«, fragte sein Vater.

»Hab nicht drauf geachtet.«

»Noch was Besonderes?«

Paul dachte an den Russen, schwieg aber. So, wie der legendäre Radrennfahrer Luis Ocaña sich von Bienen hatte stechen lassen, um sich für die Rennen aufzupeppen, hätte man seinen Vater vom Tod auferwecken können, indem man mit ihm über Russen sprach. Besser gesagt: über den einen Russen. Wenn man ihn heute nach ihm fragte, sagte er: »Ich hätte ihn an Ort und Stelle krepieren lassen sollen.«

»Ullie ist tot«, sagte Paul. »Ullie von Tonnie. Hat Hedwiges gesagt.«

Sein Vater schüttelte den Kopf. Seit er nicht mehr mit dem Elektromobil ins Dorf fuhr, weil er einmal mit plattem Akku anderthalb Stunden auf dem Radweg gestanden hatte, drangen kaum mehr Neuigkeiten zu ihm.

Er nickte. »Ullie. Woran?«

»König, Kaiser, Admiral, den Krebs, den kriegen alle mal.«

»Nicht verschreien«, sagte sein Vater und klopfte auf die Tischplatte.

Pauls Gedanken schweiften nach draußen, zu den Tieren auf den Feldern und der Wärme über dem Land. Früher war er ein

Freund der Hasen gewesen. Er hatte die Jäger in seinem Unterschlupf oben in der Eiche belauert, hinten im Wald, wo sein Vater auch das Flugzeug im Mais entdeckt und ihnen seinen ohnmächtigen Hass entgegengeschleudert hatte. Sie trugen Hasen und Ringeltauben am Gürtel, Dohlen und Krähen ließen sie liegen. *Da!* Ein Hase kam aus seinem Versteck. *Lauf, Hase, lauf …* Die Jäger zielten und drückten ab. Zwei, drei dumpfe Schüsse und dahinten der Hase, der strauchelte, sich überschlug und leblos liegen blieb. Im selben Feld gestorben, wo er zur Welt gekommen war, denn der Hase ist kein Reisender.

Die Jäger sagten: *»Een Hasen wil schuoten wäern woa he buorn is«,* und jedes Jahr von neuem dezimierten sie seine Reihen. Sie schossen Hasen, Fasane, Eichelhäher, Ringeltauben, Enten, Krähen und dann und wann einen Fuchs. Finger krümmten sich um die Abzüge, wieder und wieder feuerten sie, Rauch kräuselte sich aus den heißen Läufen, Vögel taumelten vom Himmel, und Patronenhülsen blieben auf dem Feld liegen. Die Hunde jaulten vor hündischem Genuss, ihre Herren wischten sich die blutigen Hände am Hintern ab, und die Sonne und Paul sahen das alles.

6

Sein Name war Anton Rubin, und er war dem Reich des Bösen in einem Agrarflugzeug entkommen. Unter blassen Sternenbändern hatte er schlafende Kasernen und dösende Geschütze überflogen. In einer Höhe von vier-, fünfhundert Fuß, tief genug, um unter dem Radar zu bleiben. Grasende Rehe hatten vielleicht kurz aufgeschaut, Füchse ihr Schnüffeln eingestellt und dem Brummen über ihren Köpfen gelauscht. Vielleicht hatte sogar ein Grenzwächter die Augenbraue hochgezogen, doch die Alarmsirenen hatten geschwiegen.

Mehr noch als die MiGs, die plötzlich neben ihm hätten auftauchen können, fürchtete Rubin die schwarzen Umrisse der Hügel, die er im Mondlicht erahnte. Dann flüchtete er sich auf acht-, neunhundert Fuß, so hoch wie nötig, um ihnen auszuweichen. Wenn da keine Hügel waren, strengte er seine Augen an, um im Dunkeln Kernkraftwerke und Hochspannungsleitungen zu erkennen. Um jeden Preis musste er vermeiden, ein unidentifiziertes Flugobjekt auf einem Radarschirm zu werden, das eine MiG spielerisch vom Himmel gepflückt hätte.

Beinah blind flog Rubin durch die Nacht, nur mit wenigen Bordinstrumenten. Bei schwachem Licht entzifferte er Fahrtmesser, Höhenmesser und Wendezeiger. Weil der Kompass auf der Instrumententafel kaputt war – das Glas war zerbrochen und die Nadel verschwunden –, las er den nordwestlichen Kurs am Armeekompass in seiner Hand ab. Wie gern hätte er einen

Künstlichen Horizont gehabt, doch die waren teuer und man kam nur schwer ran. Mit einem solchen Instrument hätte er sich vergewissern können, wo oben und unten war, denn die vereinzelten Lichter auf der Erde verschmolzen nahtlos mit dem Sternenhimmel, er hätte genauso gut kopfüber fliegen können. Deshalb hatte er auf eine klare Nacht gewartet, wo der Mond seine Bake wäre. Durch die fehlende Thermik verlief der Flug in der Dunkelheit ruhig, die Kukurusnik schnitt durch den glatten Himmel, und trotzdem war Rubin ein einziges, großes überreiztes Sinnesorgan, bang vor jeder Unregelmäßigkeit des Motors. Ein schlagender Zylinder, die Spritzufuhr, die stockte – Anzeichen möglichen Unheils. Am Öl konnte er riechen, ob er den Motor heiß laufen ließ; den Geruch nach verbranntem Öl hätte er unter Tausenden erkannt.

Beim Aufleuchten eines Fensters im Dunkeln da unten schnellte er hoch. Da war Leben, ein Mitmensch – was für ein Zeichen war doch so ein kleines Licht auf der Erde für einen, der allein durch den unermesslichen Himmel zog!

Seine Augen brannten vom Spähen in die Nacht, er rang mit dem Schlaf und schlug sich ins Gesicht, um wach zu bleiben. Er sprach laut Briefe an seine Mutter, seine Schwestern und Freunde, eine hoffnungsvolle Kette von Worten in der Nacht, die ihn umschloss wie die Tiefe des Meeres. Stunde um Stunde flog er über Wälder, Hügel und Flüsse, umringt von Kanistern mit genügend Sprit, um ihn von seinem Dorf Zahublene bis nach Dänemark zu bringen. In Dänemark, hatte er gehört, gab es Menschenrechte, und die Frauen waren aus Butter und Honig. Menschenrechte kann man nicht sehen, sie stehen unsichtbar über den Toren der Institutionen geschrieben, die Frauen dagegen schritten ihm mit ihren langen Beinen durch den Kopf und vertrieben für eine Weile den Schlaf. Auf dem Schirm der Nacht paradierten sie vor ihm, mit breitem Becken und runden Schenkeln, die sich zu schmalen Fesseln verjüngten und von Rubin geküsst werden wollten. »Anton!«, riefen die Frauen. »Anton? Wo bist du? Wir warten schon so lange! Wo bleibst du?«

Bis jetzt war das Glück ihm hold. Wie eine Feder wurde er über den klaren, wolkenlosen Himmel gepustet, genau wie die Wetterkarten es bei seinem Abflug vorhergesagt hatten.

Erleichtert begrüßte er das fahle Licht des Morgens, der bald heller wurde. Die Finsternis verfärbte sich preußischblau, die Sterne verblassten. Die Schatten waren lang, und alles verwandelte sich in flüssiges Gold, die Wälder, Wiesen und Dörfer da unten, eine Empfindung, an die er sich von den Malen erinnerte, als er in aller Frühe aufgestiegen war. Golden glitzerten auch die Wasserläufe in der Tiefe; das Licht schien ihn von hinten über den kalten Himmel zu schieben.

Ein Bad, er sehnte sich so sehr nach einem Bad, um den Angstschweiß der Nacht abzuspülen und die kalten, steifen Muskeln zu lockern.

Seinen Berechnungen zufolge überflog er gerade die DDR; die Gefahr war noch nicht gebannt. Fliehen war Landesverrat, die Kugel oder der Gulag, wo man am Ende der Welt verfaulte, war die Strafe.

Er hätte die Abkürzung über die Ostsee nehmen können, aber er blieb lieber über Land, denn einen Motorschaden oder meteorologische Probleme über dem Meer hätte er nicht überlebt. Über Norddeutschland wollte er nach Dänemark fliegen, mit der Sonne im Rücken, doch gegen neun fiel ihm der Kompass aus der steifen Hand. Er kullerte unter den Sitz oder irgendwo nach hinten, außer Reichweite seiner verzweifelt tastenden Finger. Fluchend verrenkte er sich in alle Richtungen, aber es half nichts. Er hätte landen müssen, um ihn zu finden, wollte aber kein Risiko eingehen. Auf gut Glück flog er weiter und versuchte, anhand der Sonne den nordwestlichen Kurs zu bestimmen.

Im Laufe des Vormittags verdichtete sich die Bebauung und das Straßennetz wurde verschlungener, Sonne funkelte auf Autodächern. Fabrikschornsteine stießen lang gezogene Rauchfahnen aus. Hatte er unbemerkt den Eisernen Vorhang passiert, war das so einfach? Dort unten, das musste Westdeutschland sein, so viele Straßen, Autos und Industrie – mit Sicherheit flog er über der freien Welt!

Doch er war noch nicht in Dänemark, und in Deutschland wollte er nicht bleiben. Er war zwei Jahre vor Hitlers Vormarsch auf Moskau geboren und mit Geschichten über die Grausamkeiten der Deutschen aufgewachsen. Wie die meisten ihrer Generation hatten sein Vater und seine Mutter im Großen Vaterländischen Krieg gedient, und sie sprachen mit Furcht und Verachtung von den Faschisten.

Das Wissen, dass er sich über NATO-Gebiet befand, beunruhigte ihn. Auch deren Düsenjäger hatten es auf kleine Kisten ohne Transponder abgesehen, die keine Antwort gaben auf die Frage, wer sie waren und wo sie herkamen. Er flog so tief, dass er das Vieh erkennen konnte. Hügelige Weiden voller Kühe. Über fünftausend Liter Milch pro Jahr gab jede von ihnen, es war unglaublich, zu welchen Mengen die Genetik sie angespornt hatte.

Die Sonne fiel schräg ins Cockpit, langsam wurde ihm wärmer. Flüsse strömten nach Norden; vor dem Abend müsste er seine Kiste auf den Boden gesetzt haben. Zufällig erblickte er eine Landebahn für Sportflugzeuge, doch er wollte lieber nicht von Deutschen befragt werden, sie hätten ihn für einen Spion aus dem Osten halten können. Der Fritz wusste noch, wie man den Iwan kleinkriegte.

Er aß Brot und trank Kwass. Manchmal nickte er mit offenen Augen ein, verführt von allen möglichen Vorstellungen, die ihn in den Bereich des Traumes lockten – allmählich fielen ihm die Augen zu. Jedes Mal schreckte er rechtzeitig auf. Ein rascher Blick aufs Altimeter – er hatte kaum an Höhe verloren. Er öffnete das Schiebefenster und ließ sich kalte Luft ins Gesicht pusten. Noch eine Stunde, sagte er sich, eine nur, dann hätte er es geschafft. Dänemark konnte nicht mehr weit sein, gleich müsste zu seiner Rechten das Meer auftauchen, diesig und unbestimmt. Er wollte eine Kurve fliegen und sich Dänemark von Südosten nähern. Doch er sah nichts als Städte, Straßen, Felder und Wälder. Kein Meer. Wo war er in drei Teufels Namen?

Den Blick auf die Landschaft da unten geheftet, vergewisserte er sich, dass er auf jeden Fall über einer anderen Welt flog. Einer bunten Welt. Ein Netz von Straßen brachte jeden überall dorthin, wo er hinwollte. Es war unmöglich, dass er immer noch über dem Sowjetreich schwebte, das, ganz egal, wie riesig es war, dennoch irgendwo Grenzen haben musste, an denen es endete.

Er suchte die Erde nach einer kleinen Piste ab. Ein bisschen Zeit hatte er noch. Nun flog er der Sonne entgegen und machte den Hals lang, um in die Zukunft zu sehen. Fünf Uhr nachmittags, und er flog über einer Welt ohne Landebahnen.

7

Früher hatte es in Hedwiges' Laden nach Kartoffeln, Äpfeln und Lauch gerochen, doch als der erste Supermarkt nach Mariënveen gekommen war, hatte er die Frischwaren abgeschafft. Gegen Plus-Sammelmarken konnte Hedwiges nicht ankommen. Waschpulver, Trockenwurst und Tabakwaren waren geblieben. North State, Mantano, Marken, die man im Rest des Landes vergeblich suchte. Hedwiges war weit und breit der Letzte, der noch Saroma verkaufte. Paul ließ den Blick über die Regalbretter schweifen. Oh, Luxusseife, dachte er, oh, Konserven ... Die Kunstrosen in den Vasen oben auf dem Regal hatte noch Hedwiges' Mutter hingestellt. Paul ging lieber beim Plus einkaufen, aber Loyalität war auch was wert. Bakkers Hedwig ... Wenn man sich seine Freunde aussuchen könnte, hätte er ihn nicht gewählt, aber das bestimmte man eben nicht immer selbst.

Seit Urgroßvater Geerdink den Laden Anfang des zwanzigsten Jahrhunderts eröffnet hatte, war er nahezu unverändert geblieben, nur dass Hedwiges die Bohnen und Erbsen längst nicht mehr aus den Holzschütten hinter sich schöpfte. Hülsenfrüchte waren zu einem mustergültigen Gewächs mutiert, das in Uganda oder Vietnam angebaut wurde, doch sie landeten immer noch bei Hedwiges im Regal, in den HAK-Gläsern, die beim Öffnen so schön klickten.

Paul stellte eine Packung San-Francisco-Vollkornkekse auf

die Theke. In dem Flur, der Wohnhaus und Laden verband, erklangen Hedwiges' schleppende Schritte. »Hal-loo, Paulchen«, sagte er mit seiner hohen Stimme und trat ins staubige Nachmittagslicht.

»Na, Millionär.«

Er verzog das Gesicht. »Ach, das vergessen sie wieder.«

»Wollen wir es hoffen.« Paul nahm ein Glas Tomatensauce aus dem Regal. Makkaroni, ein Päckchen geriebener Parmesan. Er kontrollierte das Haltbarkeitsdatum. Es hieß, bei Bakkers Hedwig sei immer alles abgelaufen. Es konnte nicht schaden nachzuschauen.

Hedwiges war um die Ladentheke gegangen, stand jetzt mit verschränkten Armen am Fenster und sah hinaus. War es Gewohnheit, oder lag es am Berufsethos, dass er immer noch den grauen Kaufmannskittel trug?

Auch seine Mutter hatte so am Fenster gestanden, und wahrscheinlich seine Großmutter, wenn sie wartete, bis der Großvater mit dem Pferdewagen zurückkam, mit dem er den Bauern die Einkäufe lieferte. Der Bunderweg war frisch befestigt gewesen, als Hedwiges' Urgroßvater 1911 das Land ein Stück außerhalb des Dorfes gekauft und den Krämerladen eröffnet hatte. Über hundert Jahre später sollte der mit seinem Urenkel an sein Ende kommen, denn wie Paul hatte auch Hedwiges keinen Anhang.

»Was schulde ich dir?«, fragte Paul.

Hedwiges trat hinter die Theke und tippte die Artikel ein. Paul fischte Geld aus der Hosentasche; das Kleingeld lose, das Papiergeld in einer silbernen Scheinklammer. »Heute Abend acht Uhr?«, fragte er.

»Gut.«

Man würde sich nie an seine bescheuerte Stimme gewöhnen. Sie jagte den Leuten Angst ein. Am Wochenende riss ihm die Dorfjugend die Regenrinnen vom Dach. Doppeldeutigkeit war nie gut.

Beim Plus saßen Mädchen an der Kasse, nach denen Paul sich früher nicht umgedreht hätte, aber jetzt waren sie durch ihre Jugend geadelt. Ihre strahlende Haut. Frisch und knackig, genau, wie die Gemüseabteilung versprach. Einige waren stämmig, andere nicht; Paul hatte genug Erfahrung, um zu wissen, dass jede Varietät ihre Vorteile hatte. Von einem unansehnlichen Dickerchen waren manchmal Wunder zu erwarten.

In den späten achtziger Jahren hatte er die Mädchen noch gekannt; er war mit ihnen zur Schule gegangen. Mit der Zeit verschwand eine nach der anderen, ihre Familien forderten sie für sich ein. An ihre Stelle kamen neue Mädchen, oft die Töchter ehemaliger Klassenkameraden; manchmal sagte ihm das Namensschild an ihrer Brust, wie sie hießen.

Er legte Milch, Brot und Hackfleisch aufs Band. Ob er bei der Sparaktion mitmache? Das Mädchen an der Kasse sah ihn freundlich an.

»Warum nicht.«

Sie zählte zwei Marken ab und riss sie von der Rolle. Er steckte sie in die hintere Hosentasche, zahlte und ging aus dem Laden. Als er von draußen reinschaute, war sie schon wieder in die Wunderwelt ihres Galaxy S5 vertieft.

Zu Hause dünstete er eine Zwiebel, briet das Hackfleisch an und mischte die Tomatensauce darunter. Während die köchelte, versorgte er das Bein seines Vaters. Er zog einen Latexhandschuh an, tupfte die Wunde am Schienbein ab und schmierte sie mit Silbersulfadiazin ein. Paul atmete durch den Mund, vom Verwesungsgestank musste er würgen. Ergeben ließ sein Vater die Behandlung über sich ergehen. Beide wussten, was sie erwartete, wenn das Absterben des Gewebes nicht gestoppt wurde. Der Arzt hatte das Wort Amputation noch nicht ausgesprochen, doch es hing schon im Gravitationsfeld ihres Lebens.

Der Vater las die *Tubantia*. Ein Schwung Makkaroni glitt ins dampfende Wasser. Vor langer Zeit hatte Paul den Speiseplan um Pasta und Reis ergänzt, seine Revolte gegen das Kartoffelregime. Dabei aß er Kartoffeln am liebsten, aber trotzdem musste man sich wehren. Sie machten einfältig.

Kurz darauf stellte er Topf und Pfanne auf den Tisch und setzte sich dem Vater gegenüber. Der faltete die Hände. Paul hatte eine frühe Erinnerung an diese Hände im Lampenlicht, noch mit dem Ehering am Finger. Große Hände. Eine genügte, um mühelos beide Handgelenke seines Sohnes zu umfassen. Solche Hände hätte Paul auch haben wollen.

»Der Herr segne diese Mahlzeit, Amen«, beschloss Alois das Gebet.

»Jo«, sagte Paul.

Sein Vater öffnete die Pillendose neben dem Teller, zählte seine Tabletten ab und spülte sie mit Wasser hinunter. Paul schüttete geriebenen Parmesan über die Sauce und aß seinen Teller leer. Auf der anderen Seite des Tisches wurde jeder Bissen gemahlen, als wäre es trockenes Laub.

Die Decke knackte. Es klang, als ginge jemand eine Holztreppe hoch. Die ältesten, von Holzwürmern und Feuer zerfressenen Balken des Dachstuhls stammten von 1650, als hier der erste Bauernhof errichtet wurde. Das Holz, rechnete Paul aus, fing etwa dann an zu wachsen, als Kolumbus gen Westen fuhr, und wurde gefällt, als Abel Tasman vor der Küste der Insel, die später seinen Namen tragen sollte, die Anker ins Wasser sinken ließ. Seither hatten die Balken das Hausdach getragen und die Bauern, die sich im Laufe der Zeit an ihnen erhängt hatten. Paul zog das Regionalblatt zu sich her und schlug die Zeit tot, indem er mit halbem Blick die Meldungen las, für die er sich am Morgen noch nicht interessiert hatte. Wie viel Zeit hatte er inzwischen wohl damit vergeudet, zu warten, bis sein Vater fertig war mit Essen? Ein Jahr? Zwei? In der Zeit, in der er auf ihn gewartet hatte, hätte er eine Sprache lernen können. Russisch, dann hätte er am Vorabend die Prahlerei dieses Kerls im Shu Dynasty verstanden. Spanisch für die Wörtchen in Ritas süße Öhrchen.

Er war bis zur Hälfte des Betrugs mit Zinssätzen bei der guten alten ländlichen Kreditgenossenschaft gekommen, als sein Vater den letzten Bissen nahm, den Löffel weglegte und hinausschaute. Die irrsinnige Blüte, diese Verausgabung. Das Gras musste mal wieder gemäht werden. Sein Vater blies Luft durch die Zwischenräume in seinem Gebiss. Dann pulte er mit dem Finger zwischen den Vorderzähnen. Die Nudeln waren vielleicht doch ein bisschen sehr al dente gewesen. »Viel zu warm«, sagte er. »Für Mai.«

»Es ist Juni«, sagte Paul und faltete die Zeitung zusammen. Beim Abdecken fragte er so beiläufig wie möglich: »Was ich mich bis heute frage – dieser Russe, der Rubin, wieso ist der eigentlich abgestürzt? Das habe ich nie erfahren.«

Sein Vater legte die Hände auf den Tisch und betrachtete sie.

»Und?«, fragte Paul nach einer Weile.

Der Vater sah kurz auf. »An die zwanzig Stunden hat er da drin gehockt, ohne Schlaf.«

»Aber du hast doch gesagt, dass der Motor gestottert hat? Ist ihm der Sprit ausgegangen oder was?«

»Kann sein. Aber der Fliegerhorst ist dort.« Sein Vater zeigte nach draußen. »Hier hatte er nichts zu suchen. Hast du einen Zahnstocher?«

»Hast du ihn nie gefragt?«

»Ich konnte mir da nie einen Reim drauf machen. Deine Mutter schon. Ich nicht.«

Deine Mutter schon. Die Geschichte ihres Lebens.

»Dass er so ne Kiste kennt wie seine Westentasche, zweitausend Kilometer damit fliegt und dann abstürzt, das verstehe ich nicht. Man sollte doch meinen, dass so einer seine Mühle heil zu Boden bringt, oder? Auf einem Feld oder auf der Straße oder so?«

»Das weiß ich alles nicht«, sagte sein Vater in einem Ton, der klarmachte, dass das Gespräch für ihn beendet war.

Paul tauchte die Arme ins heiße Spülwasser und fischte einen Teller heraus. Der Russe war der erste Ausländer in Mariënveen gewesen. Nach ihm kamen die Chinesen. Der Russe war wieder gegangen, die Chinesen waren geblieben.

Die ersten Chinesen kamen mit Baptist Weening. Insgesamt drei. »Meine Familie«, hatte er gesagt.

Am Anfang hatte eine Frage gestanden, die ihm einer in seiner letzten Snackbar in Vennenoord stellte. Eine auf den ersten Blick ganz einfache Frage. Man brauchte sich nichts dabei zu denken, wenn sie einem gestellt wurde, und genauso war es Baptist hinter seiner Vitrine mit den tiefgefrorenen Fleischkroketten und den Bami-Scheiben ergangen. In seiner Snackbar standen zwei Spielautomaten, die ein Chinese zur Mittagszeit oft mit Geld fütterte, erst mit Gulden und später mit Euro. »Baptist«, fragte der Chinese eines Tages, »hättest du nicht gern eine Frau?«

Baptist dachte nach. Nicht darüber, ob er eine Frau wollte oder nicht, sondern darüber, was er antworten sollte. Dann lächelte er schief und sagte: »Klar.«

Eine Woche später klemmte derselbe Chinese einen Bierdeckel zwischen die Knöpfe des Glücksautomaten und fragte: »Hättest du immer noch gerne eine Frau, Baptist?«

Baptist sah, wie sich hinter dem Chinesen Kombinationen aus Äpfeln, Glocken, Bananen und vierblättrigen Kleeblättern bildeten. Die Automaten waren schon eine Weile prall gefüllt, wie trächtige Tiere, aber bis morgen konnte es mit der Ausschüttung schon noch dauern. Er dachte an Frauen, an eine Frau. Die Welt war voller Frauen, aber nie war eine für ihn dabei gewesen. Wieder lachte er verkniffen und nickte. Da sagte der Chinese, er habe eine Schwester in Guangzhou. Eine gute Frau, sie könne schuften wie ein Pferd. Er habe ihr schon von ihm erzählt, ihre Koffer seien gepackt.

Baptist schaute auf die Goldbarren und Dollarzeichen, die sich mit schwindelerregender Geschwindigkeit hinter dem Chinesen drehten, und dachte bei sich: Der Automat der Liebe muss auch mal gefüttert werden. »Soll ruhig kommen«, sagte er.

Und so hatten eines Tages drei Chinesen vor seiner Tür gestanden. Zwei mehr als erwartet, weil die Frau ihre Tochter und ihren Sohn dabeihatte, das Kleingedruckte sozusagen, das ihr Bruder vergessen hatte zu erwähnen.

Er hatte ein großes Herz, Baptist, aber in einem großen Herzen kann man nicht leben, also suchte er nach einer neuen Snackbar mit angrenzender Wohnung, in der er seine chinesische Invasion unterbringen konnte. Die fand er in der Dorpsstraat in Mariënveen, wo Alferinks Fischhandel schon eine Weile leer stand. Auf der Seitenwand stand noch in Großbuchstaben ALFERINKS FISCH, DANN WEISST DU, WAS ES IST, eines der großen Rätsel aus Pauls Jugend. Wie oft hatte er mit ohnmächtiger Wut überlegt: dann weißt du, was was ist?

Und wenn man Baptist fragte, wie es dazu hatte kommen können, mit ihm und seinen Chinesen, antwortete er nachdenklich: »Wer A sagt, muss auch B sagen.«

Das waren die ersten Chinesen in Mariënveen gewesen. Sie lernten Pommes zu frittieren und Softeis zu zapfen und waren eifrig und bescheiden, und beim Wechselgeld ging nie was schief. Bald danach folgte die zweite Fuhre, sie übernahmen Bar-Feestzaal Kottink gegenüber der Happyteria Weening und eröffneten ein Restaurant mit Kneipe und Erlebniskochen als Spezialität. Von da an stand Shu Dynasty auf der Fensterscheibe, darunter dasselbe auf Chinesisch. Mit einem Mal waren sie zu siebt, und noch ein paar mehr unterm Bett.

Sieben plus noch ein paar Chinesen, ein Restaurant mit zwei goldenen Löwen davor und einem Mords-Festsaal im Innern, wo hundert Mann gleichzeitig hätten essen können. Paul erinnerte sich an das erste Mal, als er Babi Pangang bestellt hatte. Die Revolution in seinem Mund. Dreihundert Jahre Fleisch und Kartoffeln mit Bratensaft, und dann das.

»Hund, isses«, sagte Theo Abbink.

Hund, futterte er etwa Hund?

Doch im Saal saß nach einer Weile keiner mehr. Ab und zu fanden da Hochzeiten statt. Man ging dort unter. Aber in der Kneipe ließ es sich aushalten. An der Theke mit einer Flasche Grolsch und einem Teller Reisnudeln mit Huhn vor der Nase. Was man bestellte, war egal, solange »des Hauses« dahinterstand, dann bekam man größere Portionen.

»Mama«, sagte man, wenn die Flasche leer war, und dann stellte Mama Shu einem eine neue hin. Um ein Glas musste man bitten.

8

Im Club Pascha begann das Leben jeden Abend von neuem. Man brauchte sich nicht zu entschuldigen für das, was beim letzten Mal schiefgegangen war. Der Spielstand vom Vortag war gelöscht.

Erst drei oder vier Bier. Danach tanzte Paul manchmal mit einem Mädchen unter den Discokugeln. Auf einer kleinen Bühne stand eine Metallstange; einige von ihnen verrichteten dort Wunder. Unter seiner Hand ihr warmer Rücken, der gewölbte Ansatz ihres Hinterns. *Good-bye, oh, please don't cry, 'cause we both know that I'm not what you need …* Die Piepsstimmen der Asiatinnen schossen beim Refrain in die Höhe. *I will always love you … Ju-hu-hu-hu …*

Hedwiges futterte eine Schale Erdnüsse. Manchmal unterhielt sich ein Mädchen mit ihm, freundlich wie eine Schwester. Er wurde geneckt, sie schlossen Wetten über ihn ab. Dann setzte die Frau auf seinem Schoß ihr ganzes Arsenal ein, aber Hedwiges war immun gegen ihre Schmeicheleien.

Paul gesellte sich zu ihm. Eine Neue kam an ihren Tisch und fragte mit Gesten, was sie trinken wollten. »Beer«, sagte Paul. »Cola for my friend. For you too.« Er zeigte auf sie.

Sie lachte. »Blue Lady!«

Paul hob den Daumen. Er konnte ihr Alter nicht gut einschätzen, ab einem gewissen Zeitpunkt in seinem Leben waren sie alle nur noch jung gewesen.

Sie kam mit einem kleinen Tablett zurück. Das Cocktailglas gefüllt mit blauem Likör. Die Farbe eines Traums. Musik spielte, Paul lehnte sich zurück und atmete tief aus. Der Druck auf seiner Brust wurde geringer, seine Sorgen glitten zusammen mit dem Atem hinaus. Die Neue schwatzte mit Hedwiges. Hinten an ihrem Tanga war ein weißes Etikett mit Waschanleitung zu sehen. Ihn störte, dass sie so jung war. Sicher dachte irgendwo in Thailand oder Birma jemand an sie. Fotos an der Wand, ein Fehlen, das sich ohne Richtung, ohne Ziel ausdehnte. Und sie saß in Stattau, in einem Tanga, aus dem ein Etikett lugte, und nippte an ihrem Zaubertrank. Sie hätte Pauls Tochter sein können. Das traf auf die meisten hier zu. Er war der Vater von Teresita, Luana und Ludmilla, von Sunny, Lola und Susanna. Aber das konnte er ihnen nicht sagen, wenn sie nach seiner Hand griffen, um ihn nach hinten mitzunehmen. Dass sein Ständer ein Gewissen bekommen hatte. Stattdessen sagte er: »Ich bin wegen Thong hier« oder »Ich bin wegen Rita hier«. Die Omas in der Familie, sozusagen, obwohl sie noch nicht mal vierzig waren. Doch so leicht ließen sie sich nicht vertreiben, die Schlampen. Sie saßen als Körper hier, und ihr Körper musste an die Arbeit, genauso wie die anderen Körper auf dem Land oder in der Fabrik. *Let's play, Paul, let's play*.

Dann sagte Steggink: »Ein Feuerwerk, die Kleine, ich schwörs, Paulchen.«

Er schlug sie, wenn sie nicht gehorchten. Paul war es lieber, wenn die Mädchen ihm nicht davon erzählten. Wenn Steggink mitbekam, dass sie mit den Freiern darüber sprachen, schlug er sie noch heftiger. Wenn das passierte, verachtete Paul sich selbst noch mehr als Steggink. Manchmal hielt er sich eine Weile fern.

Einmal hatte er Steggink angesprochen, nachdem Rita sich bei ihm beklagt hatte.

»Das verstehst du nicht, Paulchen«, sagte der. »Die sind wild, die machen alles, was sie wollen, bloß nicht das Richtige. Ich muss sie ein bisschen dressieren, sonst wird das hier nichts.«

Die Imitation ihrer früheren Freundschaft war für Paul am schwersten zu ertragen.

Er war über den gewundenen Grenzweg nach Hause gefahren, durch die stockfinsteren Weiden und die Holzwälle zu beiden Seiten, und hatte gedacht: Wenn der Schuft noch einmal »dressieren« sagt, knalle ich ihn ab.

Danach war Rita für eine Weile verschwunden gewesen, und als sie zurückkam, hing ein Schirm über ihren Augen, ihrer Seele. Still lagen sie nebeneinander, unter dem verwaschenen Oberlaken. Paul strich mit den Fingern über ihre Wangen, um zu spüren, ob sie weinte. Das tat sie nicht. Bevor er wieder ging, steckte er ihr hundert Euro extra zu. »For your birthday.«

»It's not my birthday.«

»Pretend it is.«

An diesem Abend waren Rita und Thong nicht da. Auch Steggink sah er nirgends. Als er aufstand, um draußen eine zu rauchen, kam gerade der Russe. Paul sah ihm hinterher, wie er schnurstracks auf die Treppe zum Büro zusteuerte.

Unter dem Abendhimmel rauchte er eine Zigarette. Die Anwesenheit des Russen störte ihn. Dass er was mit dem Pascha zu tun hatte, war neu; Paul hatte keine Ahnung, was es sein konnte.

Im Jacuzzi auf dem Innenhof lag Luana in den Armen eines grauhaarigen Mannes um die fünfzig. Seine Hände umschlossen ihre kleinen Brüste. Schweigend lehnten sie sich im sprudelnden Wasser zurück und schauten zu den Sternen. Paul drückte die Zigarette in einem Aschenbecher voller nassgeregneter Kippen aus und ging wieder rein.

Ob sie eine Schere habe, fragte er die Polin an der Theke. Es war ein ruhiger Abend, nur Musik und die hohen Stimmen von Hedwiges und der Neuen. Paul setzte sich neben sie aufs Sofa, beugte sich hinten an ihr vorbei, nahm das Etikett an ihrem Tanga zwischen Daumen und Zeigefinger und schnitt es ab. Als sie aufsprang, wäre der Tisch fast umgekippt. Sie schaute über die Schulter und zog am Gummiband ihres Slips, um zu sehen, was er gemacht hatte. »You crazy!«, rief sie, gefolgt von unverständlichen Verwünschungen.

Paul hielt ihr das Etikett entgegen. »Immer mit der Ruhe, it's only this little, eh …«

Sie riss es ihm aus der Hand. »You crazy guy!« Auf ihren Pumps schwankte sie nach hinten und verschwand. Der Russe erschien auf dem kleinen Treppenabsatz. Er blieb eine Weile stehen, blickte mit seinen kalten Ziegenaugen herunter.

»Komische Aktion«, sagte Hedwiges leise, als der Russe wieder weg war.

»Heute ist nicht mein Tag, glaube ich«, antwortete Paul. »Komm, gehen wir wieder.«

Auf dem Parkplatz hinter dem Pascha stand Stegginks Ferrari. Paul legte die Hand auf die Motorhaube. Warm. Ein schnelles, rhythmisches Ticken war zu hören, der Motor hatte hart gearbeitet. Ließ Steggink den Russen damit fahren? Waren sie so eng miteinander?

Sie stiegen in Pauls Auto und bogen auf die Straße. Die Fenster des Puffs waren von außen verkleidet, die Buchstaben auf dem Dach erstrahlten in rosarotem Neonlicht.

Er erinnerte sich an bessere Zeiten im Pascha, an zeitlose, pflichtvergessene Abende. Trinken, trinken und Liebe, die es im Überfluss zu geben schien. Man vergaß, dass einem danach die Rechnung präsentiert würde.

Hedwiges öffnete sein Fenster etwas, ließ kühle Abendluft herein. Tiefblauer Dunst stieg über den Bäumen auf. Dünne Nebelschwaden hingen über den Feldern. Sie fuhren durch das verlassene Grenzgebiet, manchmal flackerte das erleuchtete Fenster eines Bauernhofs hinter den Bäumen auf, wie Morsezeichen. Paul dachte an den Russen. Was trieb er, was war sein Verhältnis zu Steggink? Er hatte etwas Tiefes und Unergründliches, Paul hielt es für das Merkmal eines durch jahrhundertelange Entbehrungen und Unterdrückung abgehärteten Volks.

In den letzten Jahren sah man immer mehr Leute aus dem Osten. Angeblich waren die meisten Zigeuner. Bulgaren, Rumänen – man erkannte es an den Nummernschildern der Kleinbusse und Autotransporter. Die Polen waren schon länger da. Einbrüche, Diebstähle. Die Segnungen des neuen Europas. Die leere, gesetzlose Gegend um die Grenze war ein gutes Jagdrevier für sie. Kaum hatte man ein Auto auf den Anhänger geladen, war man schon in einem anderen Land. In den Wäldern wilderten sie Rehe und Wildschweine. Bei Shu hatte jemand erzählt, ein Wanderer sei mit dem Fuß in eine Falle geraten. Banden. Sie gehorchten Männern weit im Osten, die in Marmorpalästen wohnten und dicke Autos fuhren. Bei Theo Abbink hatten sie den Zaun aufgeschnitten und zwei Audis mitgenommen. Einen davon sogar ohne Motor.

»Fahr doch nach Rumänien in Urlaub, Theo«, sagte Alfons

Oliemuller an dem Abend zu Abbink, »dein Auto ist schon dort.«

Abbink und Oliemuller, der Auto- und der Schrotthändler, nebeneinander auf dem Industriegelände zwischen Mariënveen und Kloosterzand. Den beiden konnte man nichts vormachen.

Im März war in Deurlo ein Mann in eine Autowerkstatt gerannt, blutüberströmt, die Hände mit einem Kabelbinder hinter dem Rücken gefesselt. Man hatte ihn mit einer Pistole bedroht, entführt und hinten in einem Kleinbus gefoltert. Als seine Angreifer weiterfuhren, schaffte er es, die Klappe zu öffnen und sich auf die Straße fallen zu lassen. Noch wusste man nichts Näheres, aber die ganze Sache hing definitiv mit dem Schmuggel von siebenhundert Kilo Kokain aus Willemstad nach Hamburg in einem Altmetallcontainer zusammen. Am selben Nachmittag wurden im Gewerbegebiet von Mariënveen zwei Männer wegen Verdachts auf Entführung festgenommen.

Die Abschaffung der europäischen Binnengrenzen hatte nicht nur den Freihandel gebracht, sondern auch solchen Scheiß. Willemstad, Hamburg, Mariënveen – da kam man nicht mehr mit.

Paul hatte seine Scheune voller Militaria sichern lassen. Im Baum bei der Einfahrt und am Eingang hingen jetzt Kameras. Die Bilder wurden an die Datenbank von Safety4U geschickt und sechs Monate gespeichert.

Früher ein Trödler, der die ehemalige DDR nach Antiquitäten abklapperte, war er heute ein großer Militariahändler. Uniformen, Waffen, Helme, Medaillen, Funktechnik, Mörserhülsen – alles, alles. Er hatte sogar einmal einen Sherman-Panzer gehabt, doch mit fahrbaren Untersätzen hatte er wieder aufgehört, außer einem Daimler Dingo; zu viel Masse, zu wenig Marge.

Früher oder später machte er Schrott zu Geld, hieß es über Krüzen Militaria. Das meiste Geschäft lief übers Internet, seine Arbeitstage bestanden hauptsächlich darin, Pakete versandfertig zu machen. Vom Direktverkauf allein hätte er nicht leben können. Er überlegte sogar, ihn ganz einzustellen, war aber unschlüssig, weil der Hof dann ganz ausgestorben wäre.

Dennoch war ihm die Anonymität des Internethandels am liebsten. Zehn Bestellungen, und der Tag war gerettet. Mit jedem Pling des Maileingangs klingelte seine Kasse. Er war eine verlässliche Adresse für deutsche Militaria, konnte Originale untrüglich von Nachahmungen unterscheiden. China hatte inzwischen zehnmal so viele Naziuniformen, Dolche, Führerbüsten und Abzeichen produziert wie das gesamte Dritte Reich. Er hatte von einer Druckerei gehört, deren einziger Daseinszweck war, *Mein Kampf* in allen Sprachen der Welt nachzudrucken. Das Zeug wurde sogar eingegraben, um es künstlich altern zu lassen. Imitate hatten den Markt kaputtgemacht, Paul aber ein gutes Auskommen verschafft: Am Blick eines Experten herrschte mehr Bedarf denn je.

An der Straße stand immer noch das Schild, das Hedwiges vor fünfundzwanzig Jahren gezeichnet hatte, weil er als Kaufmannssohn Reklameschriften aus dem Effeff beherrschte.

KRÜZEN
KUROSIA
&
MILITARIA

Der obere Teil war ziemlich verwittert, das gut lesbare & MILITARIA jüngeren Datums.

Paul hatte eine klare Erinnerung an den Tag, als sie das Schild am Straßenrand aufgestellt hatten. Sie hatten es eine Weile betrachtet; ein paar Autos waren vorbeigefahren.

»Was hast du denn da geschrieben, Scherzkeks«, sagte Paul schließlich.

»Was denn?«, fragte Hedwiges.

»*Kurosia* …«

»Was ist damit?«

»Falsch isses, das ist damit.«

»Was denn?«, fragte Hedwiges erneut.

»Es heißt Kuriosa, nicht Kurosia.«

»Ach, verdammt«, sagte Hedwiges und nickte, als hätte er es schon die ganze Zeit gewusst.

»Soll ich es neu machen?«, fragte er schließlich.

Paul schüttelte den Kopf. »Sollen sie ruhig denken, dass wir dumm sind hier. Gute Verhandlungsbasis.«

Eine Windböe fuhr durch die Eichen in der Kurve, Eicheln ratterten über den Asphalt. Paul und Hedwiges betrachteten noch eine Weile die weißen Schmucklettern auf dunkelgrünem Grund.

»Aber sonst ist es gut?«, fragte Hedwiges.

»Die andere Hälfte ist super.«

Sie gingen über die Einfahrt zurück zum Haus. Der Kies knirschte. Paul hatte ihm auf die Schulter geschlagen und gesagt: »Bin ich froh, dass ich dich nicht ›Paraphernalien‹ habe schreiben lassen.«

9

Henry Montizaan, Hausarzt der Dörfer Mariënveen, Kloosterzand und Deurlo, kam früher als der Krankenwagen. Er betastete den Mann auf dem Sofa, während Krüzen ihm sein Abenteuer im Maisfeld in allen Details berichtete. Abwesend sagte Montizaan: »Das musst du mir später noch mal erzählen, Alois.« Der Fremde war wieder bei Bewusstsein, leise stöhnend ließ er die Untersuchung über sich ergehen. Montizaan immobilisierte seinen linken Arm und schnitt den Ärmel auf, um eine Spritze in den Oberarm setzen zu können. Paul sah aus geringem Abstand zu. Der Pilot konnte nichts fixieren, seine Augen verdrehten sich. Er war ganz Blut und Schlamm, als hätte man ihn gewaltsam aus der Erde gegraben. Nach und nach erstarrte sein Blick, der Mund klaffte auf. Paul trat einen Schritt näher. Er sah aus, als hätte er leichte Schlitzaugen, doch Körperbau und Hautfarbe waren nicht asiatisch. Ein alter Soldat, aus einem alten Krieg aufgetaucht. Blutlose Lippen unter dunklen Bartstoppeln.

Montizaan stand auf. Er nahm eine Tasse Kaffee von Alice an und stellte sie sofort wieder weg. Erneut beugte er die alten Knie, schob dem Mann seine langen, knorrigen Finger unter den Kragen. Er zog eine Kette mit einem gestanzten Namensschild hervor. »Das darf doch …«, sagte er, während er versuchte, den Anhänger in seiner Hand zu entziffern. Kopfschüttelnd murmelte er vor sich hin. »Wenn ich mich nicht sehr täusche«, sagte er dann und hielt das Metallplättchen hoch, »habt ihr es hier mit einem Russen zu tun.«

Im Krankenhaus wurde der Russe weiter zusammengeflickt und auch verhört, während sich draußen die Presse drängte, um Nachrichtenfetzen über den Mann aufzufangen, der aus Breschnews Reich geflohen war. In Muldershoek wurde der Mais von Kamerateams zertrampelt, die Bilder von seinem Flugzeug schießen wollten. Alois wurde an mehreren Stellen auf seinem Land über den Ablauf der Rettungsaktion interviewt. Er antwortete förmlich – »der Herr war mir unbekannt« – und bescheiden über seine Tat: »Ich konnte gar nicht anders, als den Herrn zu mir nach Hause zu schleifen.«

Der Geheimdienst schirmte den Russen zunächst vollständig von der Außenwelt ab. Als der BVD ihn endlich freigab, widmete *Brandpunt* »dem unerschrockenen Helden, der einer Weltmacht trotzte« eine ganze Sendung. Ernst blickte der Reporter in die Kamera. »Anton Rubin hat sein Leben in einem Agrarflugzeug aufs Spiel gesetzt, bewusst ging er das Risiko eines Absturzes oder der Verbannung nach Sibirien ein.«

Man hatte Rubin im Krankenhausbett interviewt. Sein linker Arm steckte in der Schlinge; neben einem Wirbelkörper waren auch vier Rippen gebrochen, sodass er die erste Zeit beatmet werden musste und an einer Morphiuminfusion hing. Die verletzte Milz war entfernt worden, alles in allem grenzte es an ein Wunder, dass er die Bruchlandung überlebt hatte.

Aus den Untertiteln ging hervor, dass er in einem Dorf zweihundert Kilometer westlich von Kiew aufgewachsen war, drei Jahre hatte er in der Roten Armee gedient und anschließend als Mechaniker Lastwagen gewartet. Im Frühjahr und im Sommer war er in einer uralten Polikarpow über die schwarze Erde geflogen und hatte die Pflanzen mit Kunstdünger und Pestiziden besprüht. Endlos war das wellige Land, das einst die reichsten Getreideernten der Welt hervorgebracht hatte. Am Himmel hoch darüber entstanden seine verwegenen Gedankenspiele, Ideen, die sich nicht von Bedenken oder Einwänden vertreiben ließen. Die Polikarpow Po-2, ein leichter Doppeldecker mit einer Reichweite von lediglich vierhundert Kilometern und einer Reisegeschwindigkeit von hundertzehn Stundenkilometern, hatte den Vorteil, aus Sperrholz und Stoff zu bestehen, sodass sie auf dem Radar nicht so bald bemerkt wurde. Und weil sie so langsam war, konnte man sehr tief fliegen; man hatte alle Zeit der Welt, Hindernissen auszuweichen. Der Flieger – der seinen Beinamen »Kukurusnik« dem russischen Wort für Mais, *kukurusa* verdankte – war alt, aber robust, Rubin wartete ihn selbst.

Wenn er von einer Flugzeit von sechzehn Stunden ausging, bräuchte er dreihundertzwanzig Liter Sprit, berechnete er – plus achtzig zur Sicherheit. Damit müsste er bis nach Dänemark kommen, an die sechzehnhundert Kilometer nordwestlich von Zahublene. Der Motor war stark genug; im Großen Vaterländischen Krieg hatte die Polikarpow zwei Insassen und mehrere hundert Kilo Bomben getragen, und auch als Agrarflugzeug war der Doppeldecker an Extra-Ballast gewöhnt. Die Sprühtanks wollte er mit Treibstoff füllen – unterwegs würde er von einem zum anderen hin und her schalten; damit die Kiste nicht das Gleichgewicht verlor, musste der Masseverlust möglichst gleichmäßig verteilt sein. Immer wieder stahl er etwas Sprit aus den Tanks in der Kolchose, in einem Versteck im Hangar türmten sich die Kanister.

Weil die Kukurusnik nur einen einfachen Windschutz hatte, baute er heimlich eine Haube, die man über das Cockpit stülpen konnte. Er verlegte neue Benzinleitungen und brachte zusätzliche Schalter an der Instrumententafel an. Ganz so, dachte er, als ob er ein altes Kamel für eine lange Reise durch die Wüste ausstattete. Er erzählte keinem davon, nicht mal Freunden oder Verwandten. So konnte er es immer noch bleibenlassen, keiner hätte ihn an seinen kühnen Plan erinnert. Er war sechsunddreißig. Sechsunddreißig, fand er, war ein gutes Alter für einen Neuanfang.

Der August 1975 kam, und Anton Rubin überflog leuchtend gelbe Sonnenblumen, fahlblaue Wegwarten und Getreidefelder, so weit das Auge reichte. Da und dort bohrten sich schnurgerade Rauchsäulen in den Himmel, Störche ließen sich in der Thermik treiben. Einen Acker nach dem anderen besprühte er mit einem feinen Nebel von Chemikalien. Er liebte das weite Land unter sich, in dem er geboren war, doch noch größer als seine Liebe war die Sehnsucht nach einer solchen Freiheit, dass sich einem die Nasenflügel weiteten und man rennen wollte wie ein Pferd auf der Weide. Am 18. wäre Vollmond. Eine hohe, dünne Schleierbewölkung wurde vorhergesagt, ohne größere atmosphärische Störungen. Die Kanister standen bereit, Motor und Mechanik der Kukurusnik hatte er wieder und wieder geprüft, trotzdem war seine Entscheidung noch nicht definitiv.

Am Nachmittag des 18. August saß er auf einem Stuhl im hohen Gras vor dem Hangar, rauchte eine Zigarette und trank sich Mut an. Eine leichte Brise raschelte in den Pappeln. Wer ihn so sah, den Piloten in Hose und Hemd, beide schmutzig, und mit Ölflecken am Hals, sah einen Mann, der sich nach getaner

Arbeit ausruhte; er hielt einen Becher in der Hand, lehnte mit dem Stuhl auf zwei Beinen am Hangar. Die Sonne hatte den ganzen Tag voll auf die gerissene Erde geschienen, er roch Gras und Blumen, einen Hauch Altöl aus der Flugzeughalle und weinte lautlos.

Langsam verlor die Sonne an Kraft. Der letzte Flieger, die An-2, genannt der Bullenbeißer, kam zurück von seiner Route über die östlichen Felder. Die Räder der Antonow hüpften auf dem geborstenen Betonbelag auf und ab. Der Pilot parkte am Rand der Landebahn, blockierte die Räder und ging nach Hause. Er machte Rubin ein Zeichen und rief ihm etwas Unverständliches zu. Rubin hob die Hand, die den Becher hielt.

Er ließ die vorderen Stuhlbeine wieder aufkommen und zündete sich eine weitere Zigarette an. Inzwischen stand ein blasser, noch durchsichtiger Mond am Himmel; gleich hätte er schwachen Rückenwind aus Südosten. Er ging in den Hangar, schleppte die Kanister aus ihrem Versteck und füllte die Sprühtanks mit Treibstoff. Mit Bolzen und Muttern schraubte er die Haube fest und verstaute eine Tasche mit Brot und Kwass-Flaschen neben dem Sitz. Die dicke Manchester-Jacke, die ihm durch die kalte Nacht helfen sollte, legte er dahinter. Noch einmal prüfte er den Ölstand, warf einen Blick unter die Motorhaube und kontrollierte die Zylinder. Er sah nach Fahrwerk und Bremsen und strich über den Propeller, um sich zu vergewissern, dass er nicht beschädigt war. Zuletzt bewegte er die Klappen auf und ab, befühlte das Hinterrad und schob den Flieger ins Freie.

Die Sonne ging unter, mürbe wie ein besiegter Boxer war die Dämmerung. Rubin schloss den Hangar ab und ging mit einer Zigarette im Mund ins Büro. Er legte den Schlüssel auf den

Schreibtisch des Planungschefs; sein Verschwinden würde erst am Montagmorgen auffallen. Bis dahin wäre er längst in weiter Ferne, tot oder lebendig, in Freiheit oder Gefangenschaft; er wollte gar nicht daran denken. Langsam kehrte er zur Kukurusnik zurück. Schweiß juckte ihn auf der Kopfhaut, an den Schläfen. Es sah ganz danach aus, als wäre sein Entschluss unumkehrbar geworden. Mit jedem Schritt schob er die Welt, die er kannte, weiter von sich. Er trat die Zigarette aus und stieg ein. Knochenbleich lag die Landebahn vor ihm. Er schloss die Haube über seinem Kopf, öffnete den Benzinhahn und drehte den Schlüssel im Zündschloss herum – heilige Handlungen. Ein heftiges Beben ging durch den Flieger, als er startete. Er ließ den Motor einige Minuten warmlaufen, um das Öl auf die richtige Temperatur zu bringen, und gab dann bei angezogener Handbremse Vollgas, damit der Motor so hochtourig wie möglich drehte. Sein Blick glitt über den Ölmesser, er stellte das Altimeter auf null und prüfte, ob die Ruder frei waren.

Dann holte er tief Luft und löste die Bremse. Die Kukurusnik schoss nach vorn, die Räder donnerten über den Beton. Von dem vielen Sprit an Bord war sie so schwer, dass sie sich erst kurz vor Ende der Landebahn vom Boden löste und abhob. Langsam stieg er über die Bäume auf. Ein letztes Mal flog Anton über sein Dorf, das arme, alte Zahublene mit seinen kleinen weißen Häusern und blauen Türen und Fensterläden, ein letzter Gruß, mit Tränen in den Augen. Dann nahm er Kurs nach Nordwesten. So begann seine lange Reise, mit dem kreideweißen Mond als einzigem Gefährten.

10

Ende November fuhr erneut ein Krankenwagen auf den Hof. Der Russe war aus dem Krankenhaus entlassen worden und wurde wieder dort abgeliefert, wo man ihn drei Monate vorher abgeholt hatte. Der Fahrer zeigte auf ein Blatt Papier, das er Alice wie einen Paketschein entgegenhielt: »Aber hier ist doch der Bunderweg 120?« Misstrauisch nickte Alice. Der Pfleger faltete den Zettel zusammen, steckte ihn wieder ein und sagte zufrieden: »Ein Glück, dann sind wir doch richtig.« Der zweite Pfleger öffnete die Heckklappe des Wagens, in dem der Russe auf einer Bahre saß.

Weil man ein Herz aus Stein und schlechte Manieren hätte haben müssen, um einen gefallenen Helden aus der Sowjetunion fortzuschicken, ließ Alice sie gewähren, als sie ihn ins Haus schoben. Während sie ihn aufs Sofa setzten, rief sie in der Schule an. Ihr Mann wurde aus dem Geschichtsraum geholt und hörte seiner Frau im Kabuff des Hausmeisters zu. »Und jetzt?«, fragte er und: »Sagen sie das?« Dann blieb er so lange still, dass seine Frau rief: »Sag endlich was, Alois!«

Doch weil der Hausmeister danebenstand, wollte er sich seine Verwirrung nicht anmerken lassen und sagte nur: »Um fünf bin ich wieder da.« Dann legte er auf und kehrte ins Klassenzimmer zurück, wo ihn seine Schüler erwarteten. Er gab noch zwei Stunden Unterricht, erst dann ging er nach Hause.

Dort traf er den Russen auf dem Sofa und seine Frau auf

einem Schemel vor dem Kamin an, seinen achtjährigen Sohn neben ihr, der den Fremden mit stillem Erstaunen musterte. Alois stand außerhalb des Lichtkreises und betrachtete die Szene. Alice stocherte im kraftlosen Feuer herum. Der Russe war im Krankenhaus nicht rasiert worden, er hatte den Bart eines Polarreisenden.

»Alois«, sagte seine Frau besorgt und stand auf, um ihn zu begrüßen. Eine flüchtige Umarmung, keine große Beruhigung.

Alois stellte seine Schultasche ab und trat auf den Gast zu. »Hallo.«

Der Russe kniff die Augen zusammen – Schlitzaugen, dachte Paul erneut – und nickte. Ihre Hände griffen ineinander.

»Anton heißt er«, sagte Alice.

»Ja, ich habe es gelesen, ja.«

Darauf sie: »Er spricht kein Niederländisch. Nur Russisch. Immerhin kann er die lateinische Schrift lesen.«

Alois nickte, trat einen Schritt näher an den Mann heran und sagte mit feierlichem Nachdruck: »Dobryden.«

Keine Reaktion. Er drehte sich zu seiner Frau um: »Altena hat gesagt, das heißt ›Guten Tag‹. Er war beim Kommunistischen Jugendverband.«

»Versuchs noch mal.«

»Dobryden«, wiederholte er, diesmal mit anderer Betonung. Der Russe sah ihn wohlwollend an, zeigte aber kein Erkennen. Alois zuckte die Achseln. »So habe ich es aufgeschrieben«, sagte er und blickte von seinem Handrücken auf. »Dobryden, so hat er gesagt.«

»Dobry den!«, rief da der Russe auf dem Sofa. »Wy goworite po-russki!«

»Das verstehe ich nun nicht«, sagte Alois.

»Dankischjon!«, sagte der Russe darauf, denn das hatte er im Krankenhaus gelernt. Er zeigte um sich und hob den Daumen. »Kakoj u was krassiwy dom.«

»Ein schönes Haus, meint er, glaube ich«, sagte Alice. »Das hat er eben schon mal gesagt.«

Mit Paul im Schlepptau verschwand sie in der Küche. Alois folgte ihr. In der Küche baute sie sich vor ihm auf und sagte: »Das geht so nicht, Alois, es ist lächerlich.«

»Was soll ich denn machen?«, fragte er gedämpft. »Du hast ihn doch reingelassen.«

»Was blieb mir anderes übrig? Wo hätte er denn hingehen sollen?«

Sie drehte sich um und machte sich an die Vorbereitung des Abendessens.

»Ich rufe morgen an«, sagte er. »Da ist was schiefgegangen. Ein Fehler von der Verwaltung. Das wird richtiggestellt.«

Sie schälte Kartoffeln und schwieg, ganz Rücken.

»Morgen wissen wir mehr«, sagte Alois. »Das wird schon, mach dir keine Sorgen. Ich rufe an, und dann müssen sie ihn eben wieder abholen.«

Ihre Hände blieben in der Luft über dem Kartoffelkorb stehen. »Und wen«, sagte sie langsam und ohne sich umzudrehen, »willst du eigentlich anrufen, wenn ich fragen darf?«

Der Mann aß mit dem Teller auf dem Schoß, weil er nicht vom Sofa aufstehen konnte. »Dankischjon«, sagte er wieder.

»Höflich ist der Russe jedenfalls«, sagte Alois.

Alice lächelte schwach.

Sie beteten still im Lampenlicht. Vom Sofa drang das Kratzen von Messer und Gabel auf einem Teller. Paul lugte über die gefalteten Hände hinweg zu dem Gast, der teilweise von der Sofalehne verdeckt war. Es fiel ihm sichtlich schwer zu essen, wahrscheinlich wegen seiner Wirbelkörperfraktur. Beim Kauen wippte sein Bart auf und ab. So langsam sein Vater aß, so ruckartig aß der Russe.

»Herr, segne diese Speise, Amen«, hörte er seinen Vater sagen.

Der Russe hatte schon fertig gegessen, er legte das Besteck weg und wischte sich mit dem Handrücken über den Mund.

Es laufe darauf hinaus, sagte Alois am nächsten Nachmittag, dass niemand je einen solchen Fall gehabt habe. Der Russe falle nicht in die Verantwortlichkeit irgendeiner Behörde, es sei schlicht niemand für ihn zuständig. Also hatten sie sich im Krankenhaus an ihn erinnert, an den Mann, der ihm das Leben gerettet hatte. So hatte es ihm der Ärztliche Direktor des Saksonia-Krankenhauses erzählt, als er ihn mittags an die Strippe bekam. Dann habe er noch hinzugefügt: »Ich weiß nicht, ob ich es richtig zitiere, aber ich glaube, bei dem Dichter heißt es etwa so: Wo du hinfällst, bist du zu Hause … Richtig?« Ab jetzt werde der Hausarzt den Patienten betreuen. Ob man genügend Schmerzmittel dagelassen habe? Mit viel Ruhe und Physiotherapie wäre er bis zum Frühjahr nicht mehr auf Hilfe angewiesen. »Aber ganz was anderes«, habe der Ärztliche Direktor darauf erneut enthusiastisch gesagt: »Was für ein Abenteuer, oder? Ein sagenhafter Kerl. Ein Held, wirklich, kann man gar nicht anders sagen.«

Alice unterbrach Alois' Bericht. »Wenn er ihm so imponiert hat, warum hat er ihn dann nicht dabehalten?«

»Das habe ich auch gesagt, aber …«

»Nichts hast du gesagt.«

»In der Reha gab es nicht genug Betten. Und er braucht keine Akutpflege mehr, also dachten sie ... Also ...«

»Also sind wir die Deppen.«

Alois lächelte zaghaft und zog die Schultern hoch.

»Und jetzt?«, fragte Alice.

»Ja, das ist die Frage, ja.«

»Hier kann er nicht bleiben.«

Alois holte tief Luft und fragte dann mit dem Mut der Verzweiflung: »Warum eigentlich nicht?« Es sei doch nur bis März. Sie könnten ihn schon mal für eine Wohnung in den Avermaten anmelden. Nur drei, dreieinhalb Monate. Noch kürzer. Es wäre doch ein Verbrechen, diesen Mann, der sein Leben für die Freiheit aufs Spiel gesetzt hatte, auf die Straße zu setzen.

Alice richtete das Bügelzimmer neben der Deele für den Russen her, wo sie Einweckgläser und Holundersirup in Flaschen lagerte sowie die Notrationen, die sie auf Anraten des Zivilschutzes für den Fall eines Atomangriffs oder einer Invasion durch die Rote Armee besorgt hatte. Sie räumte die Regalbretter leer, entfernte die Wollmäuse und Spinnweben und schleppte ein Einzelbett hinein. Aus der Scheune holte sie ein Transistorradio und legte einen Stapel illustrierte Geschichtsbücher ihres Mannes auf den Beistelltisch. Ihr Vater besorgte einen Rollstuhl, mit dem sie den Gast vom Bett zum Sofa und zurück schieben konnte.

Der Russe war eine Legende. Von nah und fern kamen die Menschen, um ihn zu sehen, den Mann, der sich Flügel angeschnallt hatte und aus dem Roten Reich davongeflogen war, dessen Westgrenze so nah war, dass angeblich acht Kilometer weiter, in Deurlo, Pershings in Richtung Osten stationiert waren. Die Menschen klopften bei der Nebentür ans Fenster, riefen in den kleinen Flur: »Jemand da?«, streiften die Schuhe ab und kamen rein. Sie rieben sich die Hände am Feuer, antworteten »ja gerne«, wenn Alice ihnen Kaffee anbot, und sagten, bald werde es frieren, die Kälte liege schon in der Luft. Unterdessen starrten sie ungeniert auf den Russen, der im Lampenlicht lag und in dem Lehrbuch *Niederländisch für Ausländer* las, mit einer russischen Vokabelliste hinten drin. Er machte einen sehr zufriedenen Eindruck. Zwar war er nicht in Dänemark gelandet, aber das Schicksal hatte ihn trotzdem an ein Kaminfeuer geführt und zu einer schönen Frau, die geduldig mit ihm Sätze analysierte und die richtige Aussprache wiederholte. Sie brachte ihm Essen und schob ihm ohne eine Miene zu verziehen eine Bettpfanne unter den Hintern.

»Anton«, fragte sie, »du auch Kaffee?«

Er hob den Kopf. »Nein dannkje. Dankischjon.«

»Dankeschön«, verbesserte sie ihn.

»Dankeschön«, wiederholte er.

»Aha«, sagten die Besucher.

Ihr vages Lächeln. »Er ist ein guter Schüler.«

Allgemein ging man davon aus, dass sich Krüzen, der seine Frau nur mit der Sicherheit seines Beamtendaseins hatte erobern können, mit dem Russen sein trojanisches Pferd ins Haus geholt hatte. Niemand warnte ihn. Alle guckten und warteten. Bei manchen Dingen ist das Ende sofort abzusehen, aber man guckt trotzdem weiter, einfach um zu sehen, wie es sich vollzieht.

Der Mais war gehäckselt, Harry Voorthuis holte den Flieger vom Acker und stellte ihn bei Krüzen auf die Einfahrt. Schlammig und zerknautscht stand er da, das Fahrwerk, der Propeller und die linken Flügel in einem unordentlichen Haufen daneben. Dort, wo Rubin gesessen hatte, machte die Kiste einen Knick, bei dem einem schlecht wurde. Jeder, der auf den Hof kam, trommelte kurz auf die geflickte Stoffbespannung. Die Kukurusnik war eine Reliquie und der Russe ein Heiliger, der den Roten Drachen besiegt hatte.

Der Himmel zog sich zu, man machte sich auf einen langen, harten Winter gefasst, weil Jan Oude Booijink gesagt hatte, seine Bienen hätten das Flugloch in ihren Stöcken fest verschlossen. Im Haus erklangen Konjugationen und einfache Sätze, während die Grammatik des Schicksals ihrer eisernen Logik folgte. Und Alois? Sieht er es etwa nicht? Ihre roten Wangen, wenn er nach Hause kommt, ihre vor Leben sprühenden Augen? Hat er vergessen, dass sie auch ihn mal so angesehen hat? Das Leben war so langsam aus ihrem Blick gerutscht, dass er es in der Aneinanderreihung der Jahre nicht bemerkt hatte. Dann war es verschwunden, und er hatte nicht mehr daran gedacht.

Er versteht auch ihren Ausbruch nicht, am Abend vor Weihnachten, als sie ihm im Schlafzimmer mit mühsam unterdrückter Wut mitteilt, dass Rubin auf der Stelle aus dem Haus müsse. Er mache alles kaputt, sagt sie, ob er denn gar nichts mitkriege? Dabei verschränkt sie die Arme vor ihren Brüsten, ihren großen, warmen Brüsten – es tut ihm leid, dass sie auf einen Streit zusteuern.

Aber er sitze doch nur rum, wirft er ein, er tue doch keiner Fliege was zuleide? Und so kurz vor Weihnachten könne man doch niemanden einfach so rauswerfen? Er bittet sie um Geduld, ihr Gast gehe schon an Krücken, nicht mehr lange und er wäre auf den Beinen, und dann wäre alles wieder wie früher.

Ihr Ausbruch an jenem Abend ist die letzte Warnung, er hört sie nicht, und erst später, zu spät, sollte sie ihm wie Posaunenstöße in den Ohren klingen. Armer Alois Krüzen, der den Rest seines Lebens versuchen würde, die Größe des Verlustes abzuschätzen, ein Mann, der den Abstand zu verschwundenen Sternen misst.

II

Wäre es nicht eine feine Sache, sagte Gerard Meinders bei einem Treffen des Weilers Muldershoek, an Karneval einen Umzugswagen mit einer Kopie des Flugzeugs darauf zu bauen? Sie könnten den Russen reinsetzen, und sie, die *Noabers* von Muldershoek, würden sich, flankiert von einer Batterie Scudraketen, als Rote-Armee-Soldaten verkleiden. Dann flöge das Flugzeug sozusagen über Soldaten und Raketen hinweg, denn es sollte auf einer Säule ruhen, in der eine Treppe war, damit der Russe hochklettern konnte. Gerard hatte schon ein paar Skizzen gemacht.

Eigentlich arbeiteten sie schon an einem Wagen mit dem Thema Schlümpfe, doch der Plan stieß auf solche Begeisterung, dass die Bewohner von Muldershoek die alte Idee fallen ließen. Jetzt musste nur noch der Russe gefragt werden. Alois nahm die Zeichnungen mit nach Hause und zeigte sie Rubin. Was er davon halte?

»Er weiß doch gar nicht, was Karneval ist«, sagte Alice. Sie versuchte, es ihm zu erklären, halb auf Niederländisch, halb auf Russisch, denn so wie er ihre Sprache lernte, lernte sie seine.

Rubin fing laut an zu lachen und sagte: »Otlitschny plan! Moj kukurusnik otlitschno goditsja dlja karnawalnowo schestwia!«

»Niederländisch, Anton«, sagte sie.

Er seufzte tief. »Gute …« Hilflos sah er sie an und tippte sich an die Schläfe. »Plan!«, rief er aus. »Gute. Plan!«

Im großen ehemaligen Kuhstall auf Krüzens Hof machten sie sich an den Bau des Wagens, der für ihren Weiler beim Umzug mitfahren sollte. An mehreren Abenden die Woche trafen sie sich und verwandelten einen Erntewagen in ihre Vision von Rubins Flug. Rundherum montierten sie, in einem halben Meter vom Boden, eine Batterie ballistischer Raketen aus Sperrholz, hinter denen die Räder verborgen waren und die den Feiernden gleichzeitig als Geländer dienten, zum Schutz vor Stürzen. In der Mitte des Wagens erhob sich eine Konstruktion aus Holz und Metall, stark genug, das Flugzeug zu tragen. In der Scheune roch es nach Sägespänen und Farbe, alle waren sich einig, dass es die beste Idee in der Geschichte des Mariënveener Karnevals war. Die würden Augen machen, die anderen mit ihren Wagen voller Barbapapas und Fantasietieren aus Kindersendungen. Rubin saß auf einem Stuhl, rauchte und erteilte ab und zu Anweisungen für den Nachbau seiner Kiste. In regelmäßigen Abständen legten sie Hammer, Säge und Pinsel beiseite, sagten »Na sdorowje!« und tranken ein Glas Genever.

Das Flugzeuggerüst bauten Gerard Meinders, der eine Schreinerei besaß, und sein Bruder Bertold, der auf halbem Weg zwischen dem Dorf und Muldershoek ein Sägewerk gegründet hatte.

Vor dieser Zeit war Mariënveen noch nie in den Nachrichten gewesen, kein einziges Mal seit der ersten Erwähnung des Namens in einer Besitzurkunde aus dem Jahr 1013, und nun machten sie tatsächlich tagelang Schlagzeilen. Außerdem war der Russe schwer in Ordnung; er hob gern mal einen und wusste seine Hände zu gebrauchen. Den Propeller hatte er selbst gebaut, weit weg in einer Scheune in Zahublene. Propeller waren Wunderwerke der Gleichgewichtskunst, schon die Lackierung konnte die Balance stören. Aus unerfindlichen Gründen liebte Rubin sie sogar so sehr, dass er sich einen auf die volle Länge des Oberarms hatte tätowieren lassen.

Der abgebrochene Propeller wurde repariert, so gut es eben ging, und an der Nase des Nachbaus befestigt. Dann tüftelte Theo Lesscher so lange an einem kleinen batteriebetriebenen Elektromotor, bis er ihn wieder zum Drehen gebracht hatte.

Als der Flieger fertig war, zogen sie ihn an einem Balken hoch und fuhren den Bauernwagen drunter. Ein düsteres Sowjetmonument war es geworden. Kalt glänzten die silbergrauen Raketen, heroisch stieg die Kukurusnik über dem gezackten Zaun auf. Rubin weinte und trank auf seine neuen Freunde, die seine Geschichte in Holz, Metall und Farbe nachgebildet hatten. Paul stieg zu dem bequemen Sessel im Cockpit hinauf, wo Rubin es ein paar Stunden aushalten müsste. Unten schenkte Frans Huzink noch mal nach. »Auf die NATO, oder«, sagte Gerard, und wieder hoben sie die Schnapsgläser, ein altes Andenken aus dem Teutoburger Wald.

Als es so weit war, kamen sie in Militärkleidung, die sie aus den Kleidersäcken ihrer Dienstzeit gekramt hatten, auf den Hof. Die Frauen hatten das in einen roten Stern gefasste Emblem von Hammer und Sichel auf die Uniformen genäht. Sie halfen Rubin auf den Wagen und bugsierten ihn mit vereinten Kräften auf seinen Platz. Seine Beine baumelten durch das Loch unter ihm, er sah sich zufrieden um. »Gerard!«, rief er. »Du gute Flugzeug gemacht! Sejtsja sjadu i poletsju. Nach Hause!« Er zeigte auf sich.

Voorthuis manövrierte den Trecker rückwärts in die Scheune und koppelte ihn an den Wagen. Er kam zu den anderen. »So, los gehts«, sagte er vergnügt und rieb sich die zerschundenen Bauernhände.

Um zwölf Uhr versammelten sich die Karnevalswagen im Dorf. Noch nieselte es, doch später sollte es aufklaren, es war ein nasskalter Tag. Rubin saß rauchend in seinem Ausguck, die lederne Fliegermütze auf dem Kopf. In der Ferne trieb die Blaskapelle die aufgeregten Klänge des Radetzkymarschs vor sich her. Da kamen sie von der Sint-Jozef-Schule anmarschiert, in königsblauer Uniform. Das Blech glänzte, dumpf trommelten die Pauken dahinter. Die Linden an der Dorpsstraat ragten kahl und dunkel empor, aus der Kneipe *De Lindeboom* strömten schon zu dieser Zeit Licht und Festlärm. Bedienungen im Dirndl rannten mit Tabletts voller Biergläser herum. Die Leute sangen laut, *Es gibt kein Bier auf Hawaii.* Clemens II. bekam vom Bürgermeister den Schlüssel und stieß nach einer Ansprache, die keiner verstand, ins Horn, worauf die ganze Bande rausstürmte und sich auf die Wagen schwang. Im Schritttempo ging es zu *Oh when the Saints go marching in* vorbei an der Kirche, der Rabobank und den Geschäften; manchmal ließ die Wolkendecke einen Streifen kaltes Sonnenlicht durch. Der vierte Wagen im Umzug war der aus Muldershoek. »Anton!«, riefen die Menschen am Straßenrand. Er lachte und winkte, und sie fühlten einen warmen Stolz, dass er sich für seine Bruchlandung ausgerechnet ihr Dorf ausgesucht hatte.

Die *Noabers* von Muldershoek salutierten und zielten mit ihren Jagdgewehren auf den kleinen Doppeldecker über sich. Manchmal traten sie auf der Stelle, im Takt der Märsche, die in ohrenbetäubender Lautstärke aus den Boxen hinten auf dem Wagen schallten. Sie hatten einen ganzen Turm Grolsch-Kästen an Bord, und Anton schenkte sich nach Belieben aus einer Flasche Puschkin nach. Bei Wodka muss man es langsam angehen lassen, wussten die *Noabers,* aber Anton würde es wohl nichts ausmachen, der war dran gewöhnt – außerdem war es kalt, ein Gläschen konnte nicht schaden. Nach anderthalb Runden um den Ort war die Rote Armee stockbesoffen und der Pilot mit seiner Fliegerhaube grinste da oben mit nassem Mund und Tropfen im Bart.

Harry Voorthuis, der den Traktor fuhr, drehte sich ab und zu besorgt zu seinen Nachbarn um, die die Kassette mit Marschmusik durch »Hollands mooiste« ersetzt hatten und jetzt *Tulpen aus Amsterdam* mitgrölten. Blinde Passagiere kamen an Bord, alle wollten dem Russen die Hand schütteln.

Paul, als Bäuerlein verkleidet, winkte mit seinem roten Taschentuch, als der Wagen am Kirchplatz vorbeifuhr, doch sein Vater starrte nur glasig auf die Menge, während er sich an der Spitze einer Scudrakete im Gleichgewicht zu halten versuchte. Viel weiter oben schien Rubin, den Kopf am Cockpit angelehnt, ein Nickerchen zu machen. Paul und seine Mutter schauderten, als sich eine Wolke vor die Sonne schob. Im *Lindeboom* warteten sie auf das Ende des Umzugs.

Im Festsaal wurde Rubin auf die Bühne gesetzt, damit er den Trubel überblicken konnte. Um ihn herum lauter Menschen, die Karneval feierten und ihm auf die Schultern schlugen. Manchmal brüllte er irgendwas Unverständliches.

»Hunger, Anton?«, riefen junge Kerle und fütterten ihn mit in Stücke geschnittener Bratwurst. Danach gossen sie ihm den

Inhalt kleiner Schnapsflaschen in den Rachen. Offenbar hatte er nicht mehr die Kraft, selbst das Glas zum Mund zu führen. Die Blaskapelle drehte eine Runde um den Saal, die Leute schlossen sich in einer Polonaise an.

Auf einem Tisch am Rand des Saals presste Paul die Hände auf die Ohren. Seine Mutter sah von weitem, wie der Russe gleichgültig, maschinell Wurst und Getränke verschlang. Sein Bart triefte vor holländischem Vieux und Currysauce. Ein gedrungener junger Mann nahm Rubins Kopf in die Arme und hielt ihm den Mund auf, damit ein anderer Alkohol reingießen konnte. Eine weitere Wurst kam aus der Frittenbude draußen; langsam mahlten Rubins Kiefer den Brei aus Fleisch und Schnaps.

»Alois!«, schrie Alice ihrem Mann zu, der in einer Polonaise vorbeischwankte. »Alois!«

Doch der hatte die Hände auf den Schultern des Mannes im Bauernkittel vor ihm liegen und war taub für ihre Stimme in der Menge.

Sie bahnte sich einen Weg zur Bühne. Hände grapschten nach ihr – zwickten sie in den Hintern und die im Dirndl hochgebundenen Brüste. Anton Rubin, der Mittelpunkt der bacchantischen Raserei, war in der Düsternis hinter seinen Augen weggesackt, während sein Kiefer mechanisch weitermahlte und er den Brand in der Kehle nicht mehr spürte. Die Kerle waren auf dem besten Weg, ihn mit Bratwurst und Alkohol umzulegen. Wenn er vornüberkippte, zogen sie ihn wieder hoch und stopften weiter Wurst in ihn hinein. Als er sich erbrechen musste, hielt ihm ein junger Mann den Mund kräftig mit der Hand zu.

»Hör auf damit!«, schrie Alice. »Er erstickt!«

Ihre Stimme ging im Trubel unter. Rubins Oberkörper bebte. Alice stieg auf die Bühne und schubste den jungen Kerl mit beiden Händen weg. Rubin fiel vornüber, die lachende Menge vor der Bühne wich angewidert zurück, als er in einem fort kotzte und kotzte.

Zwei Männer trugen ihn raus, im Auto pisste er sich voll. »Anton!«, schrie Alice und schlug ihm ins Gesicht. Zu Hause legten sie ihn ins Bett, Alice zog ihn aus und wusch ihn.

An den Tagen, die er im Bett blieb, um sich von der Alkoholvergiftung zu erholen, brachte sie ihm schweigend seine Mahlzeiten. Von der Tür aus spähte Paul in das kleine Zimmer. Rubin wollte etwas sagen, doch Alice schüttelte nur krampfhaft den Kopf. Sie ging wieder, zog die Tür entschlossen hinter sich zu.

Schweigen ist die härteste aller Strafen. Abgrundtiefes, anhaltendes Schweigen, nicht mal ein vom Leben gestählter Russe hält das aus. Nach sechs Tagen kam Paul eines Nachmittags in die Stube und sagte zu seiner Mutter: »Er geht die Straße lang.«

»Wer?«

»Anton.«

Sie blickte auf. »Was sagst du da?«

»Er geht die Straße lang. Guck.« Paul zeigte nach draußen.

»Unmöglich«, erwiderte seine Mutter, warf sich eine Jacke über und rannte ins Freie, wo eisiger Dauerregen runterkam. Sie ging über die Einfahrt zur Straße, überquerte sie. »Du bleibst hier!«, rief sie Paul zu. Sie zog den Reißverschluss zu und folgte Rubin, der sich dahinten auf seinen Krücken davonmachte. Die Leinentasche, die er im Krankenhaus bekommen hatte, hing ihm über der Schulter, darin sein kärglicher Besitz:

Briefe und Karten aus dem ganzen Land, ein paar Zeitungsausschnitte, seine Schmerzmittel. »Anton! Anton!«, hörte Paul seine Mutter rufen.

Er stand unter den grauen Eichen und zitterte. Nicht vor Kälte, sondern weil ihre Stimme nicht ihn rief, sondern den Russen, der dahinten über die Straße humpelte. Seine Mutter lief über die Brücke und holte ihn beim Sägewerk ein. Aus der Ferne drangen ihre unverständlichen Stimmen zu ihm. Dass seine Mutter weinte, das hörte er, und dass sie einander umarmten, das sah er – und so, wie es seinem Vater den Rest seines Lebens leidtun sollte, dass er den Russen nicht im Maisfeld hatte krepieren lassen, konnte Paul es sich nie verzeihen, dass er ihr Bescheid gesagt hatte, als Rubin abhauen wollte. Was, wenn er es nicht getan hätte? Was, wenn er den Russen schweigend hätte ziehen lassen? Was, wenn?

12

Als Ronnie Steeghuis ins Finale von *X Factor* kam, machte Mariënveen zum zweiten Mal Schlagzeilen. Im großen Saal von Shu Dynasty saßen an die hundert Mann vor der Leinwand, die auch bei wichtigen Fußballspielen aufgespannt wurde. Ronnie Steeghuis' Ruhm strahlte auf alle im Saal ab – er verschaffte ihnen einen Platz in der Welt, in dieser Welt, die das Russen-Abenteuer längst vergessen hatte und nie mehr an Mariënveen dachte. Steeghuis, der im echten Leben als Schnulzensänger herumtingelte, hatte es jede Woche in der Talenteshow irgendwie bis zur nächsten Runde geschafft, sodass jetzt, im Finale, wirklich was auf dem Spiel stand. An diesem Abend hatte er sich für Queen entschieden, *These Are The Days Of Our Lives.*

»Homo!«, rief Abbink.

Vor dem Auftritt sahen sie Steeghuis in einem Proberaum, in dem ein Klavier stand, im Gespräch mit Wendy van Dijk. »Ronnie Steeghuis, den ganzen weiten Weg aus Mariënveen hat er zu uns gefunden«, sagte die Moderatorin mütterlich. »Und jetzt bereitest du dich also auf den großen Auftritt vor. Dein großes Finale, jetzt gehts ums Ganze ...«

Es folgte eine Rückschau auf seine Karriere als Sänger, wie er mit einer Band auf Volksfesten und in Altersheimen auftrat, bis er eines schönen Tages beschloss, an der Vorrunde von *X Factor* teilzunehmen. Mit seinen kindlich ehrlichen Antworten im reinsten Dialekt hatte er im Lauf der Staffel einen gewissen Kultstatus erworben.

»Und was, Ronnie«, fragte Wendy van Dijk dann, »ist, wenn du tief in dein Inneres schaust, was ist dann dein allergrößter Wunsch?«

»Ach, gesund bleiben. Das ist das Wichtigste.«

Eine weitere entwaffnende Antwort, wieder lachte sie sich kaputt. »Stimmt«, sagte sie immer noch lachend, »das wollen wir natürlich alle. Aber du, Ronnie, wenn du wirklich mal ganz tief in dein Herz schaust, was ist dann *dein* allergrößter Wunsch?«

Ronnie blieb eine Weile still. So tief schaute er in sein Herz, dass er die offensichtlichste Antwort – »*X Factor* gewinnen, natürlich!« – vergaß, mit den Schultern zuckte und die unsterblichen Worte sprach: »Noa Westen.«

Schlagartig verstummte die Kneipe.

»Das ist doch nicht sein Ernst«, erklang Abbinks Stimme.

»So ein Arschloch«, murmelte Paul Richtung Leinwand.

Einige verließen den Saal. Wenig später war leiser zynischer Applaus zu hören, als Steeghuis gerade mal ein Jurymitglied für sich gewinnen konnte und ruhmlos von dannen zog.

Vielleicht, dachte Paul nicht zum ersten Mal, lebt hier doch ein anderer Menschenschlag. Ein merkwürdiges Überbleibsel dessen, was die Sachsen und Tubanten zurückgelassen hatten, als sie sich hastig aus dem Staub machten. Ach, rührender Stolz: Ronnie Steeghuis im Landesfernsehen … Wiedergutmachung für ein Schattendasein am äußersten Zipfel des Königreichs der Niederlande, fernab der See – aber als Ronnie gefragt wurde, wonach er sich wirklich sehnte, hatte dieser Arsch doch glatt die Wahrheit gesagt: dass hier nichts war und jeder, der die

Chance bekam, so schnell wie möglich abhauen wollte. Selbst von den Chinesen wurden sie verachtet. Klar, die lächelten von morgens bis abends und taten so untertänig wie nur was, aber keiner zweifelte daran, dass sie hinter den Schwingtüren unverhohlen über sie lachten. Tagaus, tagein erklang da chinesisches Prusten über die bekloppten Kuchenbäcker auf der anderen Seite der Theke.

Paul wunderte sich über den chauvinistischen Stolz, der am Grunde seiner Seele verborgen gelegen hatte und jetzt aufgewühlt wurde, als einer aus seinem Dorf ins Landesfernsehen kam. Er schimpfte leise vor sich hin, während Mama Shu und ihre Tochter Ming Bierflaschen öffneten und auf die Theke stellten. Steeghuis, der Idiot, hatte Schande über sie alle gebracht. Talentlose Deppen, die es woanders nicht schafften. Wer was auf dem Kasten hatte, ging weg. Herbert Kieftenbelt mit seinem Transportunternehmen hinter der Grenze; Henny Löwik, dessen Name überall auf Riesenplakaten an den Baustellen zu lesen war; beide waren nie nach Mariënveen zurückgekehrt. »Hier ausm Dorf«, sagte man beiläufig, sobald die Rede auf einen von ihnen kam. »Halten sich für was Besseres«, hieß es, wenn jemand fragte, warum sie sich nie mehr blicken ließen. Aber warum? Mariënveen war wohlhabender als Kloosterzand und Deurlo zusammen. Hier wurde gebaut, wenn irgend möglich in altsächsischer Bauweise, pseudohistorische Kästen zwar, aber trotzdem schick. Hier gab es eine Textilfabrik und mehrere jahrhundertealte Fachwerkhöfe. Sogar internationalen Drogenhandel hatte es gegeben, wie sich vor ein paar Jahren herausstellte, als eine aus dem Lokal *Halfweg* an der großen Straße nach Kloosterzand operierende Bande hochgenommen wurde. Das *Halfweg* mit seinem Spielplatz, wo in einem großen Pilz Softeis und Süßigkeiten verkauft wurden – wenn der Pilzkiosk öffnete, wusste man, dass Frühling war; symbolischer konnte man den Verlust der Unschuld doch nicht haben? Und dieses Jahr im März waren in Mariënveen im Zusammenhang mit dem Kokainschmuggel im Hamburger Hafen ein paar Männer festgenommen worden. Du lieber Himmel, was konnte man von einem kleinen Dorf noch mehr erwarten?

Die Leinwand war wieder weggeräumt, Saal und Kneipe hatten sich größtenteils geleert. »Ming, hübsches Ding«, sagte Abbink, »bring mir mal noch eins.«

Ming, die ältere der beiden Shu-Kinder, hatte einmal den Fehler begangen zu sagen, dass ihr Sozialhilfe lieber wäre, als ihnen den Rest ihres Lebens Bier und Bami zu servieren. Ein Mal nur. Ming, die zum Amt ging, war geboren.

Sie tat Paul leid. Das Leben hatte es nicht gut mit ihr gemeint. Ming Shu war dünn wie ein Stecken, ihre Zähne schimmerten blauschwarz. Ihr Haar war glanzlos und fettig, als hätte es sich schon bei ihrer Geburt für immer und ewig mit Bratöl vollgesogen. Aber sie ließ sich nicht unterkriegen. Sie lächelte, wenn sie die Reihe von Reimwörtern mit ihrem Namen hörte, und arbeitete sieben Tage die Woche, ohne zu murren.

Auf Asiatinnen stand Paul ja, aber nicht auf Ming. Er hatte versucht, nach ihrem flachen Hintern zu verlangen und sich vorzustellen, dass sie tolle kleine Brüste hatte oder eine delikate Muschi, ohne Erfolg. Sie war einfach eine Frau ohne eindeutige Vorder- oder Rückseite, fand er. Dennoch malte er sich manchmal in seinen Tagträumen ein Leben mit ihr aus. Ming war Mitte dreißig, noch könnten sie Kinder bekommen. Er war knapp fünfzig, aber man sah es ihm nicht an. Vielleicht gelänge es ihm, sich mit ihr zu begnügen, wenn sie sich mit ihm begnügte, doch seine Träumereien scheiterten jedes Mal an denselben Hindernissen: dass er zu alt war und Ming zu hässlich. Tagein, tagaus lief sie in einer schwarzen, hoch über ihren spitzen Hüftknochen zusammengeschnürten Hose herum, darüber ein weites, schwarzes T-Shirt, in dem sie platt und unförmig wirkte.

Sie kam aus der Küche mit einem Teller Ayam Kecap für Alfons Oliemuller.

»Noch nichts gegessen, Alfons?«, fragte einer der Hennies.

Er nickte, den Kopf dicht über dem Teller.

»Was denn, Ming«, sagte er kurz darauf, »war das Huhn alle?« Er hielt die Gabel über die Theke.

Ming schaute. »Das ist Huhn.«

»Ei.«

»Nee, Huhn.«

»Probier mal«, sagte Oliemuller. Er richtete sich auf seinem Barhocker auf und hielt ihr die Gabel vors Gesicht.

Die Huhn-Ei-Diskussion hatte Paul öfter gehört. Der Verdacht gegen den alten Herrn Shu, dass er beim Huhn mogelte, war einer der hartnäckigsten.

»Ich esse doch nicht dein Huhn«, sagte Ming empört.

»Ihr esst selber nicht mal, was ihr uns vorsetzt«, sagte Oliemuller zornig. »Diesen Dreck.«

Ming lächelte mit ihren dunklen Zähnen. »Ist gut, chinesisches Essen! Gesund!«

»Und wo habt ihr dann euren Müll? Bei euch gibt es nie Müll. Alles aufgegessen. Von uns.«

Das war gleich der zweite Verdacht, der sich hartnäckig

hielt: dass die Chinesen alles verbrauchten, alle Lebensmittel aus der Küche, angeschlagen oder überreif, schimmlig oder verdorben, alles. Jeder glaubte das, genauso wie jeder einfach weiter Nasi, Bami und Reisnudeln bestellte, solange »des Hauses« dahinterstand. Vielleicht kennt ja auch Ming ihren Platz in der Nahrungskette, dachte Paul, und ist realistisch genug, nicht mehr vom Leben zu erwarten, als was ihr zusteht. Tatsächlich saßen sie im selben Boot. Beide waren nie von zu Hause ausgezogen und in diesem Sinne immer Kind geblieben. Auch für Ming sah es danach aus, als ob sie kinderlos bleiben würde. Die Pflege ihrer Eltern käme noch auf sie zu. Ihr Vater wird wahrscheinlich nicht alt, dachte Paul. Er hatte keine Zähne mehr und schlurfte, wenn er nicht gerade kochte, in weißen Socken und Badelatschen zu seinem Tisch beim Fenster, wo er seinen chinesischen Gedanken nachhing, eine Marlboro nach der anderen zwischen Mittel- und Ringfinger klemmte und rauchte. Mama Shu dagegen würde garantiert hundert. Egal, ob Ming zum Bäcker ginge oder im Bus auf dem Weg in die Stadt säße, sie würde die klägliche Stimme ihrer hilfebedürftigen Mutter hören. Die Stimme wäre überall, sie könnte ihr nicht entkommen.

Auch ihn verfolgte die Stimme seines Vaters manchmal, wenn er unterwegs war. *Paul? Paul, wo biste?* Kilometerweit trug die Stimme. Schlimmer noch, je weiter er sich von seinem Vater entfernte, desto deutlicher war sie zu hören. Ununterbrochen und kläglich ging sie ihm durch den Kopf, bis er wieder nach Hause fuhr, wo sein Vater im Bett lag oder noch im Lampenlicht saß, vor sich ein Buch über die Vereinigte Ostindische Kompanie oder die Geschichte Amsterdams, erstaunt auf die Uhr sah und fragte: »Bist früh zurück heute?«

Durch das Fenster bei Shu sah Paul, wie gegenüber, in der Happyteria, das Licht in der Vitrine mit den panierten Bami-Blöcken, Mexicanos und Frikadellen ausging. Er dachte an Baptist, der mit seiner Chinesin verheiratet war, weil man, wenn man A sagt, auch B sagen muss. In letzter Zeit fügte er manchmal hinzu: »Das längste B meines Lebens.«

Als Baptist an Krebs erkrankt war, hatte er seinen Stiefkindern die Happyteria vermacht. Am häufigsten stand Wen dort, zusammen mit Xi, den sie auf einem chinesischen Fest in Osnabrück kennengelernt hatte. Jeden Tag brachte Baptist den gemeinsamen Sohn zur Schule – Hand in Hand gingen sie über die schmale Allee vorbei an der Bibliothek. Der Junge war sehr begabt. »Sein Klavierunterricht wird mit Fritten bezahlt«, sagte Baptist.

Er hatte dünnes weißes Haar bekommen. Innerhalb kurzer Zeit hatte die Krankheit ihn zu einem erschöpften alten Mann gemacht. Er saß oft am Fenster und sah den Frauen beim Einkaufen in der Dorpsstraat zu und den Aviko-Lastern beim Vorbeifahren. »Erstaunlich«, sagte er, »wie viele Leute man hier nicht kennt.«

Jetzt ging er langsam wieder in seinen Gemüsegarten. Wegen der Bestrahlungen hatte er ihn letztes Jahr vernachlässigt. Couperose blühte auf seinen blassen Wangen.

Wenn man ihn fragte: »Wie lebt es sich denn so, mit einer chinesischen Frau?«, lehnte er sich auf seinem Stuhl zurück, faltete die Hände über dem Bauch und sagte trocken: »Ich bin so einsam wie nur was. Über nichts kann ich mit ihr reden. Sogar wer Angela Merkel ist, muss ich ihr erklären. Sie sieht die Nachrichten, das schon, aber mit ein paar Tagen Verspätung, wenn sie auf Weibo.com gelandet sind.«

Vor allem am Anfang sei es schwierig gewesen, mit den Wörterbüchern, den Missverständnissen.

Und wenn man Baptist fragte, wie es sei, von einem Tag zum nächsten von Chinesen umgeben zu sein, antwortete er: »Als wäre ich die ganze Zeit im Urlaub – ich verstehe kein Wort von dem, was sie sagen.«

Trotzdem bedauere er es alles in allem nicht, fuhr er ruhig fort. Bei den Bestrahlungen hätte er sich keine bessere Pflegerin wünschen können als seine Frau Lihua. Sie kochte ihm Kräutertees und steckte ihm Akupunkturnadeln ins Ohr und in die Stirn.

»Und jetzt kann man nur hoffen, dass der K Ruhe gibt«, schloss er.

In der Happyteria schob Xi die Stühle zurecht und schaltete die Beleuchtung aus. Nur die Straßenlaterne warf noch ein bisschen Licht hinein. Xi drehte das Schild GESCHLOSSEN zur Straße und verschwand im Schatten.

13

Langsam gingen sie den blühenden Waldrand entlang, sein Vater und er. Die Holunderbüsche streckten ihre weißen Dolden überschwänglich ins Licht. Der Vater knipste die hohen Blütenstände ab, Paul die niedrigen. »Machst du vorsichtig, mein Junge?«, fragte sein Vater. »Der Blütenstaub gibt viel Geschmack.«

Hinter den Holundersträuchern lag ein Buchen-und-Eichen-Wald, der sich am anderen Bachufer fortsetzte. Am anderen Ende stieß der Wald an einen brachliegenden Esch, wo Kiebitze auf der warmen Erde nisteten.

In der Küche ließ sein Vater Wasser in einen Eimer laufen, bis die Dolden bedeckt waren. Er legte ein Geschirrtuch auf den Eimer, stellte ihn in die Waschküche und murmelte: »Dann eben so.« Einen Tag später lagen die Blüten matschig im Eimer; sie rochen ranzig nach Pisse. In der Küche lag Alices Rezeptbuch aufgeschlagen. Sie ließen die Mischung im größten Topf, den sie hatten, leise köcheln und rührten Zitronensäure und Zucker unter. Dann gossen sie den Sirup durch ein Sieb und füllten ihn in Flaschen ab. Sie hatten bei weitem nicht genügend.

In der Waschküche standen noch volle Flaschen aus den vergangenen Jahren, die weißen Etiketten in der geliebten Schrift seiner Mutter beschrieben.

Von den Flaschenböden stieg der Niederschlag in blassen Wirbeln auf, im Glas gefangene, transparente Sternennebel.

In diesem Jahr wurden die Aufkleber erstmals in der spitzen Lehrerhandschrift seines Vaters beschrieben. Alles musste weitergehen wie bisher.

Das Ritual würde sich jedes Frühjahr wiederholen: sein Vater und er, die Holundersirup machten. Es war mit das Beste, was Paul über ihn zu sagen wusste.

Fünf Gerichte brachte sich sein Vater in den ersten Monaten allein bei, alle fünf mit Kartoffeln. Fünf Basisgerichte, nannte er sie, eins für jeden Wochentag. Am Wochenende gab es Resteessen. Es war unglaublich, was man alles aus Kartoffeln machen konnte. Kochen, pürieren, stampfen, braten, frittieren. Stäbchen, Würfel, Stücke, Scheiben, und bestimmt noch mehr, wenn man länger darüber nachdachte. Aber gestampfte Kartoffeln aß sein Vater am liebsten. Also aßen sie rund ums Jahr Stamppot. Im Frühjahr konnte man Stamppot mit Stielmus und Portulak machen und im Sommer mit Bohnen und Mangold. So schlugen sie sich durch, bis endlich wieder die Grünkohlsaison anfing.

Paul schälte die Kartoffeln. Das war von Anfang an seine Aufgabe. Erst mit einem Sparschäler, dann, als der versehentlich mit den Schalen im Müll gelandet war, mit dem Messer. Er wusch die Kartoffeln und legte sie in einen Topf mit Wasser.

Während sein Vater kochte, las er *Pünkelchen auf Reisen*. Der Topfdeckel klapperte. Wenn die Margarine in der Pfanne schmolz, ging sein Vater mit dem Sieb in den Garten, Salatblätter pflücken. Anerkennend murmelte er seinen Pflanzen etwas zu. Der Grünkohl sah gut aus, die Bohnen hatten sich schon bis ans Ende der Stange gewunden. Nicht mehr lange und es gäbe jeden Tag Brechbohnen.

Sobald die Hackfleischrouladen in der Pfanne brutzelten, deckte Paul den Tisch. Den Bratensaft bereitete sein Vater angeblich nach einem alten Familienrezept zu. Er schob das Fleisch an den Rand und briet eine Zwiebel an, fügte Ketchup und Senf hinzu und verrührte alles. Dann die Geheimwaffe: ein Schuss Kaffeesahne. Das Ganze mit Wasser ablöschen, und fertig war der Bratensaft, treuer Sekundant der Kartoffel. So habe er es vor langer Zeit von seiner Mutter gelernt, sagte er, und so gebe er es jetzt an seinen Sohn weiter.

Ob sie denn früher Kaffeesahne gehabt hätten, fragte Paul. Und Ketchup? Doch sein Vater blieb dabei, dass das Rezept von seiner Mutter sei.

Kurze Zeit später falteten sie die Hände und schwiegen einen Moment. Paul vertiefte sich in das rote Zwielicht unter seinen Lidern, ein Sonnenaufgang auf dem Mars.

»Herr, segne diese Speise, Amen«, sagte Alois. Er trug seinen Ehering noch. Was, wenn sie eines Tages zurückkäme?

»Amen«, sagte auch Paul. Er zerdrückte die dampfenden gelben Kartoffeln und arrangierte sie zu einer Landschaft mit einer Kuhle in der Mitte. Für den Bratensaft. Langsam trat der See über die Ufer und überschwemmte das Flachland.

Zu Weihnachten hatte Paul den Vater in einem Van-der-Valk-Restaurant um extra Bratensaft bitten hören. Das Erstaunen der Bedienung quittierte er mit den Worten: »Wir sind nämlich Nassesser.«

Suppe aßen sie keine, sie hatten ja Bratensaft.

Eine Rauchsäule stieg über den Pappeln am Unterlauf des Bachs auf. Masselink, der seinen Müll verbrannte.

Langsamer als sein Vater konnte ein Mensch nicht essen. »Ich muss noch Hausaufgaben machen«, sagte Paul manchmal, doch sein Vater war wie ein Esel nach einem Klaps aufs Hinterteil, er legte kurz an Tempo zu, dann wurde er wieder so langsam wie zuvor. Während er wartete, dachte Paul an alles Mögliche, die Schule, seine Mutter, seine Kameraden. Alles und jeden. Früher, heute, was auf ihn zukäme. Ungereimte Blicke in die Zukunft.

Wieder einmal knackte die Decke über ihnen wie eine Galeone auf hoher See. Seit Menschengedenken knackte es da oben. Einmal hatte der Vater erzählt, wie er eine ganze Nacht lang hochgeschaut und sich gegruselt habe, weil auf dem großen leeren Dachboden über ihm ein Gladiatorenkampf ausgetragen wurde. Da oben war die Hölle losgebrochen, die Balken ächzten und die Bodenbretter knirschten, als zöge jemand die Nägel raus, und er lag wie angewurzelt im Bett.

Gleich danach schien sein Vater zu bedauern, dass er es ihm erzählt hatte.

Später erlebte Paul in mehreren Nächten genau dasselbe.

Dann spitzte er die Ohren, versuchte herauszufinden, wo die Geräusche genau herkamen. Auf dem Dachboden war eindeutig Leben. Kein Marder, keine Ratte. Größer. Anders. Und nicht nur da oben. Manchmal auch in der Stube. Dann sah er eine Kette miteinander verknüpfter, blau flackernder Zündflammen sich zügig durch den Raum schieben. Sie verschwanden in Richtung Hinterzimmer und lösten sich dort auf. Vor den Flammen hatte er keine Angst, sie waren ein vertrautes Phänomen.

Sein neunter Geburtstag – auf den Äckern wurden die ersten Kartoffeln geerntet. Brummend schoben sich die Landmaschinen über die Felder. Sommer, abrupter Temperaturanstieg. Kurz vor dem Gewitter zog der Wind wie eine Harke übers Land. Riesige Staubwolken stiegen zum Himmel auf.

»Kommt sie heute?«, fragte er seinen Vater.

»Keine Ahnung. Freu dich lieber nicht. Das ist das Beste.«

Verbissen schälte Paul die Kartoffeln. Mit dem Weidenkorb auf dem Schoß dachte er an das Leben der Bintjes, die ihm hart und staubig durch die Hände gingen. Sie wurden von der warmen Erde ausgebrütet und bildeten in der trockenen Dunkelheit eine schöne, feste Schale. Zu kräftigen Knollen herangewachsen, wussten sie nichts von dem Staub und den Sommerstürmen über ihnen. Davon, dass das Kraut gespritzt wurde und der ganze Acker wie durch einen Fluch verdorrte. Nichts wusste die Kartoffel, sie war von Anfang bis Ende unwissend.

Bevor sie sich an den Tisch setzten, schenkte ihm sein Vater einen Bausatz. Einen Panzerkampfwagen mit ein paar Soldaten vom Afrika-Korps als Bemannung. »Ich weiß noch, wie ich selber neun wurde«, sagte er. Zum Nachtisch gab es Cremeschnittchen.

Seit seine Mutter weg war, zog es im Haus. Ein kaltes Lüftchen kam aus dem Geschirrschrank, wenn Paul ihn öffnete; ein kalter Atemhauch wirbelte ihm um die Beine, wenn er sich zum Nachtgebet vors Bett kniete.

Ihre Kleidung und den Hausrat hatte sie im Frühjahr mit einem Kleintransporter abgeholt.

Der Russe rauchte in der Einfahrt, neben dem Wrack seiner Maschine. Als Paul von weitem zu ihm rüberschaute, hob er die Hand. Paul streckte ebenfalls die Hand hoch, ließ sie aber auf halbem Weg wieder sinken. Der Russe befühlte die Bespannung der Kukurusnik, seine Finger strichen über die geflickten Stellen auf dem Stoff. Seine eigene Haut war das, und er war das sehnsuchtsvolle Herz dieses Flugzeugkörpers gewesen.

Im Haus ging seine Mutter die Schränke durch. Einen Karton nach dem anderen füllte sie mit Kleidern, Schuhen und Unterwäsche. Sie trug die Umzugskartons durch das Zimmer und den Flur und übergab sie bei der Nebentür dem Russen, der sie zum Bus brachte. Er hinkte noch etwas.

Mit krummem Rücken saß der Vater am Esstisch und las die Samstagszeitung. Alice trug einen Karton hinaus, auf dem WINTERKLEIDUNG stand.

Bald danach fragte sie aus der Küche: »Die hier, Alois?«

Er sah auf. Sie hielt die Bratpfanne hoch. »Von meiner Mutter.«

Sie nickte und stellte die Pfanne in den Schrank zurück. Als er das Klimpern von Besteck hörte, sah er auf. »Finger weg«, sagte er.

Sie schob das Kinn vor. »Das haben wir von meinen Eltern bekommen.«

»Leg das zurück.«

»Ich bin nicht dein Hund.«

Er stand auf. »Leg das zurück, aber dalli.«

»Verdammt, Alois, es ist das Hochzeitsgeschenk meiner Eltern!«

Er stand vom Tisch auf und war mit wenigen Schritten in der Küche. »Lass das da, verdammt noch mal.« Er keuchte.

»Was bildest du dir ein? Mich rumkommandieren zu wollen!« Sie warf das versilberte Gero-Besteck mit beiden Händen in den Karton.

Er riss ein Geschirrtuch von der Wand und schlug ihr damit ins Gesicht.

»*Alois!*« Teile des Bestecks fielen klappernd auf den Küchenboden.

»Mag sein, dass du nicht mehr verheiratet bist«, schrie er. »Aber ich bin es noch!«

In der Stube kniete sie sich neben Paul, rieb ihr verweintes Gesicht an seinem. Er schauderte genüsslich. In der Küche erklang das Dröhnen einer Besteckschublade, deren Inhalt auf den Boden gekippt wurde.

»Mama«, fragte Paul, »bleibe ich hier?«

»Ja, Schätzchen, das ist das Beste. Glaub mir.«

»Warum denn?«

»Weil … Weil du und dein Vater …« Sie lächelte mühsam, ihr Ton wurde sanfter. »Dein Papa kann doch nicht alleine hierbleiben? Oder?« Mit ihrem Ärmel wischte sie ihm die Tränen aus den Augenwinkeln. »Dein Papa braucht dich, Liebling.«

»Aber ich will zu dir«, flüsterte Paul.

Sie strich ihm über den Kopf. »Das geht nicht, Schätzchen. Wirklich nicht.«

»Aber warum nicht?«

Sie nahm sein Gesicht in beide Hände und hielt es wieder an ihres. Ihre Stimme an seinem Ohr. »Es ist das Beste für dich. Für dich und deinen Papa. Jetzt denkst du das noch nicht … Aber später wirst du verstehen, dass es das Beste war. Ehrlich.«

Er legte die Arme nur umso fester um sie, doch sie löste sich aus der Umklammerung und stand auf. Er hielt sich an ihrem Bein fest. Sie strich ihm übers Haar. »Psst, psst, ist ja gut.« Mit geschlossenen Augen sagte er: *Ich will nicht allein bleiben, ich will nicht allein bleiben,* und mittendrin überkam ihn eine intensive Erinnerung an ein Märchen, wo ein Mädchen in einen Brunnen fällt und fällt, immer weiter, bis sie endlich einschläft.

14

»Besser wird es nicht, mein Junge«, sagte sein Vater anfangs manchmal, genauso zerstreut, wie er mit seinen Pflanzen redete oder mit dem Auto, wenn es nicht ansprang. Er hätte sich damals überlegt, gestand er später, ihn zu den Ordensbrüdern zu geben. Er hätte doch keine Ahnung gehabt, wie man ein Kind großzieht. Was dafür nötig war. Die Anwesenheit des Kindes verhinderte, dass er sich ganz in sein Unglück vergrub, wie es sonst vielleicht seinem Wesen entsprochen hätte. Brot musste her und abends eine warme Mahlzeit auf den Tisch. Kleider in den Schrank und Schuhe an die Füße.

Alois holte ein altes Fahrrad aus der Scheune, es stammte noch von seinem Vater. Die Reifen waren platt, der Rahmen mit klebrigem Staub überzogen. Nach den Sommerferien würde er seinen Sohn morgens nicht mehr zur Schule bringen können, wie Alice es getan hatte. Er setzte ihn auf den Sattel und sah, dass er mit den Füßen nicht bis zu den Pedalen kam. »Ich dachte, du bist größer«, sagte er. In Wirklichkeit war Paul der Kleinste in der Klasse und sollte nie größer werden als einen Meter neunundsechzig.

Sein Vater ließ das Fahrrad bei Busscher in Mariënveen herrichten. »Fongers, Groninger Qualität«, sagte der. »Solche gibts heutzutage gar nicht mehr.«

Paul gewöhnte sich dran, ans Radfahren im Stehen. Manchmal ruhte er sich kurz auf der Stange aus.

Sein Vater kochte, Paul radelte im Stehen zur Schule und schälte abends die Kartoffeln. Unzählige sandige Bintjes gingen im Lauf der Jahre durch seine Hände. Nach dem Essen spülte er ab.

Die Zeit verstrich, und manchmal wusste er nicht mehr, wie seine Mutter aussah. Genauso traurig wie ihre Abwesenheit war ihr verblassendes Gesicht; er konnte ihrem durchsichtigen Porträt nur zwei oder drei Ausdrücke verleihen, eine grobe Vereinfachung, die ihn schmerzte.

In den Herbstferien des ersten Jahres, nachdem sie gegangen war, sollte sie ihn auf eine Wattinsel mitnehmen. Er wartete vergeblich auf sie.

Sie kam auch nicht, als er zehn wurde. Am 20. Juli 1978 war sein elfter Geburtstag. Groß und schwer ragte der Tag vor ihm auf, eine Gletscherwand. Es wird ein Tag wie jeder andere. Er liest *König Ottokars Zepter*, radelt zur Textilfabrik, um zu schauen, ob er in den Müllcontainern noch irgendwas Interessantes findet, und wirft bei Huzink die Fenster eines alten Schweinestalls ein. Als sein Vater aus der Schule kommt, sind die Kartoffeln schon im Topf.

»Elf«, sagt sein Vater und hält ihn bei den Armen. »Schon so alt.«

In der Schachtel aus der Konditorei sind zwei Cremeschnittchen.

Um halb zehn geht er ins Bett. Das letzte Tageslicht fällt durch den Spalt zwischen den Vorhängen. Er vergräbt den Kopf im Kissen und ruft nach seiner Mutter, wie ein Mann in der Stunde seines Todes nach ihr ruft.

Im Herbst, an einem Sonntag nach der Kirche, machen sie einen Spaziergang über die Grenze. Sein Vater hat gehört, man hätte Betonblöcke auf dem Weg errichtet, nachdem im Laufe der Woche in der Provinz Limburg zwei Zollbeamte von der RAF erschossen wurden. Es ist ein warmer Herbsttag, sein Vater trägt die Jacke überm Arm. Sie kommen an Kamphuis' Schweineställen vorbei, die einen beißenden Ammoniakgeruch verbreiten, und an einem Kuhstall, wo das Vieh an den Gittern klappert. Die Eichen tragen noch ein bisschen gelbes und rotes Laub, der Sandweg steigt Richtung Grenzübergang langsam an. Alois bleibt stehen und sieht sich um. Er ist von tiefem, goldenem Licht umschäumt. »Flugsandrücken«, sagt er und zeigt in die weite Umgebung. Auf den Flanken der Anhöhe, auf der auch ihr Haus steht, wohnen schon seit Jahrhunderten Bauern. Wer als Erster kam, ist auch heute noch am reichsten.

Manchmal ist sein Vater redefreudig. Er weiß Dinge, die er für gewöhnlich verschweigt, vielleicht sind sie sonst seinen Schülern vorbehalten. Dass auf dem Jupiter ein ewiger Sturm wütet, was schon so war, bevor er geboren wurde, und noch so wäre, nachdem er seinen letzten Atemzug getan hätte. Dass das Kamel zwei Reihen von Wimpern hat und seine Nasenlöcher vor dem Sand verschließen kann. Dass Hasen nach der Geburt für ein paar Tage keinen Eigengeruch haben.

Manchmal kommt sein Wissen abrupt ans Licht, wie ein altes Geheimnis.

Auf dem Grensweg, dem sandigen Pfad zwischen den Bäumen, sähe man ab und zu abends einen Mercedes voller Säue oder Kälber rüberfahren, aber Schmuggel gäbe es hier eigentlich kaum. In der Ferne sehen sie schon die Betonblöcke stehen.

Die Bauern, die seit jeher hier wohnten, erzählt sein Vater, hätten auf dem hohen Sandrücken Getreide angebaut und in tieferen Lagen das Vieh weiden lassen. Fur die Torfstecher, die Hunderte Jahre später kamen, erst im 19. Jahrhundert, war nur noch in der Senke Platz. Wer morgens mit Sack und Pack ankam und noch vor Sonnenuntergang eine Baracke mit Wänden aus Soden und einem Schornstein, aus dem sich Rauch kräuselte, gebaut hatte, den ließ der Torfmeister bleiben. Ein kümmerliches Dasein. Eine Schale Kartoffeln und ein Regenschauer, das sei der Speiseplan gewesen.

Die Arbeiter hätten das Moor trockengelegt und den Torf gestochen, im Garten hinterm Haus Buchweizen und Kartoffeln angebaut.

Paul versucht, mit seinem Vater Schritt zu halten, und denkt an die Bauern, die weit oben auf ihren Massey Fergusons und John Deeres übers Land herrschen. Es ist ihnen gut ergangen, im Lauf der Zeit, obwohl kein Bauer das je zugeben würde.

Die Betonblöcke stehen zwischen den Bäumen, mitten auf dem Weg. Mit dem Fahrrad käme man gerade noch durch. Dahinter gabelt sich der Weg, man kann rechts abbiegen oder geradeaus nach Deutschland, wo die Sandwege sich in einem Netz von Autostraßen verlieren.

Direkt an der Grenze stehen drei Zöllnerhäuser mit Holzgiebeln und einem Knick im Dach aus der Zeit, als die Zollbeamten noch am Grenzgraben patrouillierten. Ein deutscher Zollwagen parkt mit der Nase in Richtung Niederlande. Zwei Beamte sitzen drin. Ihre Mützen klemmen zwischen Windschutzscheibe und Armaturenbrett. Sein Vater beugt sich zu dem spaltbreit geöffneten Fenster vor, spricht mit ihnen. Während er redet, starrt der Fahrer durch die Windschutzscheibe.

Dann ein Nicken, sie dürfen weiter. Erst nach fünfzig Metern gleitet Alois das diensteifrige Lächeln aus dem Gesicht.

In den Gärten hinter den Zöllnerhäusern mickert der Mais und wartet der Grünkohl auf den ersten Nachtfrost. Sie gehen über den sanft geschwungenen Zöllnerpfad an der Grenze nach Niedersachsen.

Die niederländische Landschaft zu ihrer Rechten ist wellig, hier auf deutscher Seite wurde sie mit brutaler Kraft eingeebnet, ein glatt gestrichenes Tischtuch. Auf niederländischer Seite kann man zum Teil noch einen mit Brombeerbüschen und niedrigen Eichen bewachsenen flachen, länglichen Hügel erkennen.

»Das ist etwas Besonderes«, sagt sein Vater, »pass auf.« Sie würden das Innere des Hügels betrachten, den Querschnitt aus Kieselsteinen und Fels. Er beschreibt Paul das Ende der vorletzten Eiszeit, ein schmelzender Gletscher hatte das Land bedeckt. Mit großer Kraft schnellte ein Schmelzwasserfluss unter der Eiskappe dahin, er führte Gestein mit sich. Nach und nach füllte sich der Eistunnel mit Steinen, wie eine Ader, die sich verschloss. Die Temperatur stieg weiter an, bis Schnee und Eis restlos verschwunden waren; die Steine im Schmelzwasserfluss blieben in Gestalt eines langen, gewundenen Walls in der Landschaft zurück. Das sei es also, was sie jetzt sähen, einen steinernen Fluss, mitten aus dem Herzen der Eiszeit. Es ist der einzige Os im ganzen Land.

Paul betrachtet die Steine und sieht das Leben auf der Erde vor sich, ohne ihn. Die Erde ist eisig und unwirtlich, das Licht kalt wie eine Fensterscheibe. Tintenblaue Stürme rasen über die Polarwüste. Und der Winter dauert tausend Jahre, zehntausend Jahre, und als sich die Kälte dann endlich zurückzieht, steht er da an einem silbernen Morgen, wo alles knackt und funkelt, wo Tropfen zu Wasserläufen werden und Wasserläufe zu Bächen.

Sein Vater sitzt auf einem Baumstumpf in der Sonne. Paul hat Hunger, doch sie haben nichts zu essen dabei. Eine Wehe zwischen den Bäumen, hier und da Durchblicke auf Äcker und Heidefelder. Paul findet im Sand ein paar Kartoffelpflanzen. Er zieht daran und findet rotschalige Kartoffeln, sie sind durch Wurzelfäden mit der Mutterpflanze verbunden. Eine Knolle nach der anderen gräbt er aus; das Glück des Schatzsuchers ist mit ihm. Er findet einen ganzen Berg, wühlt aufgeregt in der nasskalten Erde und holt alles heraus. Es ist ein Rätsel, wie die Kartoffeln dort hingekommen sind.

»Schöne deutsche Tuffeln«, sagt sein Vater kurz darauf und breitet seine Jacke auf dem Boden aus. Er legt die Kartoffeln drauf, faltet die Jacke zusammen und hebt die Ladung an den Ärmeln hoch, die er zu einem Griff verknotet. »Boah«, sagt er.

Querfeldein kehren sie nach Hause zurück. Hasen rennen vor ihnen davon.

Sie überqueren den Molenbeek beim Haus der Brüder Oude Wesselink. Paul war einmal bei ihnen, nachdem er in ihrem Obstgarten am Bach Haferpflaumen gepflückt hatte. Sie hatten einen Brunnen drinnen in der Deele und in der Küche einen schnurrenden Kessel auf dem Gaskocher. Man konnte nicht gut rausschauen, weil die Fenster schmutzig und voller Spinnweben waren. Sie waren so alt wie Bäume, die Brüder, und genauso freundlich. »Wir sind so alt«, knarrten sie, »dass wir kein Alter mehr haben.«

Paul wusste nicht, was er sagen sollte. Sie holten glasierte

Kekse aus dem kleinen Patentladen in Kloosterzand aus dem Schrank und sahen ihm beim Essen zu; in ihren dicken grauen Socken schlurften sie über die Steinplatten. In der Küche stand ein ganzer Stapel schmutziges Geschirr. Sie hatten an der Zeit getüftelt, die zwei, und sie schließlich außer Funktion gesetzt.

15

Der Russe habe Fritten gegessen, sagte Baptist. Er spreche etwas Deutsch, habe aber wenig gesagt und nur neben dem Spielautomaten ein bisschen auf sein Handy gestarrt. Nach den Fritten habe er eine XXL-Frikadelle und einen Mexicano bestellt. Danach sei er in Stegginks Ferrari davongefahren.

Paul sah Baptist weiter an, doch mehr hatte der nicht zu sagen.

»Dem kannste nicht trauen«, sagte Paul.

»Hab ich nix von gemerkt.«

»Wirst schon sehen«, sagte Paul und griff nach der Regionalbeilage. Baptist zog den Rest der Zeitung über den Tisch zu sich. Paul las über einen Mann, der mit seinem Quad unter den Traktor geraten war. Ein Familiendrama: Der Tote war der Schwiegersohn des Mannes, der den Traktor gefahren hatte. Paul sah auf. Wenn man für jeden Toten an der Stelle, wo er gestorben war, eine Kerze anzünden würde – man könnte keinen Schritt mehr gehen. Die Dorpsstraat wäre ein Meer von Lichtern, die Welt ein Allerseelen von kosmischen Ausmaßen, der Planet würde wie eine brennende Fackel durchs Weltall sausen.

Wen saß auf ihrem Schemel hinter der Vitrine und wartete, bis die Fritten fertig waren. Sie lächelte ihr Handy an. Paul blätterte weiter. An der Grenze war ein Bulgare festgenommen worden. Er hatte auf dem Parkplatz der Avia-Tankstelle Lastwagenplanen aufgeschlitzt, sein Komplize war noch flüchtig. Eine Seite weiter war die Anzahl Wohnungseinbrüche und Autodiebstähle in der Gegend im dritten Jahr in Folge gestiegen. Die Polizei wollte mobile Teams einsetzen.

Paul sah aus dem Fenster. Bei Shu drüben tat sich was. Die nächste Polizeiwache, dachte er, ist ganze zwanzig Minuten von Mariënveen entfernt. Nur bei Alkoholkontrollen am Wochenende bekamen sie hin und wieder einen Streifenwagen zu Gesicht. Sie zahlten genauso viele Steuern wie alle anderen auch, profitierten aber nur einen Bruchteil. Bei Einbrüchen und Überfällen konnte es eine ganze Stunde dauern, bis die Polizei endlich da war, und wer einen Herzinfarkt hatte, war mit seinem Nachbarn schneller im Krankenhaus als mit dem Notarztwagen.

»Weißt du, was das ist«, fragte er Baptist, »ein mobiles Team? Die Polizei will *mobile Teams* einsetzen, steht hier.«

»Dass sie sich ins Auto setzen? Und rumfahren?«, vermutete der.

»Sowas in der Richtung wird es sein, ja.«

Wen stellte ihm seinen Teller hin. »Mahlzeit, Paul.«

Die schöne, liebe Wen.

»Einen guten Appetit wünsche ich«, sagte Baptist. Seine Mundwinkel waren entzündet. Sie sahen rot und schmerzhaft aus. Während der Krebsbehandlung war er lange Zeit nicht in der Happyteria gewesen. Er konnte keinen Fleischgeruch ertragen. Horror carnis.

»Und die Geschäfte, Paul?«, fragte Baptist.

Sechzehn Pakete hatte er am Vormittag versandfertig gemacht. Deutsche Bajonette für Amerika, eine SS-Uniform nach Norwegen und eine Partie amerikanischer Gasmasken nach

Belgien. Große Pakete für Deutschland brachte er selbst zur Poststelle in Stattau, das sparte ihm einen Batzen Geld.

»Je länger der Krieg vorbei ist, desto besser laufen sie.«

Baptist nickte. Er erzählte von dem Vietnamfilm, den er im Fernsehen gesehen hatte, und sagte: »So langsam dürften mehr Hollywood-Soldaten in Vietnam gewesen sein als echte, meinst du nicht?«

»Könnte hinhauen, ja.«

Baptist schwieg eine Weile. Dann sagte er: »Bestimmt gibt es da einen, der im Internet mitzählt. Irgend so ein Verrückter.«

»Bestimmt«, sagte Paul. Er pikte eine Fritte auf die Gabel und las über Ackerland, das wieder der Natur anheimfiel. Die Menschen zogen weg, gutes Ackerland wurde wieder zu Wald, Sumpf, Flachland. Vor einer Weile hatte sich an der Grenze ein Wolf rumgetrieben. Mehrere Menschen hatten ihn gesehen. Die Fotos waren unscharf und verpixelt, aber es schien wirklich ein Wolf zu sein. So sah es also in diesem Teil des Landes aus: Wölfe ja, Geldautomaten nein. Die hatte man in Mariënveen wieder abgebaut. Zu wenig Umsatz.

Baptist, der seit ein paar Jahren mit seiner chinesischen Frau in der Apartmentanlage gegenüber lebte, sah jetzt von seiner Wohnung aus auf das Brett, mit dem man das Loch in der Mauer vernagelt hatte. »Es ist schon so, als hätte man einen Teil von mir weggenommen«, war sein Kommentar. »Morgens gab es da manchmal eine Schlange. Und wenn man nachts rausschaute, hat da auch ab und zu einer Geld gezogen.«

Wenn man wollte, konnte man jetzt beim Plus bis zu fünfzig Euro extra abheben. So laviert man sich in einer Schrumpfregion um die Unzulänglichkeiten herum.

Baptist hustete, es klang, als ginge in seinem Innern etwas kaputt.

Nachmittags fuhr Paul mit seinem Vater zum Krankenhaus. Glänzend und eckig ragte das neue Saksonia-Krankenhaus aus den Holzwällen und Feldern auf. In den Gängen wies Alois ihm den Weg. »Ich weiß, wo es langgeht«, sagte Paul. Der Rollstuhl, in dem sein Vater saß, stammte noch vom Russen. Paul hatte ihn in der Deele gefunden, sauber gemacht und die Reifen aufgepumpt. Der rissig gewordene Gummi quietschte auf dem Linoleumboden.

Es dauerte lange, bis der Aufzug kam. Das ist mein Leben, dachte Paul, den Sterbenden Gesellschaft zu leisten.

Eine asiatische Pflegerin holte sie aus dem Wartezimmer ab, brachte sie in einen kleinen Behandlungsraum. Eine Philippinin, vermutete er. Sie sprach akzentfrei Niederländisch. Ein Adoptivkind vielleicht?

Sie half seinem Vater auf die Liege und zog ihm die Hose aus. Sie war klein, an ihrem Hals funkelte ein silbernes Kreuz. Als sie den Arzt holte, sah Paul ihrem breiten Becken hinterher. Sein Verlangen war besorgniserregend. Es spritzte in alle Richtungen.

Die Haut seines Vaters lag faltig um die Oberschenkel, die Unterschenkel waren trocken und schuppig, Pilze schmarotzten an ihm. Ab einem bestimmten Alter, dachte Paul, sieht jeder Körper aus wie auf einem Foto aus Auschwitz.

Das Fleisch um die Wunde war rot und glänzend. Ronnie Steeghuis hatte recht – Gesundheit war das Einzige, was man haben wollte. Gesundheit, eine gute Frau und ein bisschen Geld auf dem Konto.

Es hatte mit einer unschuldigen kleinen Wunde angefangen, sein Vater hatte sie nicht beachtet. Bis er seinen Sohn zum ersten Mal darauf aufmerksam machte, war sie schon ziemlich tief, Paul war erschrocken, weil er etwas Helles aufblitzen sah und fürchtete, es könnte der Knochen sein. Woher die Wunde kam, wusste sein Vater nicht mehr; vielleicht hatte er sich irgendwo gestoßen.

Im Alter konnten einen plötzlich Kleinigkeiten zugrunde richten. Paul stellte sich seinen Vater ohne Bein vor. Er fürchtete, das würde seine Kompetenz als Pfleger übersteigen. Bis jetzt brauchte er den Vater weder zu waschen noch ins Bett zu bringen, doch eine Zukunft, in der ihm solche körperlichen Intimitäten abverlangt wurden, war greifbar nah.

»Guten Tag«, sagte der Arzt und gab beiden die Hand. Er war braun gebrannt und sah gesund aus, als wäre er gerade von seinem Segelboot gestiegen, um die Kranken zu heilen. Zwischen dem grauen Brusthaar, das aus dem Hemdkragen ragte, hing ein goldener Davidstern.

Jetzt noch ein Kopftuch, dachte Paul, und alle offenbarten Wüstenreligionen sind vertreten.

Der Arzt nahm Latexhandschuhe aus einer Schachtel und beugte sich über das Bein des Vaters. Er winkte Paul herbei. »Schauen Sie mal hier … Und hier. Sehen Sie? Die Durchblutung ist extrem schlecht, da kann die Wunde nicht heilen.« Er zog die Handschuhe wieder aus und deponierte sie in einem Abfalleimer. Dann sah er sich die Patientenakte im Computer an.

»Sie haben Penicillin bekommen, sehe ich.«

»Kann sein«, sagte Pauls Vater.

Paul nickte. »Hat er.«

»Ich schreibe Ihnen mal Flucloxacillin auf, ein Schmalspektrum-Antibiotikum. Unsere letzte Rettung, mehr können wir nicht machen. Aber es müsste klappen, denke ich. Wenn nicht, möchte ich Sie eine Zeitlang stationär behandeln, um zu sehen, ob wir die Sache hier in den Griff kriegen. Sollen wir so verbleiben?«

Bereits im Aufzug löste sich die Erinnerung an die Pflegerin auf. Früher hätte ihr süßes Gesicht Paul noch tagelang verfolgt. Jetzt war es besser. Ruhiger und besser. Es kam ihm vor wie der erste Schritt, den Tod zu akzeptieren.

Sein Vater hatte die Hände im Schoß gefaltet. Zwischen dem dünnen, weißen Haar schimmerte der Schädel voller Wunden und Schorf. Ein Leben ohne ihn war unvorstellbar. Kohelet, Pauls liebste Bibelgestalt, hatte gesagt, was fehle, könne nicht gezählt werden. Kohelets profane Mattheit stimmte ihn jedes Mal froh, er hatte das Gefühl, einem alten Freund zu begegnen. Wenn Oswaldo Teixeira, der brasilianische Pfarrer von Mariënveen und Umgebung, aus dem Buch Prediger las, dann war es ein guter Tag für ihn.

Sein Vater blieb im Auto, als Paul in die Apotheke ging. Die Frauen hinter der Theke verrichteten ihre Arbeit ohne Eile. Der Wartemarkenspender übte eine besänftigende Wirkung auf die Kunden aus, alle blieben ruhig. Er sah sich die Vichy- und Azaron-Plakate an und drehte an der Prospektesäule. Was tun bei Fieberbläschen. Bei Heuschnupfen. Bei Würmern oder Pilzen. Bei Krebs. Er setzte sich. Fieberbläschen und Krebs passten nicht zusammen. Heuschnupfen und Würmer auch nicht. Magnetpole, die sich gegenseitig abstießen. Nur bei Krebs und Würmern war er sicher. Die gehörten zusammen.

Das Display über der Ladentheke sprang weiter, er war an der Reihe. Er zog das Rezept aus der Hosentasche, die Angestellte las es und sah ihn an.

»Krüzen«, sagte sie und nickte. Sie trug einen praktischen Kurzhaarschnitt, ihr Haar hatte einen dunkelroten Schimmer. Am Ansatz war das Grau schon einen Zentimeter herausgewachsen.

Dann sagte sie: »*Paul* Krüzen.«

Er lächelte verlegen.

»Wie nett. Wie geht es dir denn?« Sie schob ihre Lesebrille auf den Kopf; lila Bügel, rotes Gestell.

»Gut, gut. Und dir?«

»So lala. Und wo lebst du zurzeit? Was machst du so?«

»Muldershoek«, sagte er rasch. »Kuriosa.« Ein schnelles Lächeln. »Damit handle ich.«

»Immer noch da? Na Mensch.«

Er drehte sich kurz um. Die beiden Alten hinter ihm nickten ermutigend.

»Ich freue mich ja riesig, dich wiederzusehen«, sagte die Frau. »Dass ich dich gleich erkannt habe. Schon besonders, oder?«

Zerstreut schweifte ihr Blick über das Rezept in ihrer Hand, dann sah sie auf. Sie runzelte die Stirn, sagte: »Du siehst es wirklich nicht, oder? Du siehst es einfach nicht.«

Er zuckte entschuldigend die Achseln. »Ich war noch nie gut mit Gesichtern.«

»Ineke Wessels«, sagte sie.

Er lächelte dankbar. »Ineke. Jetzt erkenne ich dich.« Doch ihr Gesicht war ihm immer noch gleich fremd. Bei ihrem Namen musste er an Klassenfotos denken, an die gemischten

Gruppen nach der Zusammenlegung der Jungen- und der Mädchenschule von Mariënveen. Ein Mädchen in blauem Faltenrock, immer irgendwo hinten. Teil des Heers der Namenlosen, das auch auf Fotos im Hintergrund blieb. Und aus ihr war also diese laute Frau geworden.

»Aber ich erinnere mich an dich«, sagte sie entschieden. Ihr Lächeln deutete Vergebung an, doch das täuschte. »Du bist nicht gut mitgekommen. Blutarmut, oder? Hieß es jedenfalls.«

Er nickte, entspannte sich. Ihre Rache war auf dem Fuß gefolgt, jetzt bestand die Chance, dass sie sich bald um das Rezept kümmern würde. »So war das«, sagte er. »Langsam. Immer schon gewesen.«

Auch sich selbst sah er auf den in seinem Gedächtnis gespeicherten Klassenfotos aus der Grundschule. Zuerst auf der Sint-Jozef-Schule nur mit Jungen, in Hemden mit hohem Kragen und Pullundern in den Grundfarben. Später waren die Mädchen dazugekommen. Und mit den Mädchen auch die Schlaghosen und T-Shirts mit Aufdruck – es hatte ein Jahrzehnt gedauert, bis die Sechziger nach Mariënveen vorgedrungen waren. An seine Ohnmacht und seinem Abscheu in jener Zeit erinnerte er sich am deutlichsten; er war froh, als sie vorbei war, und hatte sich nie danach zurückgesehnt.

Ineke Wessels verschwand nach hinten. Durch die Milchglasscheibe konnte er ihrer gebeugten Gestalt bei der Arbeit zusehen. Neben ihm wurde ein weiß bestäubter Bauarbeiter bedient.

»Na dann, Paul Krüzen«, sagte sie kurze Zeit später kriegerisch, »war schön, dich wiederzusehen.« Sie schob die Schachtel über die Theke. »Viermal täglich fünfhundert Milligramm mit Wasser einnehmen und vor Gebrauch den Beipackzettel gut lesen.«

Er steckte die Schachtel ein. »Na dann, tschüs.«

Schade, dass ich sie enttäuscht habe, dachte er auf dem Weg zum Auto, aber sie ist selbst schuld, wie kann sie davon ausgehen, dass sie heute, mit fünfzig, noch so ist wie früher?

Er setzte sich neben seinen Vater. »Hat ein bisschen gedauert. Ich habe jemand getroffen.«

Andächtig wie eine Schildkröte drehte sein Vater den Kopf zu ihm. »Wen?«

»Eine aus meiner ehemaligen Klasse.«

Sein Vater nickte. »Ich habe auch eine Frau gesehen. Mit Hund. Der hat auf den Bürgersteig gekackt. Sie dachte, keiner hat es gemerkt«, sagte er grinsend. »Und dann hat sie mich gesehen … Sowas finden die Leute immer gut.«

Ein paar Tage später klingelte vormittags das Telefon. Paul nahm ab. »Mit wem spreche ich?«, fragte eine Frauenstimme am anderen Ende der Leitung.

»Krüzen.«

»Paul? Hallo! Hier ist Ineke. Ineke Wessels. Ich habe deine Nummer aus der Adresskartei der Apotheke. Das darf man eigentlich nicht, aber Not kennt kein Gebot, oder?«

Es blieb kurz still. »Ja, ich glaube schon«, sagte Paul dann.

Ihr angespanntes Lachen. »Ich war nicht so nett zu dir, glaub ich. War nicht so gemeint.«

»Hab ich gar nicht gemerkt. Mach dir nichts draus.«

»Das Gefühl hatte ich aber. Es ist mir unangenehm. Ich wollte mich entschuldigen.«

»Das ist wirklich nicht nötig«, sagte Paul.

Wieder blieb es kurz still.

»Was ich mich noch so gefragt habe, Paul«, sagte sie dann, »hättest du vielleicht Lust, mal auf einen Kaffee vorbeizukommen? Ein bisschen über früher quatschen und so. Ich wohne in den Avermaten.«

»Is gut.«

Sie verabredeten sich für kommenden Samstagnachmittag. »Goudsbloem 37«, sagte sie. Er kritzelte es auf einen Zettel und legte auf.

Im Schlafzimmer saß sein Vater auf der Bettkante. Seine großen gelblichen Füße klebten auf dem Linoleumboden.

»Wer war das?«

»Die Frau.«

»Welche Frau?«

»Die von der Apotheke, vorgestern oder so.«

»Und?«

»Nichts und. Einfach so.«

»Kommt sie vorbei?«

Paul grinste.

»Prima«, sagte sein Vater zufrieden. »Ich raus, sie rein.«

16

Er sah den Russen erst wieder, als er am Freitagabend zum Pascha ging. Die Neonlettern strahlten ihm einladend entgegen. Sie bogen auf den Parkplatz ein, Hedwiges sagte: »Aber nicht mehr an den Mädchen rumschnippeln, ja?«

Paul sah zur Seite. »Ja, Herr Millionär. Wenn du zahlst.«

An der Theke saß der Russe. Sein breites Gesäß quoll links und rechts über den Barhocker.

Paul musste sich zusammenreißen, um nicht auf der Stelle kehrtzumachen.

Steggink nahm am Kopfende der Theke kurz sein Handy aus Schwarzholz vom Ohr. »Herren vom guten Leben«, begrüßte er sie.

»Eine Cola und ein Bier«, sagte Paul zur Bardame. Die Polin arbeitete schon seit Jahren hier, schweigend wie ein Stein. Der Russe blickte kurz vom Handy hoch. Ob er nicht mehr wusste, dass er Paul und Hedwiges vor einer Weile bei Shu gesehen hatte? Sofort wandte er sich wieder seinem Display zu. Hat deine Mutter dir keine Manieren beigebracht, dachte Paul. Der Mann war genauso dreist wie die bärbeißigen Russen, die sich in den All-inclusive-Resorts in Thailand oder auf den Philippinen fast zu Tode soffen. Den ganzen Tag fraßen und soffen sie und legten dabei ab und zu den Weg von der Bar zum Strand und vom Strand zum Restaurant zurück. Man hätte meinen können, sie wären frisch aus dem Gulag entlassen und würden mit diesem freudlosen Bacchanal ihre wiedergewonnene Freiheit feiern.

Genau so ein Russe ist das, dachte Paul.

Hedwiges nippte an seiner Cola.

»Wo sollen wir dieses Jahr hin?«, fragte Paul.

Hedwiges zuckte die Achseln. »Hauptsache, es ist warm«, piepste er.

»Weißt du noch, Kambodscha?«

Hedwiges schüttelte den Kopf. Paul erinnerte ihn an ihren Besuch in Sihanoukville, einem trostlosen Ort mit schönen, aber verschmutzten Stränden. Die schlanken Khmer-Mädchen in den Massagesalons, mit Schlitzaugen und tiefbrauner Haut, waren längst nicht so durchtrieben wie ihre thailändischen Kolleginnen.

Doch Sihanoukville war aus Hedwiges' Erinnerung gerutscht.

Rita kam in einem schwarzen Negligé in den Raum.

»Na, hallo«, sagte Paul.

»Mi amor«, sagte Rita und hauchte ihm einen Kuss auf die Lippen. »¿Como estás?« Auch bei ihr schauten Etiketten aus Slip und BH. Warum sagte da keiner was? Sie durften keine Haare unter den Achseln haben, und dasselbe sollte für Etiketten in der Unterwäsche gelten.

An der Kette um ihren Hals hing das Medaillon der heiligen Rita, das er ihr geschenkt hatte. Er trug dasselbe. Hedwiges und er waren mal im Urlaub auf Boracay gewesen, so weit weg wie noch nie. Dort hatte Hedwiges ihm eines Tages ein Medaillon der heiligen Rita geschenkt, das er auf der Straße gekauft hatte. Ihr Bildnis, mit Rosen, einem Weinstock und den Worten SANTA RITA ORA PRO NOBIS: Heilige Rita, bete für uns.

»Für mich?«, fragte Paul erstaunt, denn es war das erste Mal, dass Hedwiges ihm etwas schenkte.

Hedwiges grinste.

Die heilige Rita war nicht nur die Retterin der aussichtslosen Fälle, sondern auch die von unfruchtbaren Frauen und Frauen in einer schlechten Ehe, von Fleischern und Fleischhändlern.

Später am Nachmittag hatte Hedwiges ihm den Stand mit katholischen Paraphernalien gezeigt, wo Paul dann exakt denselben Anhänger für Rita kaufte. Sie legte das Medaillon ihrer Namenspatronin nie ab.

Er bestellte ihr einen Baileys, danach zogen sie sich in eine Ecke auf dem Sofa zurück. Rita streichelte seinen Oberschenkel. So vertraut waren sie miteinander, dass er sich manchmal vorstellte, wie es wäre, wenn sie bei ihm einzöge und sie ein Leben zusammen hätten. Sie hatte einen Sohn und eine Tochter auf den Philippinen, sein Dasein wäre spiegelbildlich zu dem von Baptist. Doch er hatte schlechte Erfahrungen gemacht. Vor zehn Jahren hatte er die Thailänderin Lalita eingeladen, zu ihm zu ziehen. Sie kam aus einem Puff in Nordhorn. Er war bis über beide Ohren verliebt, und es hatte drei Monate gedauert, bis er dahinterkam, dass sie sich weiter prostituierte und ihm Geld stahl. Ein Handy und ein Auto, mehr brauchte sie nicht, um ihr Nuttenleben fortzusetzen. Sie besuchte ihre Freier in dem Twingo, den er für sie gekauft hatte, und nach einer Weile hatte Hedwiges es ihm ins Gesicht gesagt: »Fahr ihr doch hinterher, wenn du mir nicht glaubst. Dämlack.«

Zwanzigtausend Euro und eine Illusion ärmer brachte er Lalita zurück in den Puff, wo sie herkam, und sah sie danach nie wieder.

Sein Vater hatte ihre Anwesenheit geduldig ertragen und nach ihrem Auszug bloß gesagt: »Gut, dass du die los bist. Hat den lieben langen Tag gelogen.«

Bei Rita wäre das anders. Sie war katholisch wie er, der Nestgeruch der Mutterkirche. Ihr vertraute er, doch er fragte sie nicht; die erste Nutte im Haus hatte der zweiten den Zugang versperrt.

Steggink verließ seinen Stammplatz an der Theke und setzte sich zu Hedwiges. Während Rita ihm die Handfläche kraulte, hörte Paul ihn sagen, Hedwiges müsse doch was mit seinem Geld machen; ob er nicht ins Pascha investieren wolle? Teilhaber werden? Am Gewinn beteiligt? »Du bestiehlst dich selber, wenn du es für 0,1 Prozent auf der Bank liegen lässt«, war das Letzte, was Paul ihn sagen hörte, bevor er mit Rita nach hinten verschwand.

Leise schloss sie hinter ihnen die Tür des Zimmers am Ende des Gangs und verriegelte sie. Das Negligé glitt zu Boden. Ihre Haut glänzte im indirekten Licht. Da stand ein niedriges Bett, daneben ein Nachttisch für die Kondome und Gleitmittel. Auf Anfrage gab es auch spezielles Sexspielzeug, doch in dem Maß, in dem Rita und er sich nähergekommen waren, war eine Art ehelicher Intimität an die Stelle dieser kleinen Perversionen getreten, Verhaltensmuster waren eingerissen, denen sie, wie in einer Ehe, nicht mehr entkamen. Sie trippelte mit ihren kurzen Beinen zum Bett und legte sich darauf. »Du, komm«, wisperte sie.

»Hast du es eilig, Lady?«, fragte Paul. Er faltete seine Kleidung zusammen und legte sie auf den Stuhl neben der Tür. Nackt ging er zu ihr. Im Laufe der Zeit hatte sich seine Scham ihr gegenüber gelegt. Er glitt in ihre Umarmung. Die Wärme ihres Körpers war der größte Genuss, den sie ihm schenkte. Er legte die Hand auf ihr Geschlecht, als wollte er es zum Schweigen bringen. Es glühte. Nachdem sie ihm ein Kondom übergestreift hatte, vögelten sie ohne Umstände, er oben, sie unten; die Füße verhakte sie über seinem Hintern. Sie war kurz rasiert, die widerspenstigen Härchen rieben an seiner Haut und steigerten seine Lust. Seine Hände glitten zwischen ihre Pobacken. Sacht drückte er die Nägel in das weiche Fleisch um ihren Anus. In ihr wurde er noch härter. Ihre Atemzüge an seinem Ohr, das Seufzen eines Hundes; er roch die Zigaretten in ihrem Atem.

Nach ihrer Lust hatte er sich nie getraut zu fragen. Am Anfang hätte er es tun können, beiläufig, doch diese Zeit war verstrichen.

Sie rieb ihre Brüste an seinem Oberkörper. Er beugte den Kopf und sie führte sie zu seinem Mund. Er nahm den linken Nippel – groß und dunkel, als wäre sie schwanger – in den Mund und saugte daran. Sein Orgasmus ließ nicht lange auf sich warten, die Empfindung äußerster Verflüssigung, als entledigte er sich seiner selbst in ihr.

Er blieb auf ihr liegen wie ein Stein. Als sie versuchte, ihn wegzuschubsen, machte er sich noch schwerer. »Du, zu schwer!«, ächzte sie. Er grinste und ließ sich zur Seite gleiten.

Sie nahm das Kondom von seinem schrumpfenden Glied, verknotete es und legte es in den kleinen verzinkten IKEA-Eimer. Beide rauchten. Ruhig, befriedigt.

Rita blies eine dünne Rauchsäule zur Decke und sagte: »Weiß nicht«, als er unauffällig fragte, was der Russe eigentlich im Pascha zu suchen habe.

Ob er hier arbeite, hakte Paul nach, oder vielleicht andere Aufgaben für Steggink erledige?

Sie wiederholte, dass sie es nicht wisse. »Nur Freund, wie du.«

Der Vater ihrer Kinder arbeitete auf einer Fähre, die zwischen Stockholm und Tallinn hin- und herfuhr, zweimal im Jahr war er eine Woche zu Hause. Die Kinder wuchsen bei seinen Eltern auf, manchmal skypte sie mit ihnen. Weil sie jedes Mal weinen musste, rief sie lieber nicht mehr an.

Einmal hatte Paul ihr geholfen, ein großes Paket mit Nikes, Baseballkäppis und Markenkleidung zu verschicken. Er hatte den Karton zur Poststelle in Stattau gebracht und auf den Schalter gehoben. Da ging die Liebe einer Mutter, sicher per Einschreiben.

Rita stand auf, nahm das Laken, das zum Fußende gerutscht war, und schüttelte es mit einer geschickten Drehung des Handgelenkes auf. Langsam segelte es wieder herab, ein Luftzug strich ihm übers Gesicht. Paul dachte an die heilige Rita. Der Legende nach hatten Bienen sie bei ihrem Tod mit einem weißen Laken bedeckt. So hatte ihr Leben 1447 mit Bienen ein Ende gefunden, wie es auch mit Bienen angefangen hatte – in ihrer Wiege waren sie ihr in den Mund hinein- und wieder herausgekrabbelt, um sie mit Honig zu füttern.

Ein hartes Leben hatte sie gehabt, die heilige Rita. Sie wollte Nonne werden, aber sie wurde schon in jungen Jahren mit einem Rohling verheiratet, von dem sie zwei Söhne bekam. Als ein Feind ihren Mann ermordete, schworen die Söhne Rache. Da flehte Rita in ihren Gebeten zu Gott, er möge das verhindern, lieber sollten ihre Söhne umkommen, als sich rächen zu können – worauf die Söhne tatsächlich unerwartet starben und es ihr endlich freistand, ins Kloster zu gehen und sich ihrer Liebe zu Jesus zu widmen.

Auch Rita von Cascia hat sich, dachte Paul abfällig, wie seine Mutter nichts dabei gedacht, ihren Nachwuchs für die eigene große Liebe zu opfern.

Seine Mutter hatte sich vor langer Zeit mit ihrem Russen in Deutschland niedergelassen, in einem Nest zwischen Nordhorn und Osnabrück. Dem Vernehmen nach betrieben sie einen kleinen Sportflugplatz außerhalb von Werdingen. Nachdem er den Führerschein gemacht hatte, kaufte er sich noch am selben Tag für vierhundert Gulden einen Toyota Carina und fuhr über die Grenze und weiter nach Werdingen, in der Hoffnung, seine Mutter kurz zu Gesicht zu bekommen. Zuletzt hatte er sie vor zehn Jahren gesehen. Einige Male fuhr er an dem Schild vorbei, wo es zum Flugfeld abging; über ihm hoben kleine Flieger ab, andere setzten zur Landung an, doch er traute sich nicht hinzufahren. Lieber verließ er sich auf einen vorherbestimmten Zufall – er würde ihr Erscheinen bei der örtlichen Tankstelle heraufbeschwören, an der er tankte, oder im kambodschanischen Restaurant außerhalb des Straßendorfs, wo er am Spätnachmittag an einem Tisch am Fenster gebackene Hähnchenrollen aß und hinausschaute, ob sie schon kam. Das Drehbuch war klar, sie brauchte nichts weiter zu tun, als auf den Parkplatz des Lokals am Kanal einzubiegen, um die Bestellung für sich und ihren Russen abzuholen. Dort, am Fenster, säße dann ein junger Mann, der sie anblickte, und sie würde sich leicht beunruhigt fühlen. Sie hätte den Eindruck, ihn zu kennen.

So malte er sich das aus, während die Zeit verging und die

Chance, dass sie aus seinen Vorstellungen hervortreten würde wie ein Filmstar aus der Leinwand, immer kleiner wurde.

An der Wand hing das Bild eines Wasserfalls, wegen der Lichteffekte sah es aus, als würde er fließen. Hinten im Speisesaal, beim Aquarium, standen ein Hometrainer und ein Arbeitstisch mit unbenutzten Rechauds, die blinkten wie neue Münzen. Stumm war die Welt und blieb taub für seine Bittgebete.

Als über dem Kanal die Dämmerung hereingebrochen war, hatte er das Lokal verlassen, die kambodschanische Wirtin und ihr alter Vater sahen ihm hinterher. Nebelfetzen waberten über dem Wasser.

Ob sie noch lebte, fragte er sich, während er die Zigarette in dem Aschenbecher, den Rita ihm hinhielt, ausdrückte. Im August würde sie fünfundsiebzig werden. Von ihrem Tod hätte er erfahren; seine Tante Marion hätte ihm davon erzählt.

17

Die Neuigkeit, dass Bakkers Hedwig Millionär war, hatte sich verbreitet wie eine Grippewelle. Mäuschen Piep reich wie Krösus, wer hätte das gedacht? Dass der Kaufmannssohn Millionär sein sollte, war so unwahrscheinlich, dass alle es glaubten. Er lebte im Verborgenen, sein kümmerlicher Krämerladen war die perfekte Tarnung für unermesslichen Reichtum. Solche Geschichten konnte es nicht genug geben. Allzu oft musste man sich mit Klatsch und Tratsch aus zweiter Hand begnügen, aber diese Geschichte brachte die Augen zum Leuchten.

Ob Hedwiges es überhaupt merkte? Ob er wusste, dass er in aller Munde war? Paul bezweifelte es – schon sein ganzes Leben wurde über ihn getratscht, über seine Stimme, seine Orientierung, das Lädchen, das er mit starrem Mut gegen die Axthiebe der Zeit verteidigte. Immer schon hatten sich die Leute über ihn das Maul zerrissen, wahrscheinlich machte es für ihn gar keinen Unterschied. Er lebte zurückgezogen, der Ortsrand von Mariënveen war in den letzten zwei Jahrzehnten zwar fast bis zu seinem Haus vorgerückt, doch der Abstand zwischen ihm und dem Dorf war gleich groß geblieben. Der Tod, erst seines Vaters und dann seiner Mutter, hatte ihn endgültig zum Einsiedler gemacht, zu einem Mann, über dessen Privatleben keiner Einzelheiten kannte. Es war Jahre her, dass Paul zuletzt bei ihm im Haus gewesen war. Die Vorhänge blieben zugezogen, der Vorgarten war verwildert. Paul kannte nur das Universum des Ladens, mit Hak, Saroma und Dash als Festpunkten am Firmament.

Wenn die Ladenglocke läutete, kam Hedwiges wie ein Maulwurf aus dem dunklen Flur zwischen Haus und Laden gekrochen, blinzelte ins Licht. War die Transaktion erledigt, verzog er sich wieder unter die Erde. In der Zwischenzeit hatte er sich im Schutz seiner Ladentheke nach dem Tun und Treiben seiner Kundschaft erkundigt, zurück in der Unterwelt dachte er über das Gehörte nach und ordnete es nach Wichtigkeit.

Hedwiges' Konversation beschränkte sich zunehmend auf Krankheit und Tod. Wie wenn irgendwo ein Radio läuft, dachte Paul – man muss weder zuhören noch antworten.

Länger als zwei Wochen fuhren sie nie zusammen in den Urlaub. Länger hielt Paul es nicht mit Hedwiges aus, länger konnte er selbst nicht von zu Hause fortbleiben. Jedes Mal von Neuem glaubte er, vor Heimweh zu sterben. Der Hof, das Land, der Himmel darüber, jede Faser seines Körpers schmerzte, so sehr fehlte ihm das alles. Pattaya, Boracay, auf der ganzen Welt gab es keine deprimierenderen Orte. Die stumpfsinnige Hitze, das erbarmungslose Licht; er hasste die Tropen. Welch ein Segen war die gemäßigte Klimazone, in der Mariënveen lag, ohne Insekten, die einem in die Schuhe krabbelten, und Magen-Darm-Krankheiten, die einen umhauten.

Nach ein paar Tagen legten sich die Übelkeit und die Panik etwas, aber gegen Ende des Urlaubs loderten sie wieder auf. Er zählte die Tage und sehnte sich nach seinem Zimmer im Schatten der Linde, nach der Tapete, die sich von den feuchten Wänden löste, und dem Schimmelgeruch der Bettwäsche.

»Wenn du aber auch jeden Tag zu Hause anrufst …«, sagte Hedwiges.

Eine Familienkrankheit, nannte es sein Vater.

Mit den Jahren war das Heimweh etwas weniger intensiv geworden, doch jedes Mal, wenn er in der Ferne seiner Lust nachging, lag Muldershoek wie die Insel der Glückseligen am Horizont seiner Fantasie.

Er erinnert sich noch genau an den Beginn seines Verlangens – ein Sommerabend vor Urzeiten, sein Vater mäht den Rasen, der Fernseher läuft. Im zweiten Programm fängt ein Spielfilm an. Die Schauspielerin hat zarte Finger und schlanke Arme und ein schmales, leicht abweisendes Gesicht. Sie bürstet sich vor dem Spiegel die Haare, wenig später telefoniert sie. Dann legt sie die langen Beine auf den Tisch, ihr seidener Morgenmantel klafft ein Stück auf. Als sie die Beine übereinanderschlägt, blitzen zwischen den Schenkeln ein paar dunkle Schamhaare hervor. Pauls Kehle wird trocken. Wow, was für eine klasse Frau. Sein Vater kommt rein, bleibt hinterm Sofa stehen und sieht sich die Szene an, in der zwei Männer von barbusigen asiatischen Mädchen massiert werden. Pauls Herz hämmert ihm gegen die Rippen.

»Was sehen wir da?«

»Einen Spielfilm«, murmelt Paul.

Sein Vater geht in die Küche, wäscht sich die Hände und lässt sich wenig später aufs Sofa fallen – die Hauptdarstellerin hat gerade Sex mit einem Unbekannten im Flugzeug. Paul ist froh, als die Geschichte normal weitergeht: Die Frau fährt mit ihrem Mann durch eine Metropole in Asien. Er fährt sie im Sportwagen zu einer Villa außerhalb der Stadt. Bald ziehen sie sich ins Schlafzimmer zurück, um ihr Wiedersehen zu feiern. Sie flüstern sich Dinge auf Französisch zu – die Sprache der Engel – und werden bei ihrem Akt vom asiatischen Personal belauert. Eine flaumweiche Wärme strahlt bis in Pauls Fingerspitzen. Die Bediensteten, ein Mann und eine junge Frau, rennen vom Beischlaf ihrer Dienstherren erregt in den Garten. Zwischen den Bananenbäumen wird die junge Frau von dem Mann überwältigt, er entblößt ihre Brust. Bald schon gibt sie auf, sie keucht, Schweißtropfen stehen ihr auf der Stirn. Paul ist vierzehn, er weiß nichts von der Existenz solcher Dinge. Es gibt keine schönere Frau auf der Welt, die ganze schreckliche Kraft der Begierde fährt auf ihn herab, erschlägt ihn. Wie ist es möglich, dass sowas im Fernsehen gezeigt wird, auf Nederland 2? Das muss ein Irrtum sein, ein schrecklicher Irrtum – sie sind Geiseln eines Sexfilms geworden, und weder er noch sein Vater können sich aus der Scham und Erstarrung befreien.

Bald danach kommt es zu einer heidnischen Orgie, und eine Flut von geilen Körpern, Beinen, Pos, Schamhügeln und Brüsten ergießt sich ins Zimmer. Sein Vater steht auf, geht zum Fernseher und schaltet ihn wortlos ab.

So wie sich bei Pauls Großmutter das Testbild in den Fernseher gebrannt hatte, weil er ununterbrochen lief, so hatte sich bei ihm *Emmanuelle* auf die Netzhaut gebrannt. Der Film war der Ausgangspunkt und die Vorlage seiner erotischen Fantasien. Sein Leben lang blieb ihm der spaltende Blitz dieses Abends in Erinnerung, zu einer Zeit, als im Nachbarort Marschflugkörper nach Osten gerichtet waren, man für ein Sexheftchen aber in die Stadt fahren musste.

Sein Vater sagte: »Machst du dich bettfertig?«, und verschwand wieder nach draußen. Paul blieb entgeistert auf dem Sofa sitzen, tieftraurig, weil er solche Lust, solche fleischlichen

Genüsse, wie er sie eben gesehen hatte, nie kennen würde. Er könnte sie betrachten, sich danach sehnen, käme aber selbst niemals ran. Das war anderen vorbehalten, und er hasste das Leben aus tiefstem Herzen, weil es ihn vom Besten, was es zu bieten hatte, ausschloss.

Bald darauf entdeckte er, dass es in der Welt nicht an Verlangen fehlte, es war wie Sauerstoff, es gab genug für alle, im Grunde war das ganze Leben ein ziemlich aufdringlicher Anreiz, so viel wie möglich zu verlangen, doch natürlich drehte es sich darum, was auf das Verlangen folgte, die Erfüllung, die allen versprochen wurde, aber nur für wenige verfügbar war.

Nachdem sie an diesem Abend den ersten Teil von *Emmanuelle* gesehen hatten, ging ihm auf, dass sein Vater und er praktisch im selben Boot saßen. Nachdem seine Mutter gegangen war, hatte der sich nie mehr um eine andere Frau bemüht. Sie waren ein Männerhaushalt, und es war undenkbar, dass sich noch jemals eine Frau in ihre Angelegenheiten einmischen würde. Mit dem Verlust seiner Mutter, begriff Paul, wurde auch dem Vater der Zugang zur Lust verwehrt, vielleicht sogar für immer.

Es sollte weitere zehn Jahre dauern, bis Paul seine erste Reise nach Südostasien unternahm. »Langeweile kommt garantiert nicht auf«, sagte die Reisebüromitarbeiterin, nachdem sie ihm die Sehenswürdigkeiten von Bangkok aufgezählt hatte. Drei Tage seien das Mindeste, weniger habe die Stadt nicht verdient, und dann noch zwei am Ende des Urlaubs, »wenn Sie frisch und munter aus Pattaya zurück sind«.

Na bitte, sie sprach es einfach aus: Pattaya. Als läge sein Verlangen klar und deutlich vor ihr, bereit, inspiziert zu werden.

Unterdessen stand Hedwiges beim Getränkeautomaten und holte sich einen zweiten Becher heißen Kakao. Die Reisebürodame machte die Voucher fertig und steckte sie in einen Umschlag. Die Tickets würden ihnen später zugeschickt.

Hedwiges kannte das eigentliche Reiseziel nicht, für ihn war Sex kein Thema, genauso wenig wie die Raumfahrt.

Vor ihrer Abreise legte Hedwiges' Mutter Paul ans Herz, dass Milchprodukte für Hedwiges absolut tabu seien. Ihr Gebrauch des Wortes »Laktoseintoleranz« klang seltsam vertraut.

Als Hedwiges im Flugzeug einen Becher Milcheis löffelte, sagte Paul erstaunt: »Aber du darfst doch keine Milchprodukte essen?«

Hedwiges zuckte die Achseln. »Wenn es nach ihr geht, habe ich auch Hypoglykämie. Ich brauche bloß einmal zu husten, schon ruft sie Lamérus an.«

Später schlief Hedwiges an seine Schulter gelehnt ein. Er murmelte: »Entschuldigung«, als Paul ihn wegschubste, und sank wenig später nach links, gegen seinen Sitznachbarn am Gang, einen Skandinavier, der sich ein Minifläschchen Johnny Walker nach dem anderen bringen ließ. Der Mann, nur in T-Shirt, kurzer Hose und Flipflops, beugte sich kurze Zeit später an Hedwiges vorbei und prostete in alkoholischer Einsamkeit Paul zu. Paul nickte und lächelte. Aus unerfindlichen Gründen war *hundelort* das einzige dänische Wort, das er kannte, seines Wissens bedeutete es Hundehaufen. Er sah aus dem Fenster. Mit sechshunderteinundzwanzig Meilen pro Stunde sauste die Maschine über Afghanistan hinweg; Erwartungen an die Reise geisterten ihm durch den Kopf. Bis ins letzte Detail ausgesponnene Szenarien. Sein Unterfangen kam ihm lächerlich vor. Zeit und Geld hatte er, er konnte das Reich der Lust betreten und sich holen, was ihm die ganze Zeit vorenthalten geblieben war, doch jetzt, näher am Ziel denn je, war das Kartenhaus kurz vor dem Einstürzen, eine gefährliche Illusion, genährt von den jahrelangen Fieberträumen eines Onanisten. Er wandte den Blick von der dunklen Nacht ab, doch das Hohngelächter kam von überall.

Die Kabinenbeleuchtung war aus, hier und da sah sich jemand noch einen Spielfilm an. Auch Hundelort der Normanne hatte die Waffen gestreckt und war eingeschlafen. Wieder sah Paul in die unermessliche Finsternis. In der Tiefe tobte ein elektrischer Sturm. Gigantische Wolkenberge glühten von innen heraus in dramatischem Rosa und Gelb auf, wie Kurzschlüsse in einem ausgehöhlten Blumenkohl. Er wollte nach Hause.

Aufgeschreckten Mäusen gleich rasten Paul und Hedwiges am nächsten Tag durch Bangkok. Langeweile kam wirklich nicht auf, sie waren auf der Flucht. Sie suchten Schutz in der Umfriedung der Sehenswürdigkeiten. Der goldene Buddha wirkte riesenhaft, genauso wie die Menschenmasse, die sich um ihn drängte. Rot im Gesicht und verschwitzt irrten sie durch die Palastgärten.

Abends aßen sie in einem Restaurant am Fluss. Schlepper zogen eine Kette schwerbeladener Lastkähne hinter sich her. Die Ladung war mit einer Plane abgedeckt und mit dicken Tauen festgezurrt. Auf dem Achterdeck der Lastkähne brannten vereinzelt Lichter, sie schienen bewohnt. Dunkle, schwimmende Siedlungen, wie das Überbleibsel menschlichen Lebens nach einer Katastrophe.

Hedwiges wurde von Mücken überfallen. Er nahm einen

Satéspieß vom Teller und betrachtete die tropfende Sauce. »Die von Wijko ist dicker«, sagte er.

Paul kannte Hedwiges' Vorliebe für dickflüssige Sauce. Fritten bestellte der meist nur der Mayonnaise wegen und Hackfleisch-Zwiebel-Spieße wegen der Satésauce. »Sonst gucken die so komisch«, meinte er, »wenn man nur Sauce bestellt.«

Am anderen Ufer ragten die Silhouetten der Hochhäuser dunkel in den Abendhimmel.

Um halb vier wachte Paul schweißgebadet auf. Er musste aufs Klo und hatte Durst, blieb aber noch eine halbe Stunde liegen und hörte Hedwiges beim Schnarchen zu, bevor er in die Gänge kam. Er pinkelte, dann ging er im Pyjama auf den Gang. Es war ein großes Hotel, die Etagen lagen kreisförmig um ein Atrium. Er drehte eine Runde, setzte sich in einen Sessel und las *The Bangkok Post*. Das Horoskop war vielversprechend.

> *Krebs*
>
> *22. Juni bis 22. Juli* – der kleine, aber stark erotisch aufgeladene Asteroid Juno stattet Ihnen einen Besuch ab. *Need we say more?* Nein, keine ernsthafte Beziehung, nicht die »große Liebe«, aber die Leidenschaft ist so stark, dass man es fast glauben könnte. Gut möglich, dass Sie hinterher *dazed and confused* sind, voller Sehnsucht und schöner Erinnerungen.

Welche Enttäuschung, als er merkte, dass die Zeitung zwei Wochen alt war. Sein Moment der Leidenschaft war unbemerkt verstrichen.

Fünf, sagte die Uhr über dem Aufzug. Sein Vater saß jetzt vor dem Fernseher. Bald würde er in der Küche im Stehen zwei

Butterbrote mit Schokostreuseln essen und sich dann bettfertig machen. Seine Prothese würde ins Waschbecken plumpsen, die letzten Zähne, die er noch hatte, würde er putzen und mit Zahnseide reinigen. Sie hatten es nicht leicht mit ihren Zähnen, sein Vater und er, sie bekamen schneller Zahnstein als andere. Jedes Mal richtete die Dentalhygienikerin ein Blutbad in ihrem Mund an.

Ein Stockwerk über ihm öffnete sich eine Tür. Aus einem Zimmer trat ein Mädchen und zog die Tür behutsam hinter sich zu. Ihr rosa Minirock bedeckte nur knapp den Hintern. Auf dem Weg zum Aufzug schob sie ihre Handtasche über die Schulter und steckte die Haare hoch. Auch in seinem Stockwerk kam kurze Zeit später ein Mädchen aus einem Zimmer. Sie nahm den Aufzug. Paul trat ans Geländer und sah die beiden bald danach in der Lobby, wie sie zusammen zum Ausgang gingen.

Das Reiseziel nahte, ohne jeden Zweifel nahte es.

Rausgeworfenes Geld, fand Hedwiges, als sie in Pattaya getrennte Zimmer nahmen. Im Kühlschrank seines Zimmers fand Paul eine Schachtel mit zwei Kondomen, die auch auf der Preisliste der Minibar stand. Hier brauchte man sich dafür also nicht zu schämen.

Paul und Hedwiges gingen jeden Tag im hufeisenförmigen Pool des Shangri-La-Hotels schwimmen; die Enden des Hufeisens mündeten in eine Cocktailbar. Auf den Liegestühlen war da und dort Niederländisch zu hören. Am dritten Nachmittag stemmte sich Paul nach ein paar Bahnen aus dem Wasser. Mit dem Handtuch um die Schultern sagte er zu Hedwiges, er wäre in zwei Stunden wieder da.

Wo er hingehe, wollte Hedwiges wissen.

»Ne Runde spazieren.«

»Ich komme mit.« Hedwiges hob sein sonnenmilchweißes Gesicht zu ihm und wollte aus dem Pool steigen. Paul stellte ihm einen Fuß auf die Schulter und schob ihn zurück ins Wasser. »Trink noch eine Pina Colada, bis gleich.«

Erstaunt sah Hedwiges ihm nach. Dann krähte er: »Ah, jetzt weiß ich! Schweinigel!«

»Danke auch«, murmelte Paul.

Vor dem Spiegel im Badezimmer wischte er sich die wasserfeste Sonnenmilch so gut es ging aus dem Gesicht. Im Voraus konnte man sich kein richtiges Bild machen von all den verfügbaren Körpern überall, von einer ganzen Stadt im Zeichen des Sex. Und jetzt würde er, ein kleiner, blasser Mann mit schlechten Zähnen, in der Sex-Hauptstadt der Welt seinen Teil fordern. Er hatte sich damit abgefunden, dass er dafür zahlen musste, einfach, weil ihm nichts anderes übrigblieb.

Er verließ das Hotel und bahnte sich seinen Weg zwischen Menschenmengen und ohrenbetäubend lauten Rollern und Lastern, auf der Suche nach der Straße, wo sich das Angebot konzentrierte. Unzählige Massagesalons hatte er in den vergangenen Tagen gesehen, voller glattkörpriger Mädchen, die nach den Passanten schielten. Es war nichts daraus geworden. »Na sowas, reiß dich mal zusammen«, hatte Hedwiges überrascht ein Mädchen angefahren, das sich an ihn rangeworfen hatte, und sich peinlich berührt befreit.

Paul fand den Soi-Buakhao-Markt wieder mit den Straßen voller Go-go-Bars, Reisebüros und Restaurants drum herum; er beneidete die Backpacker, die sich in irgendeinem Pub mit einem Mädchen auf dem Schoß die Kante gaben und sich danach eine *soapy massage* geben ließen oder wie immer diese erotischen Spezialitäten hießen.

Die Frau, die er sich am Vortag ausgeguckt hatte, war nicht da. Sie war klein und mollig gewesen, in Hotpants. Er sah ein anderes süßes, rundes Gesicht, das Mädchen blieb im Schutz der Markise vor dem Massagesalon sitzen, während ihre Kolleginnen ein- und ausschwärmten. Eine dieser Frauen packte seine Hand, wollte ihn in den Salon mitnehmen, doch er blieb vor dem Mädchen seiner Wahl stehen. Sie heiße Lyndee, sagte sie und zeigte auf sich. Er nickte. Die andere ließ seine Hand los und bat um eine Zigarette. Er kramte in seiner Tasche und gab ihr eine. Lachend machte sie sich davon.

Lyndee nahm ihn bei der Hand, und sie gingen zusammen hinein, durch einen schwach beleuchteten Gang und am Ende dann eine Treppe hoch. Sie öffnete die Tür zu einem der Zimmer auf der Galerie im Obergeschoss. Neben dem Massagetisch stand ein Schälchen Duftöl über einem Teelicht. Sie schlüpfte aus ihrer Kleidung und half ihm, seine abzulegen, zuletzt das T-Shirt. Ihr mokkafarbener Körper streifte seinen, er spürte ihre kleinen, harten Brüste. Sie ging ihm bis zum Adamsapfel. Shampooduft. Schwindel. Es fühlte sich an, als fiele er gleich in Ohnmacht.

Sie klopfte mit der Hand auf die Massageliege. Auf den Bauch, bedeutete sie ihm und goss ihm warmes Öl auf den Rücken. Sie verteilte es mit den Händen, knetete ihn ausgiebig. Dann hockte sie sich auf ihn und rollte mit den Knien über seinen Rücken, es presste ihm die Luft aus der Lunge.

Ein Klaps auf den Hintern, er drehte sich um.

»You relax«, sagte sie, nahm seine Handgelenke und legte seine Arme neben dem Oberkörper ab.

Sie massierte seine Oberschenkel, ihre Daumen glitten über die Leisten. In einer anderen Welt, hinter der Wand, war gedämpfter Straßenlärm zu hören, ferne Musik, doch er lag in der tiefroten Dämmerung eines Tempels und schloss die Augen. Höher hinauf glitten ihre Hände, zu seiner Brust, er spürte ihr Schamhaar, das über seinen Bauch rieb, als sie seine Schultern packte, die Wärme ihrer Möse. Ein Schauder, als sie sein Geschlecht ergriff; sie ölte es ein, ruhig ging ihre Hand auf und ab. Kurz bevor er kam, hielt sie inne, riss eine Kondompackung mit den Zähnen auf. »You love Lyndee?«, fragte sie, während sie ihm das Kondom überstreifte. Rittlings hockte sie auf ihm, ihre Hand griff zwischen ihren Beinen durch nach seinem Schwengel, sie wartete, bis er: »I love Lyndee« gesagt hatte, führte ihn dann erst bei sich ein. Sie stützte sich mit den Händen auf seinen Schultern ab, ließ sich sinken und federte wieder hoch, bis sie nur noch seine Schwanzspitze zwischen den Schamlippen hielt – sie war eine erfahrene Reiterin, er ein Eselchen, das vor Lust weinte; zwei dickflüssige Tränen rannen ihm über die Schläfen. Juno im Transit.

Als er wenig später mit starken Zuckungen kam, legte sie ihre Wange an seine und tröstete ihn wie eine Mutter.

18

Kindheit. Tief in der Zeit. Geräuschlos gehen die Tage ineinander über. Er radelt oft mit Hedwiges nach Hause. Darüber, dass seine Mutter gegangen ist, wird kaum gesprochen.

In der Mittagspause fragt Hedwiges' Mutter, ob er auch ein Butterbrot wolle.

Sein Bauch sagt ja, sein Kopf schüttelt nein.

»Ein Glas Milch? Nimm dir doch eine Scheibe Brot. Du musst doch was essen.«

Er will schon, aber er kann nicht. Irgendetwas in ihm. Es zieht sich zurück und igelt sich ein.

Hedwiges isst eine Scheibe Weißbrot mit Erdbeermarmelade. Trinkt ein Glas Milch. Noch ein Weißbrot mit Erdbeermarmelade. Auf dem Tisch steht mehr Belag, als Paul je gesehen hat. Alle Streuselsorten, Leberwurst, Käse und Salami. Saure Sülze, Brathering, Apfelsirup und Erdnussbutter. In die Schule kriegt Hedwiges oft mit Spekulatius belegte Brote mit.

Wenn die Ladenglocke klingelt, verschwindet Hedwiges' Mutter. Dann nimmt sich Paul rasch eine Scheibe Weißbrot und schmiert Marmelade drauf. Hedwiges zieht die Augenbrauen hoch, isst aber schweigend weiter, die Ellbogen auf dem Tisch und das zusammengeklappte belegte Brot wie eine Mundharmonika in den Händen. Vor der Marienfigur auf der Kommode brennt eine Kerze. Um Marias betende Hände ist ein Rosenkranz drapiert. Hedwiges isst und trinkt zugleich.

Sie radeln zur Textilfabrik. In den Müllcontainern finden sie aussortierte Strumpfhosen, die sie sich über den Kopf ziehen, und halb abgewickelte Garnspulen. Im Wald hinter Pauls Haus lauern sie Konvois und Reisenden zu Fuß auf und beschießen sie mit Pfeilen aus jungen Holundertrieben; aus den Augenwinkeln sieht Paul, wie sich Spinnen mit langen Beinen und fast ohne Körper aus dem Staub machen. Der erdige Geruch des Waldbodens ist vertraut, herb. Die oberste Lage Buchenlaub scheint trocken, darunter ist es feucht, weiße Schimmelfäden sind mit der Humusschicht verwebt. Wenn Hedwiges mit hoch erhobenem Schwert auf den Feind losstürmt, klingt es, als ginge zwischen den Bäumen eine Sirene los.

Nach dem Blutbad ziehen sie sich in einen niedrigen alten Schweinestall auf der Nordseite des Hofs zurück, wo der Schimmelgeruch von altem, staubigem Stroh in Nase und Kehle sticht. Manche Fenster sind vernagelt, die letzten verbliebenen Scheiben undurchsichtig wie stumpfes Eis. Staubteilchen funkeln in dem Licht, das durch die Fensterritzen fällt.

»Ich hab keine Lust mehr«, sagt Paul bald, und sie gehen ins Haus. Sein Vater ist noch in der Schule. Paul liest *Danny oder die Fasanenjagd*. Als er kurze Zeit später aufschaut, ist Hedwiges verschwunden. Er legt das Buch beiseite, nimmt Buntstifte und Papier und fängt an zu malen. Seine gemalten Schlösser wirken feuchtkalt und bröckelig, darüber drehen scheußliche Fledermäuse ihre Runden. Das Kettenhemd seines Ritters sieht aus wie der Panzer einer Mauerassel.

Meistens ist seine Absonderung vollkommen. Wald und Bach gehören ihm, er braucht dort keinen anderen zu dulden. Nur im Winter dringen manchmal Fremde in sein Territorium ein, wenn der Molenbeek gefroren ist und die Menschen von nah und fern zum Schlittschuhlaufen kommen. Ein Stück stromaufwärts, beim Hof der Brüder Oude Wesselink, tappen sie mit den Schlittschuhen an den Füßen über die Brücke, dahinter laufen sie los, zwischen den Weiden übers Eis nach Deutschland.

Sein Vater hat die alten Holzschlittschuhe rausgeholt. Auf den kippeligen Holzkufen kämpft sich Paul bis zur ersten Kurve und läuft dann zurück. Die Riemen sind festgefroren, er hasst Schlittschuhlaufen.

Ein Nachzügler schnallt seine Schlittschuhe unter die Füße, geht aufs Eis und verschwindet in der Kurve, die Hände locker auf den Rücken gelegt. Es sieht leicht und einfach aus, jedenfalls so, als ob man es schnell lernen könnte. Jeder Junge sollte Schlittschuh laufen können. Sogar Hedwiges kann Schlittschuh laufen. Also schnürt Paul erneut die Riemen so fest wie möglich um seine Schuhe und stolpert zur fernen Kurve. Seine Knöchel, es muss an seinen Knöcheln liegen, anders kann er es sich nicht erklären. Sie sind schwach, wie alles andere an ihm; immer wieder nimmt er Anlauf und gleitet zurück zum Wehr. Auf dem Eis liegen die von den Kufen abgeschabten Späne. Graues Licht sickert durch die Bäume am Ufer, von jenem pudrigen Grau, das Schneeschauern vorausgeht und die ganze Welt unfest macht.

Am Wehr steht sein Vater. Er schaut und schweigt.

Paul wirft die Schlittschuhe auf die Böschung.

»Davon werden sie stumpf.«

»Sind sie doch schon«, sagt Paul wütend. Er hebt sie auf und zeigt ihm die rostigen Kufen.

»Ich bin immer gut damit zurechtgekommen«, sagt sein

Vater. Wo er ausatmet, glitzert sein Schal. Er dreht sich um und verschwindet zwischen den Bäumen in Richtung Haus.

Kurz vor der Dunkelheit kommen die Schlittschuhläufer zurück, in Grüppchen oder einzeln, schon von weitem hört Paul ihre Stimmen und das Schaben der Kufen.

Als zwischen den dunklen Bäumen die ersten Schneeflocken wehen, hat er das Reich wieder für sich allein. Er liegt mit der Nase auf dem Eis und sieht sich die darin eingeschlossenen Luftblasen an und wie der Wasserlauf unterm Eis Blätter und Zweige über den glatten rostfarbenen Grund schiebt. Hinter ihm, am Wehr, kommt ein dünner Wasserschleier unter der Eisschicht hervor und fließt über den Rand. In strengen Wintern gefriert sogar der Wasserfall.

Der Bach, der sich seit der letzten Eiszeit durch die Landschaft schlängelt, entspringt etliche Kilometer weiter, auf der Flanke einer Moräne. Hinter Muldershoek ist er am breitesten. Gegen die Auswaschung kippt Alois schubkarrenweise Schutt in die Kurven; dicht über der Wasserlinie greifen Baumwurzeln ineinander.

Schon im Jahr 1268 wurde die erste Wassermühle hinter ihrem Haus erwähnt, sie gehörte zu den Besitztümern des Utrechter Bischofs, dessen Arm die weite Strecke bis nach Mariënveen reichte. Fast sechs Jahrhunderte später, 1813, wird der erste Krüzen Inhaber von Mühle und Bauernhof in Muldershoek. Mehr als ein Jahrhundert hat die Familie das Mühlrad in Gang gehalten, bis die Wasserbehörde sie 1930 enteignet und die Mühle abgerissen wird.

Das lange Leben der Mühle hat als Ölmühle begonnen und als Getreidemühle geendet. Auf dem Klo, neben einigen Gedichtzeilen von Pauls Großvater über das harte Müllerleben, hängt ein Foto der Mühle – ein freundliches Haus mit Ziegeldach und Wänden aus schwarz angelaufenem Eichenholz.

An der Seite ist das Unterschlagrad zu sehen. Das kleine Haus steht etwas windschief, müde von aller getanen Arbeit. Wenn sich die Mühlsteine drehen, ist das tiefe Grollen im weiten Umkreis zu hören. Jan Oude Wesselink hat es einmal mit dem eines aufziehenden Gewitters verglichen. Sieben Jahrhunderte lang knirschen die Zahnräder und mahlen die Steine im Kreis. Und dann, siebenunddreißig Jahre vor Pauls Geburt, wird ihrem Dasein ein Ende gemacht und am Standort der Mühle ein Stauwehr aus Beton errichtet, wo sich das Wasser in einem breiten Becken mit steilen Ufern sammelt. Durch eine Pappelallee fließt der Bach weiter zu der kleinen Brücke, wo Alois Krüzen an einem grauen Sommertag im Jahr 1955 Blumen auf die Pflastersteine gelegt hat, und setzt seinen Weg bis zum Stroomkanal fort, in den er Kilometer weiter mündet.

Im Sommer wölbt sich das Grün über dem Bach, und das Wasser eilt rauschend zwischen den überhängenden Sträuchern durch. Beim Wehr aus Beton fängt Paul Schlammpeitzger mit seinem Kescher. Sie haben Bartfäden am Maul, ihre Tastorgane in dem bewölkten Wasser. Der Kolk ist nicht tief, aber sehr bewegt, wenn das Wasser im Bach hoch steht.

Eines Tages fischt Paul eine Münze aus dem Schlamm, seinem Vater zufolge trägt sie eine lateinische Inschrift. Paul geht sie dem Pfarrer zeigen, der in seiner Haustür extra die Lesebrille aufsetzt und sagt, auf den ersten Blick halte er sie für eine päpstliche Gedenkmünze. Doch um sicherzugehen, müsste Paul sie ihm dalassen. Der steckt die Münze rasch wieder ein, sagt, das sei nicht nötig. Der Barmherzigkeit des Jesuskindes und der von Mutter Maria vertraut er blind, aber bei den Gottesdienern kann man nie wissen.

Die Zweige der großen Linde hinterm Haus kratzen am Fenster; im Sommer hüllt das Laub sein Zimmer in grünes Dämmerlicht. Weit und breit gibt es keinen größeren Baum, selbst drei erwachsene Männer können den Stamm nicht umfassen. Ein paar Meter über dem Boden verzweigt sich die Linde zu einer riesigen Zwille. Zu zwei Bäumen wird sie da, mit einem hohen und dichten Blätterdach, das fast keinen Regentropfen durchlässt.

Diesen freundlichen Riesen hatte sein Großvater aus dem Weg räumen wollen. Mit der Motorsäge auf dem Rücken kletterte er so hoch auf den Baum, wie er konnte, merkte, was für eine gigantische Aufgabe sein Vorhaben war, und stieg wieder hinab. Darauf ließ er seine Wut an den Bäumen vorn an der Straße aus, neben der Einfahrt, fällte sie alle und zwang seinen Sohn, das Holz klein zu sägen und zu spalten. Wochenlang kreisten die Eulen traurig rufend über ihren verlorenen Schlupfwinkeln.

Der Verlust der Mühle hatte Pauls Großvater zu einem Bauernleben gezwungen, für das er keinerlei Talent besaß. Er ließ einen Schweinestall bauen und pachtete Land von den Bauern, deren Getreide er früher gemahlen hatte und die ihn jetzt über den Tisch zogen, indem sie ihm matschigen Boden in den Niederungen andrehten, der mühsam fruchtbar gemacht werden musste, erst jahrhundertelang mit Heidesoden und Stallmist und heute mit Kunstdünger.

Stürme, Blitze und Wutausbrüche hatte die Linde überlebt, manchmal lehnte sich Paul an ihre unnachgiebige Haut und hatte das Gefühl, der Baum beruhige ihn allein durch sein Beispiel. Im Sommer rauschte der Wind in den Blättern, wenn der Herbst kam, wurde er kahlgeweht; eine Periode der Ruhe brach an. Ganz ruhig bleiben, schien die Linde sagen zu wollen, wenn sie so dastand, alles wird gut.

Zur rechten Seite fällt der Blick aus Pauls Fenster auf eine kleine Wiese, einen Einschnitt im Wald. Ein Bildstock aus rauem Tuffstein steht da. Die Nische ist leer, die Heiligenstatue, die einst darin stand, verschwunden.

Während der Bastelstunden im Gemeindehaus, wo Paul die Mittwochnachmittage verbringt, bis sein Vater nach der Schule nach Hause kommt, fertigt er eine neue Statue an. Er umwickelt eine hohe, schlanke Flasche mit Lappen, die er in Modelliergips getaucht hat. Nachdem er mehrere Schichten übereinander aufgetragen hat, bekommt die Flasche alllmählich die Gestalt einer Frau mit einem Mantel um die Schultern und dicht vor dem Körper gefalteten Händen. Der Hermelinmantel schleift in Falten hinter ihr über den Boden, wie der Mantel auf dem Porträt von Königin Juliana in der Rabobank. Der Kopf der Maria ist ein bisschen länglich geraten, aber den Jungen in der Bastelstunde fällt etwas anderes auf. Leise und spöttisch singen sie: »Frau Haverkamp, Frau Haverkamp, was hastn für große Titten.« Dabei sind die gar nicht so groß, findet Paul, bei der Maria hinter dem Altar in der Kirche sind die Brüste auch nicht gerade unauffällig.

Als der Gips hart ist und die Farbe trocken, nimmt er sie mit nach Hause, seine Maria mit dem strohgelben Haar und dem roten Mantel. Er rupft den Efeu aus der Nische und stellt sie dort auf. So geschützt steht sie nun im Tempel, die Trösterin der Betrübten, mit gesenktem Blick und gefalteten Händen. Er kniet sich hin und murmelt: »Heilige Maria, Mutter Gottes, bitte für uns Sünder jetzt und in der Stunde unseres Todes. Amen.«

Abends, er stampft gerade seine Kartoffeln, sagt sein Vater: »Die ist ganz schön mager.«

Paul schaut auf. »Das ist immer so.«

»Ach ja?«

Er nickt entschieden. »Überall sieht man das.«

»Dass du das so gut weißt.«

Wie dem auch sei, seither geht sie als Maria Anorexia durchs Leben, doch Paul macht sich nichts aus dem Spott über ihre Brüste und ihre Figur, denn er weiß, in Kevelaer und Heiloo hat es Marienerscheinungen gegeben und eine Frau in Amsterdam hat die Maria sogar Dutzende Male gesehen, also ist es gut möglich, dass sie sich eines Tages, als strahlendes Licht in der Linde, auch in Mariënveen offenbart, die Königin des Himmels mit ihrer Vorliebe für einfache Hirtinnen, Hausfrauen und Bauersleute, die oft auch Kindern ihr schönes, tröstliches Antlitz zeigt, warum also nicht einem Schüler der Sint-Jozef-Schule, der ihr im Garten hinter dem Haus einen Schrein errichtet hat?

Jeden Tag vor dem Schlafengehen liest sein Vater im Neuen Testament. Er ist ein Jesus-Anhänger, mit dem Wüsten, Blutrünstigen des Alten Testaments hat er es nicht so. »Mehr braucht ein Mensch nicht«, sagt er über das Neue Testament. Wenn er es ausgelesen hat, fängt er im schwachen Licht seiner Nachttischlampe immer wieder von vorn an, denn es ist nicht leicht, dem Beispiel Jesu zu folgen.

»Jesus«, sagt er an Pauls Bett sitzend, »macht uns zu guten Menschen. Nicht Auge um Auge, nein, im Gegenteil. Wenn jemand dich auf die rechte Wange schlägt, sollst du ihm auch die linke hinhalten.«

Unter der klammen Bettdecke setzt Paul sich halb auf und sagt: »Geert Oude Voshaar hat gesagt, Mama ist eine Hure.«

Sein Vater schürzt die Lippen.

»Ich habe ihm alle Haare ausgerissen.«

»Wie würde es denn auf der Welt aussehen, wenn …«, setzt sein Vater an. »Wenn jeder das Recht in die eigene Hand nimmt?«

»Mama ist keine Hure.«

»Die Haare ausgerissen?«

Paul nickt, seine Hände rupfen an der Wolldecke.

»Nicht geschlagen?«

Paul schüttelt den Kopf. »Die Haare ausgerissen«, sagt er leise, verwirrt von dem Hauch Missbilligung in der Stimme seines Vaters. Er kann nicht schlagen, dazu zittert er zu sehr; seine Schläge treffen nicht oder sind zu schwach. Die von Geert Oude Voshaar haben ihm nicht wehgetan. Er denkt daran zurück, wie er immer wieder genüsslich mit vollen Händen in dessen Haare gegriffen und nicht losgelassen hat. Die roten Haarbüschel, die durch die Gegend flogen.

»Das geht eigentlich nicht«, sagt sein Vater. »Was er gemacht hat aber auch nicht …«

Und das ist der Knackpunkt, begreift Paul. Man kann nicht über den Dingen stehen wollen und sich gleichzeitig rächen. Sein Vater will zu viel. Das ist sein Konflikt. Morgens fährt er mit dem Frieden des Gebets im Herzen vom Hof, im nächsten Moment ruft er einem Autofahrer, der mit quietschenden Reifen um die Kurve rast, »Arschloch!« hinterher. Und dieses Durcheinander versucht er dann, nach Jesu Vorbild aufzulösen.

An seinem Bett sitzend erzählt sein Vater eines Abends auch von einem Schüler, einem gewissen Viktor. Eine Brise weht durchs Klappfenster, Paul hört das Wasser am Wehr hinabstürzen. Mit solcher Begeisterung beschreibt sein Vater den neuen Schüler, dass er ihn leibhaftig im Zimmer stehen sieht. Ein Schüler, wie man ihn nur einmal in seiner ganzen Lehrerlaufbahn erlebe. Nicht nur er finde das, alle Kollegen wären seiner Meinung. Ganz egal, was man Viktor sage, alles falle auf fruchtbaren Boden. Als wisse er es eigentlich schon, und dieses Wissen müsse nur aktiviert werden.

Paul denkt an sein Ringen mit der Grammatik, mit den Brüchen, daran, dass er ständig Sinus und Kosinus verwechselt.

An vielen Sommerabenden hintereinander erzählt sein Vater von diesem Wunderknaben, dessen Eltern aus dem Westen kommen und sich hier niedergelassen haben. Viktor macht Judo, er trägt den blauen Gürtel. Den Kollegen Döbbe hat Viktor mit einem simplen Trick locker zu Fall gebracht. So ein Knirps – sein Vater hält die Hand etwa anderthalb Meter über den Boden.

Er kann sich gar nicht mehr einkriegen. Viktor spielt Gitarre und hat in der Aula *Blowin' in the wind* vorgetragen. Und als sein Publikum eine Zugabe wollte, hat er sogar noch *With a little help from my friends* gespielt.

Immer prachtvoller wird Viktor im Laufe der Geschichten, erschöpft und ängstlich geht Paul zu Bett.

»Gibt es ihn wirklich?«, fragt er eines Abends.

»Natürlich«, sagt sein Vater leicht empört. »Was glaubst du denn? Dass ich mir das alles ausdenke?«

Paul zuckt die Achseln. »Weiß nicht.«

»Die reine Wahrheit«, sagt sein Vater und setzt die Abenteuer von Super-Viktor fort. Diesmal mit einer Episode von einem Klassenausflug in den Zoo. Nach dem Ausflug geht Viktor zu Hause in den oberen Stock und lässt sich nicht mehr blicken, auch nicht zum Abendessen. Er hat sich eingeschlossen, weigert sich aufzumachen. Sein Vater muss das Schloss mit der Zange aufbrechen, dann finden seine Eltern ihn in der Badewanne. Er ist nicht allein.

»Und?«, sagt sein Vater. »Rate mal, was er bei sich hatte?«

»Ein Buch«, schlägt Paul vor.

»Falsch.«

»Einen Freund.«

»Falsch.«

»Ich weiß nicht.«

»Einen Pinguin!«

Paul setzt sich auf. »Einen *Pinguin?*«

»Einen echten Pinguin«, sagt sein Vater. Seine Hände deuten die Größe eines kräftigen Karpfens an. »Aus dem Zoo mitgehen lassen. In der Badewanne.«

»Das geht doch gar nicht!«

So schwer war es nicht, sagt sein Vater, er sei einfach über den Zaun gestiegen und habe ihn aus dem flachen Becken gefischt. Unter der Jacke versteckt, habe er ihn dann nach Hause mitgenommen.

Paul schüttelt den Kopf. »Aber das darf man doch nicht?«

Das gibt sein Vater zu, doch aus seinem Gesichtsausdruck schließt Paul, dass das Verbot bei ganz besonderen, verwegenen und abenteuerlustigen Verstößen nicht gilt.

Zugegeben, sagt sein Vater, das sei an Viktors ehemaliger

Schule passiert; die Geschichte sei die Einleitung seines Referats über den Brillenpinguin gewesen. Aber weshalb sollte er lügen?

»Komische Aktion«, sagt Paul. Nachdem sein Vater wieder weg ist, starrt er noch eine Weile bedrückt zur Decke.

19

Hinter dem halbrunden Tor hatte sich der Bodensatz der drei großen Kriege des letzten Jahrhunderts angehäuft. Im zehn Mal fünfunddreißig Meter großen ehemaligen Kuhstall waren hunderttausend Dinge aus dem Ersten und Zweiten Weltkrieg und dem Kalten Krieg in Regalen und Kartons und auf Tischen auf Böcken ausgestellt; KRÜZEN KUROSIA & MILITARIA besaß die größte Militariasammlung östlich der Ijssel.

Uniformen mochte Paul am liebsten. Ein Dutzend Schneiderpuppen standen in der ganzen Scheune verteilt, alle trugen sie Originalausrüstung. Der Tommy, der Kraut, der G.I. und der Poilu; ausdruckslos starrten die Puppen vor sich hin. Auch die matt glänzenden Torpedonasen, die lächerlichen Pickelhauben, die unverwüstlichen Posttaschen der Schweizer Armee und die antike deutsche Feldküche mit eisenbeschlagenen Holzrädern mochte er, aber die Uniformen waren ihm am liebsten. Die scharfen Falten im Khaki, die fest gewebten Trenchcoats aus Gabardine, die wollenen Uniformjacken, die genauso muffig rochen wie sein Bettzeug. Uniformen brachten einen dem Menschen im Krieg am nächsten. In ihnen hatte ein Herz geschlagen und ein Mensch Todesängste, Langeweile oder Ekstase erlebt. Nichts regte Pauls Fantasie so sehr an wie eine Uniform, und er bewunderte die Weber und Schneider, die solche abriebfesten Stoffe hergestellt und so imprägniert hatten, dass sie die Zeit locker überdauerten.

Über dem Eingangstor hatte er ein großes weißes Schild angebracht und in schwarzer Farbe einen Spruch draufgepinselt, den er einmal am Stand einer Waffenmesse in Aschaffenburg gelesen hatte.

WAFFEN, BRINGT MIR VIELE WAFFEN
– R. Wagner

Samstagmittag, halb zwei, in seinem Glasbüro druckte er Rechnungen aus und wartete auf den Mann, mit dem er verabredet war. In der Vitrine auf dem Schreibtisch bewahrte er die Stücke seiner Sammlung, die ihm besonders wichtig waren. Wertvoll waren sie nicht, die von einem deutschen Kriegsgefangenen gebaute Streichholz-Kathedrale – war es der Kölner Dom? – und das handgeschriebene Gedichtbändchen eines in Neuengamme gestorbenen KZ-Häftlings. Auch die vor vierzig Jahren auf dem Kolkboden gefundene Münze und der Armeekompass des Russen, den er, korrodiert und verklumpt wie der Mechanismus von Antikhytera, mit seinem ersten Metalldetektor aus dem Acker gegraben hatte. Diese Dinge hatten den Anfang seiner Sammlung gebildet, aus der zufällig sein Broterwerb geworden war.

Ein paar Monate nach dem Mauerfall, vor fast dreißig Jahren, hatte Laurens Steggink ihn gebeten, geschäftlich in die DDR mitzukommen, das Land, das faktisch von einem Tag zum nächsten aufhörte zu existieren. Es war eine diffuse, wilde Zeit, ein ganzes Land, das sich selbst verramschte; profitgeil stürzten sich solche Typen wie Steggink darauf. Sein Geschäftspartner war krank, er brauchte jemanden, der mit anpackte. In einem großen Mercedesbus waren sie gen Osten gefahren, durch Westdeutschland, dann bei Helmstedt/Marienborn über die Grenze. Auf Pauls Bitte nahmen sie sich die Zeit, das ehemalige Sperrgebiet anzusehen. Auf dem weiträumigen Streifen schwer bewachten Grenzlandes standen hohe Stahldrahtzäune, Stacheldrahtsperren und Wachtürme. Still betrachtete Paul diese Manifestation aggressiver Staatsgewalt. Mit einer enormen Kraftanstrengung hatte der Staat eine tausendvierhundert Kilometer lange Barrikade errichtet, um der Republikflucht Einhalt zu gebieten. Eine nach innen gerichtete Verteidigungsanlage, rational und tödlich. Tot war sie nun selbst, diese sinnlose Anhäufung von Beton und Metall, nachdem das Haus der Macht zusammengefallen war.

Im Schritttempo fuhren sie in das Land des ehemaligen Feindes, gegen den sie sich mit Atomwaffen und Divisionen gestemmt hatten. Als Wehrpflichtiger war auch er dabei gewesen; wie Steggink hatte er seinen Militärdienst in Seedorf geleistet. Paul hatte sich die Landschaft anders vorgestellt, kahl und schroff, doch sie war grün und lieblich; auf den Weiden breiteten uralte Trecker und Heuwender das Gras in langen Bahnen aus. Die Kühe waren mager, die Straßen in schlechtem Zustand und leer. Das Bild des Feindes war um ein Vielfaches stärker gewesen als der Feind selbst.

Sie klapperten abgelegene Dörfer und Gehöfte ab, um Antiquitäten und massive Holzmöbel zu ergattern. Steggink fuhr manchmal zweimal die Woche nach Ostdeutschland, um sein Auto mit Eichenholz-Schränken, -Kommoden und -Sekretären vollzuladen, aber auch mit Spiegeln, Fußbänken, Kirch- oder Kutschstövchen, Kölner Steinzeug, Sets aus alten Waschschüsseln mit Krügen und Vogelkäfigen. Alles kaufte er den

Leuten unterm Hintern weg. Die Gier war beiderseitig, doch Steggink saß immer am längeren Hebel. Die Ossis überließen ihm ihr Hab und Gut für ein Butterbrot, und Paul krümmte sich vor Scham, wenn Steggink wie ein SS-Mann am Lagereingang auf den Hausrat deutete, auf den er es abgesehen hatte; Kohlenschütten aus Kupfer, Kerzenleuchter, Öfen, alles ließ sich zu Geld machen. Stegginks Portemonnaie tanzte ihm in der Hosentasche. Seine D-Mark war hart, sie wurde gern genommen. Das ist jetzt also aus ihnen geworden, dachte Paul, aus den Feinden von früher, arme Teufel, die jahrzehntelang nichts Neues bekommen hatten.

In einem Örtchen westlich von Magdeburg hielt Steggink einer Frau ein Bündel D-Mark-Scheine unter die Nase, zog es jedoch rasch wieder zurück, als sie zugreifen wollte. »Diese Sachen noch«, sagte er auf Deutsch und deutete auf einen Hexenkessel und einen kupfernen Ascheeimer. »Dann haben wir einen Deal.« Er zog den Pferdeschwanz an seinem Hinterkopf fest.

Die Bäuerin murrte und grummelte, gab aber schließlich nach.

Zufrieden trug Steggink seine Beute zum Bus, unterwegs sagte Paul zu ihm: »Mach das nicht mehr, wenn ich dabei bin.«

»Wasn?«, fragte Steggink, der sich gerade eine Zigarette auf dem Oberschenkel drehte.

»Das mit dem Geld. Das war nicht nett von dir.«

»Das? So geht das Spiel, Paulchen. So wird es gespielt.«

Immer schwerer wurde der Bus, tiefer und tiefer hing er durch, bis nichts mehr reinpasste und sie wieder nach Hause fuhren. Ein paarmal begleitete ihn Paul, dann kaufte er sich einen Mercedes T2 und fuhr allein nach Osten.

Jedes Mal, wenn er die ehemalige deutsch-deutsche Grenze passierte, wunderte er sich, dass er hinter den Wachtürmen fünfzig Jahre in der Zeit zurückreiste; nichts anderes als hartnäckige Stagnation hatten die Türme bewacht. Die Güterproduktion war wieder auf ein vorindustrielles Niveau gesunken, das System hatte kaum etwas anderes als Apathie bei den Arbeitern und Korruption bei der Parteiführung ausgelöst; ohne wirtschaftlichen Anreiz ließ sich keiner mehr antreiben.

Er sinnierte über die Inkongruenz eines Reichs, wo man den ersten bemannten Raumflug unternommen hatte, aber die Lieferzeit einer Pappkiste zwölf Jahre betrug. Stimmt, die Kühe waren mager und die Menschen bedürftig, trotzdem hatten sie deren Ingenieuren die ersten Fotos von der Rückseite des Mondes zu verdanken …

Seinen Handel betrieb er mit Bedacht. Er war ein cleverer Kaufmann. Wenn nötig, konnte er die Leute rupfen, aber im Allgemeinen holte er nicht das Letzte heraus. Die Gewinnmargen waren seiner Nachgiebigkeit zuträglich. Tatsächlich hatte er einen Blick für Antiquitäten. Er verwandelte die Scheune auf dem Hof seines Vaters in einen Verkaufsraum und empfing dort auf Vereinbarung Trödler aus dem ganzen Land, die seine Sachen wiederum auf den Flohmärkten in Weerselo und Zuidlaren weiterverkauften.

Bald musste Paul immer weiter nach Osten fahren, weil die Händler wie Heuschrecken über die ehemalige DDR hergefallen waren und den größten Teil des Landes schon »ausgesaugt« hatten, wie die Cowboys der ersten Stunde zufrieden sagten. Auf immer schmaleren Wegen, immer weiter von den großen Bundesstraßen entfernt, immer tiefer ins Hinterland, um noch etwas Interessantes auszugraben. In verlassenen, totstillen Gegenden klopfte er bei den Menschen an. Er ging zu Versteigerungen und Wohnungsauflösungen und stieß so in Colditz, im Schatten des berüchtigten Schlosses auf dem Hügel, auf eine komplette SS-Uniform, in der Innentasche ein Wehrpass. Auf dem Umschlag trug der Adler das Hakenkreuz in seinen Klauen. Der Uniformbesitzer hatte im Ersten Weltkrieg an der Front gekämpft und war 1934 erneut zur Armee gegangen, offenbar angesteckt von der wiederentfachten deutschen Begeisterung. Die Uniform lag ordentlich zusammengefaltet in einem Karton, obenauf die Stiefel, bedeckt mit Exemplaren der *Leipziger Volkszeitung* von 1949. Mao, las Paul flüchtig, war in einen heftigen Kampf mit den Nationalisten verwickelt, und in einer mehrere Monate älteren Zeitung stand, die Sowjetunion habe Jugoslawien abgeschüttelt, weil es sich zu einer »bürgerlich vulgären Republik« entwickelt habe. Er kaufte die Uniform zu einem Spottpreis und unterzog den Wehrpass ihres Besitzers, Dieter Soltau, in seinem Kleinbus einer gründlichen Untersuchung. 1899 in Chemnitz geboren, 1,71 groß und 75 Kilo schwer. 1942 wurde er, schon recht alt, zum SS-Hauptscharführer befördert, hatte den Stempeln zufolge an der Ostfront gekämpft, bevor er in die SS eintrat. Anschließend wurde er in Nizza stationiert – ein Einsatzort am Mittelmeer als Belohnung für erwiesene Dienste? –, und bei Kriegsende diente er dann in Mittelbau-Dora. Eine rasante Karriere, konnte man sagen.

Paul konnte Kronleuchtern ansehen, wann und wie das Kristall geschliffen worden war, bei Holz erkannte er, ob es echt war oder bloß Pressspan, alles natürlich sehr nützlich, aber das hier, das war doch eine ganze andere Nummer. Seine historische Empfindung, als er unter dem ganzen Hausrat vor der Tür den unauffälligen Karton geöffnet und das Feldgrau gesehen hatte …

Die Uniform Dieter Soltaus war der Anfang seiner Militariasammlung gewesen, er hatte sie nie verkauft.

Kreuz und quer fuhr er durch die Lande, auf gut Glück. Wenn er eine Heimwehattacke bekam, verschwor sich schlagartig die ganze Umgebung, die er abklapperte, gegen ihn. Die Bäume, das Gras, Straßen und Häuser, alles wurde böswillig. Nirgendwo anders auf der Welt war es so verderbt und unsicher wie dort, wo er gerade war. Er schwitzte und zitterte, manchmal musste er seinen Kleinbus am Straßenrand abstellen, um sich zu beruhigen.

Das war ihm unter anderem an der deutsch-polnischen Grenze passiert, wo er auf einen Tipp hin auf dem Gelände einer alten Schießpulverfabrik gelandet war. Bei Forst war er über die Neiße und nach Polen gefahren, wo die Fabrik seit 1945 lag. Die Sowjets hatten einen Großteil der Anlagen als Kriegsbeute mitgenommen, doch es fänden sich, wie ihm ein Händler in Halle erzählte, noch genügend interessante Dinge dort. Das Gelände der Deutschen Sprengchemie war gut fünfhundert Hektar groß, kilometerlange Gleise und Straßen verbanden die Fabrikgebäude und die Hunderte, teils unterirdischen Bunker miteinander. Noch heute bestand Explosionsgefahr, weil längst nicht alle Nitroglyzerinreste beseitigt waren; gut vierzig Jahre nach Kriegsende lag immer noch ein beißender Pulvergeruch in der Luft. Vor nicht allzu langer Zeit war hier ein Alteisenhändler explodiert, der mit einem Brennschneider in eine Grube gestiegen war. Einen Handschuh von ihm, mehr hatte man nicht gefunden.

Im Wald sah Paul einen Mann den Boden minutiös mit dem Metalldetektor absuchen, sonst war keiner da. Der Mann beachtete ihn überhaupt nicht; alles in allem ist es doch ein leicht autistisches Hobby, dachte Paul. Um sich nicht zu verirren, prägte er sich die überwucherten Ruinen gut ein. Solche Fabriken waren der Unterbau der brutalen Gewalt des Dritten Reichs gewesen, hier war die militärische Oberherrschaft zur Vollendung gelangt. Tod und Verderben, die sich wie eine Pest auf dem ganzen Kontinent ausbreiteten, waren hier vorbereitet worden. Er dachte an die Energie, die nötig war, um Hunderte solcher Industrieanlagen aus dem Boden zu stampfen – ohne Zwangsarbeit und Sklaverei wäre ein derart kolossales Unterfangen nicht zu bewältigen gewesen.

Zwei Stunden streunte er über den verlassenen Komplex, bis er in der Stille zwischen den Bäumen von einem Faustschlag auf die Brust getroffen wurde, der ihm den Atem aus der Lunge schlug – er musste nach Hause, sofort ... Ihm brach der Schweiß aus, halb ging er, halb rannte er aus dem Wald, zurück zu seinem Bus am Waldrand. Es war halb vier Uhr nachmittags; kurz vor Mitternacht war er zu Hause.

So hatte er die Länge der Leine kennengelernt. Wenn er über Land reiste, endete seine Welt an der Neiße. Dahinter fiel er vom Rand.

Der Deutsche verspätete sich um eine halbe Stunde; er hörte Autoreifen im Kies knirschen. Auf der Einfahrt, die die Scheune und das Eichenwäldchen mit der Straße verband, rollte ein Mercedes langsam in sein Blickfeld. Der Mann betrat den Verkaufsraum durch die kleine Tür in dem hohen, halbrunden Tor, Paul machte Licht. Blinzelnd sprangen die Neonröhren an, die riesige Schatzkammer wurde von einer Lichtflut überspült. Der Mann pfiff zwischen den Zähnen. In den Lagerregalen lagen stapelweise Telefone, Rettungsbojen und Fernrohre. In den Vitrinen blinkten Auszeichnungen und Zippo-Feuerzeuge. Ein Tisch voller Hülsen von 25-Pfünder-Haubitzen und Essgeschirren. Ganze Kartons mit Offiziershemden, Hosen, Socken, Hosenträgern, Unterhemden, Krawatten, dicke Gummistiefel, aber auch Schuhe und Stiefel aus Leder – Krüzen Militaria hatte alles. Seine Mauser, Luger und Enfields lagerte Paul hinter Schloss und Riegel – die Glasvitrinen öffnete er nur auf Anfrage. Torpedos stützten das Dach, oben im First hingen Spionageballons neben einem behelfsmäßigen Ballon, in dem eine ostdeutsche Familie 1978 vergeblich versucht hatte, über die Grenze zu kommen.

»Na sowas«, sagte der Mann verblüfft.

»Ihre ganze Geschichte«, sagte Paul. »Kaffee?«

»Sehr gern, danke.«

Paul ging ins Büro und stellte die Kaffeemaschine an. Durch die Scheibe sah er den Mann entgeistert zwischen dem Kriegsmaterial herumwandern, all der fabelhaften, tödlichen Technik. Er blieb lange neben dem Daimler Dingo stehen, einem leichten Spähpanzer britischer Bauart. Alle seine Kunden waren von der musealen Anordnung beeindruckt; er ließ sie sich in Ruhe umsehen. Paul brachte dem Mann die Tasse Kaffee und machte sich wieder an die Buchführung. Kurz darauf stand der Deutsche in der Tür – ob er vielleicht etwas Zucker haben könne. Seine Tasse war schon halb leer. Sie waren zu bescheiden geworden, die Deutschen. Paul hievte seine Bestellung auf den Tisch, der Mann warf einen Blick in die Kartons. Acht Gasmasken und Armeemäntel aus der DDR, noch aus der Auflösung eines Militärdepots. Die goldene Zeit, bevor die Regierung mit Hilfe der Treuhandanstalt den Verkauf des Staatseigentums selbst in die Hand genommen hatte.

In einem anderen Karton waren drei schwedische Schwesternuniformen. Der Mann holte eine heraus und hielt sie mit ausgestreckten Armen vor sich. »Ausgezeichnet«, sagte er. »Wirklich gut.«

Seine Brieftasche war so dick wie die einer Hausfrau. Sie trugen die Kartons hinaus, Paul sah dem Mercedes hinterher, als er vom Hof fuhr.

Mit dem Bein auf einem Schemel fummelte sein Vater am Radio, suchte nach dem Kirchensender, der die Wochenendgottesdienste aus der Mariakerk übertrug.

»Zieh mal die Hose runter«, sagte Paul. »Ich muss wieder kurz ran.« Gründlich wusch er sich die Hände und trocknete sie mit einem sauberen Handtuch. Der Vater wand sich aus der Hose, ließ sie bis zu den Fußknöcheln hinabgleiten und setzte sich dann wieder. Sag es nicht, dachte Paul, aber da waren sie schon, die Worte, die er bis zum Überdruss gehört hatte: »Wenn es nicht anders geht«, seufzte sein Vater, und Paul fuhr fort: »Dann willst du lieber gar nicht mehr … Halt aber noch ein bisschen durch, ja?«

Er erschrak, als der Verband weg war und die Wunde zum Vorschein kam. Phosphor verursacht solche Wunden, erinnerte er sich aus dem *Handboek Soldaat*. Er fraß sich tief in die Haut, bis ins Fleisch, und zeichnete sich dadurch aus, dass man ihn nicht mit Wasser löschen konnte. Der Tipp im Soldatenhandbuch lautete, den brennenden Phosphor mit einem Löffel aus der Wunde zu schnippen.

»Nächste Woche doch mal ins Krankenhaus«, sagte Paul. »Nimmst du deine Pillen?«

»Sicher doch.«

Paul schmierte die Wunde mit antibiotischer Salbe ein und wechselte den Verband. Dann duschte er, rasierte sich und kämmte die Haare zum Scheitel.

»Was hast du gesagt, wo du hingehst?«, fragte sein Vater, als Paul ihm das Abendessen in die Mikrowelle stellte.

»In die Stadt.«

»Aha?«

»Die Frau aus der Apotheke. Guck mal kurz, bitte. Du musst nur auf Start drücken. Die Zeit habe ich schon eingestellt. Auf den Knopf da.«

»Den«, sagte sein Vater.

»Wo ich den Pfeil danebengeklebt habe.«

»Mache ich.«

»Beim letzten Mal hast du aus Versehen ausgemacht.«

»Gibt Schlimmeres.«

»Aber drück trotzdem auf den richtigen Knopf, ja?«

20

Die Avermaten, so hieß die städtische Neubausiedlung, in der geschiedene Frauen endeten und Flüchtlinge neu anfingen. Eine scheue afghanische Familie wohne neben ihr, erzählte Ineke Wessels, schräg gegenüber habe eine Horde wüster Kurden eine Wohnung zugewiesen bekommen. An ihrem freien Tag gebe sie Niederländisch-Unterricht.

»Ach nee, ganz und gar nicht, im Gegenteil, es ist sehr befriedigend«, sagte sie auf Pauls Frage, ob das nicht schwierig sei. »Und die Männer sind so zuvorkommend – darauf kannst du bei den Holländern lange warten!«

Vielleicht, dachte Paul, hat ja kürzlich ein Syrer oder Eritreer hier gesessen, genauso zuvorkommend wie voll Verlangen nach einer reifen westlichen Dame mit Brüsten wie Kanonenrohren. Er war froh, dass er kurz noch beim Plus gehalten und After Eight besorgt hatte.

Ineke war anderen Kulturen gegenüber aufgeschlossen, diese Botschaft vermittelte ihre lichte offene Wohnung. Afrikanische Schnitzereien im Wohnzimmer, Fotos von ihr in fernen Ländern auf der Kommode. Auf den meisten trug sie eine Dreiviertelhose und Sandalen. Manchmal hatte sie ein farbiges Tuch um Kopf und Schultern drapiert. Sie reise erst, seit die Kinder aus dem Haus seien.

»Und dein Mann?«, fragte Paul.

Ein Auflachen, kurz wich ihr Heiterkeitspanzer. »Ruud«,

sagte sie. »Ruud ist 2003 gestorben. Vierzehn Jahre ist das schon her.«

»Oh. Das tut mir leid.«

»Freitod. Ja, ich sage es lieber gleich, sonst bleibt es so im Raum hängen.«

Paul sah sich um, seine Seele flog wie ein Spatz gegen die Scheibe.

»Einfach so, mitten aus dem Leben?«, fragte er dann, weil er das für eine angemessene Reaktion auf ihre Offenheit hielt.

»Ich will mich nicht allzu lange damit aufhalten, wenn es dir recht ist. Aber ja, genau, mitten aus dem Leben, kann man so sagen, ja.«

Sie schenkte Kaffee aus einer Thermoskanne ein. »Und du, Paul? Kind und Kegel?« Und mit einem Lachen, das sie nicht ausstieß, sondern einzuatmen schien: »Das Kleinfamilienidyll?«

»Nein, nichts. Ich wohne noch bei meinem Vater.«

»Das ist doch nicht nichts? Im Gegenteil, es kann doch sehr kostbar sein. Wie alt ist dein Vater?«

»Achtundsiebzig.«

»Und noch fit?«

»Och.« Er wedelte mit der Hand.

»Also kümmerst du dich um ihn? Da hat er aber Glück, mit so einem Sohn! Und für dich ist es natürlich auch sehr befriedigend, dass du das für ihn machen kannst.«

»Ach. Es is, wie es is, sag ich mal.«

»Nüchtern wie eh und je, oder, Paul?«

Das Gespräch nahm eine andere Wendung – ihre Schule früher, die Franziskanerinnen, denen die Mädchenschule unterstand, Herr Braakhuis, Schulleiter einer der letzten katholischen Jungenschulen des Landes. Ein Potentat mit einem Schädel wie ein Dinosaurierknochen. Im Dreiteiler und mit Krawatte überragte er Zigarre rauchend auf dem niedrigen Podest die Klasse; blickte durch eine schwarze Hornbrille auf seine Schüler. Solche wie ihn gab es heutzutage gar nicht mehr.

Zusammen mit dem Pfarrer und dem Bankdirektor bildeten sie das Dorfstriumvirat. Manche fanden, der Arzt hätte auch dazugehört, denn wenn man krank war, war einem ein Antibiotikum lieber als ein Vaterunser.

Als sie in der vierten Klasse waren, hatte man die Jungen- und die Mädchenschule zusammengelegt. In den späten Siebzigern, das Ende einer Ära. Braakhuis wurde pensioniert und widmete sich bis zu seinem Tod der Heimatkunde von Mariënveen, auch die Franziskanerinnen verschwanden nach und nach aus dem Straßenbild.

Pauls Blick schweifte durchs Wohnzimmer. An der Decke sah er nirgends etwas, woran man einen Strick hätte befestigen können. Wenn in einer Todesanzeige etwas auf Selbstmord hindeutete, wollte er immer wissen, wie es geschehen war, die Vorbereitungen, die Tat.

Sie hielt ihm ein Foto nach dem anderen unter die Nase. »Hier, Jenny, weißt du noch? Und Heleen? Der Schulausflug nach Hellendoorn, weißt du noch?«

»Ponypark Slagharen, dachte ich?«

»Und Hellendoorn.«

Er schaute. Artige Kinder. Ein anderes Jahrhundert. Besser. Zumindest die zweite Hälfte. Seither hatte eine ungeheure digital-technologische Zeitbeschleunigung stattgefunden; ohne diese Revolution sähe sogar sein einigermaßen altmodisches Dasein anders aus. Und die ganze Welt war in Bewegung geraten. Russen, Chinesen, Rumänen, Polen und Bulgaren, all diese Völker, die man früher nur aus dem Schulatlas kannte.

»Das Seltsame ist«, sagte Ineke, »dass du fast nie drauf bist. Auf den Klassenfotos schon, aber auch da muss man genau hingucken.«

»Fehlt mir kein bisschen.«

»Ach nein? Na, ich denke gern daran zurück. Eine tolle Zeit.«

In seiner Erinnerung war sie ein stilles, nur durch ihre Unauffälligkeit vor Hänseleien geschütztes Mädchen gewesen. Wer waren damals ihre Freundinnen? Er wusste es nicht mehr. Es war, als hätte sie ihre Vergangenheit neu gestaltet, sie nach der Person modelliert, die sie heute war.

»Ach je«, sagte sie, »guck dir den an. Das war mir ja eine traurige Gestalt.«

»Hedwiges Geerdink.«

Mit gespielter Empörung sagte sie: »Bei mir konntest du dich nicht mal an den Namen erinnern, aber seiner fällt dir sofort ein! Er hatte so eine gruselige Stimme, weißt du noch?«

»So schlimm war es auch wieder nicht.«

»Was wohl aus dem geworden ist?«

»Kaufmann. Wie sein Vater und Großvater.«

»Du siehst ihn noch?«

»Wir sind befreundet. Glaube ich. Aber eigentlich weiß ich wenig über ihn. Er ist ein ziemlicher Eigenbrötler. Der Tod, er spricht von nichts anderem mehr. Wer im Sterben liegt, der Tod von diesem oder jenem, wer jetzt wieder gestorben ist. Selbst wenn einer schon seit dreißig Jahren unter der Erde liegt, sagt er: ›Auch schon tot.‹ Gräber, er sieht gar nichts anderes mehr.«

Sie nickte ernst. »Die ganze Zeit nur zurückzuschauen ist nicht gut. Man muss immer weiter in die Zukunft schauen. Willst du noch was?«

»Nö. Ich mach gleich wieder los, glaube ich.«

»Ach, so war das doch nicht gemeint! Du bist doch gerade erst angekommen. Hast du Hunger? Soll ich eine Pizza in den Ofen schieben?«

»Mach dir keine Umstände.«

Aber sie war schon aufgestanden. »Es ist fast sieben, du hast doch noch nicht gegessen? Ich auch nicht. Mir knurrt schon der Magen.«

Als sie in der Küche war, lehnte er sich auf dem Sofa zurück. Reden war ganz schön anstrengend. Ein Minenfeld. Trotzdem fand er Inekes Gesellschaft unerwartet angenehm. Ihr Mann war tot, ihre Kinder hatten sie verlassen. Sie ertrug ihre Einsamkeit mit Würde. Nur an der leichten Hysterie in ihrer Stimme merkte man, wie es um sie stand.

Später gab sie ihm den größten Teil der Pizza, und als er aufgegessen hatte, sagte sie: »Das war ein bisschen wenig, glaube ich?«, verschwand wieder in der Küche und schob eine zweite Pizza in den Ofen. Sie brachte ihm eine Flasche Bier und schenkte sich selbst ein Glas Moselwein ein. »Möchtest du ein Glas?«, fragte sie. »Oder ist es das für dich?«

Von der Pizza hatte er Durst bekommen, er trank die Flasche dreiviertel leer.

»Ich freue mich, dass ich dich erkannt habe«, sagte sie, »auch wenn du mich nicht erkannt hast. Die Vergangenheit ist kostbar, man muss sie würdigen.«

Mit noch halbvollem Mund sagte er: »Ich bin froh, dass sie vorbei ist.«

»Aber sie hat dich doch zu dem gemacht, der du heute bist, Paul, zu einem einmaligen, einzigartigen Menschen.«

Er musste lachen. Ein Stück Pizza flog ihm aus dem Mund.

»Na, na.«

»Entschuldigung. Es war nur so witzig ausgedrückt.«

Jetzt lachte sie auch ein bisschen. »Es ist einfach nur meine Meinung.«

Zum ersten Mal erkannte er das Mädchen, das sie früher gewesen war, jetzt, nachdem er die Fotos gesehen hatte.

»Du bist ein Zyniker, Paul Krüzen. Du weißt doch, was ein Zyniker ist, oder?«

»Ich glaube schon, aber sags mir ruhig.«

»Sarkastische Menschen haben einen enttäuschten Verstand, heißt es, und zynische Menschen ein enttäuschtes Herz …«

Hab ich dich, besagte ihr Blick.

»Und du?«, fragte Paul, »bist du eine Zynikerin?«

»Alle Zyniker haben ein gebrochenes Herz, glaube ich, aber nicht alle mit einem gebrochenen Herzen werden zynisch.«

Er schob die Flasche über den Tisch zu ihr. »Darauf trinke ich doch glatt noch eins.«

Sie stand auf. Es schien ihr Spaß zu machen, etwas für ihn zu tun. Ihm gefiel das. Sieht es in einer Ehe so aus, fragte er sich, so bequem und gemütlich? Ist das bei allen Ehepaaren so? Das könnte mir auch gefallen, dachte er, wie ein Autohändler, der ein gutes Geschäft wittert.

»Prost«, sagte sie wenig später. Sie beugte sich über den Glastisch, das Weinglas mit Goldrand in der ausgestreckten Hand. Schwer lagen ihre Brüste in der Tunika.

»Prösterchen«, sagte er.

Er erhob sich und ging zur Terrassentür, sah in ihren kleinen Garten. Das Gras stand hoch. Taschen voll leerer Flaschen, ein zugeknoteter grauer Müllsack. Ein Ahorn ragte über den Zaun zu den Nachbarn. Sie stellte sich neben ihn. Noch kleiner als er war sie.

Sie schob die Tür ein Stück auf, sagte: »Immerhin steht da noch ein Baum, zum Glück. Ich bin nämlich eigentlich ein Naturmensch. Ein Naturmensch, den es in die Stadt verschlagen hat, könnte man sagen.«

»Dann komm doch mal vorbei«, sagte Paul. »Haufenweise Bäume bei uns.«

Er dachte an die Linde neben seinem Schlafzimmer, dieses Trumm, das gleichmütig die Jahreszeiten überdauerte. Es ist wichtig, einen Baum in seiner Nähe zu haben, zu dem man sich verhalten kann; bald würden die Menschen so alt werden wie die Bäume, aber ohne ihre einsichtige Schweigsamkeit.

Die Schatten wurden länger, in einem Garten sang eine Amsel. Ineke rückte näher. »Das darf ich doch, oder?«, fragte sie mit einer anderen, sanfteren Stimme.

Er schwieg und rührte sich nicht. Es gab echte Scheißtage, Tage, an deren Existenz man sich nicht erinnerte, und glückliche Tage. Das Glück des heutigen Tages dürfe man sich nicht versagen, hatte er Jesus Sirach kürzlich noch in der Mariakerk vernommen, aus dem Mund von Pfarrer Teixeira, und an der Lust, die einem zustehe, dürfe man nicht vorbeigehen.

So standen sie und sahen auf den Garten in der Dämmerung, die kleine Frau und Paul Krüzen, ein Mann, der einen glücklichen von einem unglücklichen Tag unterscheiden konnte.

»Vertraut fühlt es sich an«, sagte sie nach einer Weile, und er schwieg in der Hoffnung, dass sie dann von selbst wieder den Mund hielte.

Kurz darauf legte er vorsichtig die Hände auf ihre runden Schultern. Sie schmiegte sich hinein wie eine Katze. Die BH-Bänder schnitten ihr ins Fleisch. Er roch eine altmodische Seife, nicht die aromatische Raffinesse seiner Schönen im Pascha. Als sie das Gesicht zu ihm hob, fiel die Lesebrille aus ihrem Haar zu Boden. »Macht nichts«, sagte sie schnell. »Bloß ein Billigding vom Hema.«

Gierig und hart war ihr Kuss. Eine Frau, dachte er, eine ganz normale Frau.

Das Bett stand unter der Dachschräge, er schaute durch das Veluxfenster in Richtung Osten, über die Waarmanslanden, die zwischen den Avermaten und Mariënveen lagen. Früher war hier ein großer Sumpf gewesen, in den Dreißigern wurde er von Arbeitslosen aus dem Westen trockengelegt. Um die Wasserzufuhr abzuschneiden, hatten die Ingenieure den Mariënveener Stroomkanal graben lassen und leiteten den Molenbeek dorthin um.

Man hatte den Sumpf in fruchtbare Äcker verwandelt, ein kilometerlanger Weg schlängelte sich mittendurch.

Sie ließen sich aufs Bett fallen. Ineke löste sich nach einer Weile aus seiner Umarmung und zog sich am Bettrand aus. Pauls Schuhe plumpsten zu Boden. Er sah auf. »Kurz anrufen«, sagte er und trampelte auf Strümpfen die Treppe zum Wohnzimmer hinab, wo er sein Handy vom Glastisch nahm.

»Krüzen«, sagte sein Vater mit vollem Mund.

»Ja, hier auch. Ich komme heute später.«

»Is gut«, sagte sein Vater. »Tschüs.«

Mit dem Telefon in der Hand kehrte Paul ins Stockwerk unter dem Dach zurück, wo Ineke ihn mit einem Kissen im Rücken und dem Oberlaken über den Brüsten erwartete. »Angehörigenpflege …«, sagte sie, während sie ihm dabei zusah, wie er sein Hemd über die Stuhllehne hängte und die Hose zusammengefaltet auf die Sitzfläche legte. Nur in der Unterhose schlüpfte er zu ihr ins Bett. Sie fielen übereinander her wie Ringer, prallten klatschend aufeinander. Mal lag er oben, dann sie. »Das darf ruhig weg«, sagte sie nach einer Weile und verhakte die Daumen hinter dem Gummizug seiner Unterhose. Sie griff nach seinem steifen Geschlecht, schlug es an wie eine Saite. Auch seine Hände gingen auf Wanderschaft. Er spürte ein Büschel Schamhaar; das war ungewohnt. Rita, Thong – sie hatten ihre Behaarung den Anforderungen der Zeit geopfert. Ineke dagegen hatte Schamhaare, wie er sie aus Uralt-Sexfilmen kannte. Ein Finger glitt zwischen ihre feuchten Schamlippen. Selig ließ er sich zu ihrem Schoß hinab, vorbei an ihrem drallen Bauch, nahm das Laken unterwegs mit. Überall roch sie nach Seife, doch darunter witterte seine Nase einen verlockenden Duft, etwas Körpereigenes, das ihn erregte. Sie zog ihn an den Ohren wieder hoch, bevor sein Mund bei ihrem Geschlecht angekommen war. Er sah hinunter zu seinem Schwanz auf ihrem Schamhaar. Das war fast vollkommen grau, grau wie Zigarrenasche. Mit einem Schub ihres Beckens nahm sie ihn in sich auf. Wie eine lange Welle rollte ihre Lust unter ihm durch. Er sah erneut hin, zum Schamhaar unter ihrem runden Bauch. Ihre schweren Brüste hingen rechts und links des Oberkörpers hinab. Er nahm eine in die Hand, wog das weiche Fleisch. Er schloss die Augen. An die Arbeit, Eselchen, dachte er. Rita, zu Hilfe. Thong, Teresita, Luana und Ludmilla, alle ihr sexy

Schlampen – doch nichts brachte den Zug seiner Fantasie in Fahrt. Von den Kindern, die sie geboren und gestillt hatte, von einem toten Mann und dem Verstreichen der Zeit sprach Ineke Wessels' Körper, und grau wie Asche war ihr Schamhaar. Ihre Nacktheit hatte eine alte Frau enthüllt. Er stieß zu, doch seine Kraft verließ ihn, die Härte entwich, er kämpfte einen verlorenen Kampf. Das Glück des heutigen Tages entwischte ihm, die Lust, die ihm zustand, löste sich vor seinen Augen auf.

»Die Nervosität«, sagte sie wenig später entschuldigend. Und: »Aller Anfang ist schwer.« Offenbar wollte sie am liebsten darüber lachen, und er lachte leise mit, verlegen über seine Niederlage. Den Körper älterer Frauen, begriff er, muss man mit den Händen berühren, nicht mit den Augen.

»Ich habe Zervelatwurst zum Frühstück besorgt«, murmelte sie kurz vor dem Einschlafen. »Hoffentlich magst du die.«

21

Tief in der Nacht – sein Handy. Er zuckte hoch. *Wo war es, das blöde Ding?* Wo war verdammt noch mal seine Hose? Sein Vater, er hätte ihn niemals allein lassen dürfen. Verdammt, seine Hose. Es klingelte ununterbrochen. Er stolperte durchs Zimmer, bis Ineke die Nachttischlampe anschaltete. Ein rascher Blick aufs Display, bevor er den Anruf annahm. Nicht der Vater. »Mann, du jagst mir einen Höllenschreck ein«, sagte er zu Hedwiges. »Wasn los?«

»Paul?!«

»Ich bin es, ja. Was gibts?«

»Sie haben mich rangekriegt, Paul«, jammerte Hedwiges.

»Was ist passiert?«

»Ein Überfall, Paul, du musst kommen!«

»Scheiße! Hast du die Polizei gerufen?«

»Du musst jetzt kommen, Paul.«

»Ich komme ja. Ich bin nicht zu Hause. In einer halben Stunde.«

Es klang, als ob Hedwiges weinte.

»Sind sie weg?«, fragte Paul.

»Ja.«

»Ich ruf die Polizei. Mach alle Lampen an. Ich komme.«

Rasch trat er die Fersen seiner Schuhe runter, schlüpfte hinein.

»Ich muss weg«, sagte er.

Ineke stand neben dem Bett, Hängebrüste und Bauch unter einem unförmigen, verwaschenen Nachthemd verborgen. »Was ist los? Was Schlimmes?«

»Hedwiges«, sagte er. »Ein Überfall. Nicht gut.«

»Geh nur, geh.«

Er hatte die Siedlung schon fast hinter sich gelassen, als die Zentrale sich endlich meldete. Er nannte die Adresse und jagte durch die dunklen Waarmanslanden nach Mariënveen, war noch vor der Polizei da. Das Haus strahlte wie ein Ufo in der Nacht. Durchs Fenster sah er Hedwiges am Küchentisch sitzen; als Paul ans Fenster klopfte, öffnete er. Getrocknetes Blut im Gesicht, ein tiefer Schnitt am Ohr. Er sei beim Fernsehen eingeschlafen, sagte er, da hätten sie auf einmal in der Küche gestanden. Zwei Männer mit Sturmhauben. Der größere hatte ihn heftig mit dem Gesicht gegen die Wand geschleudert, der Putz zerschrammte ihm die Haut. So fest hatte der Mann zugedrückt, dass seine Prothese kaputtgegangen war. »Hier, mittendurch.« Niedergeschmettert betrachtete Hedwiges sein entzweigebrochenes Gebiss auf dem Küchentisch. »Oh, oh«, jammerte er leise, »oh, oh.«

Um kurz vor drei parkte ein Streifenwagen vor dem Laden, fast eine Stunde nach Pauls Anruf. Für Alkoholkontrollen stehen sie parat, dachte Paul, aber wenn wirklich mal was ist, trinken sie erst in Ruhe ihren Kaffee aus. Er öffnete ihnen, einem Mann und einer Frau. Die ganze Geschichte noch mal von vorn – wie Hedwiges verprügelt und dann mit einem harten Gegenstand niedergeschlagen worden sei, nachdem sie gefunden hatten, wonach sie suchten.

Mit zusammengebissenen Zähnen kochte Paul Kaffee.

»Dreißigtausend Euro, sagten Sie?«, fragte die Frau und

schrieb es in einen Notizblock. Sie kam aus dem Westen, hörte Paul.

»Sowas in der Richtung.«

»Und so viel hatten Sie im Haus?«

Er nickte.

»Warum, wenn ich fragen darf?«

Hedwiges schüttelte seinen wachsweißen, übel zugerichteten Kopf. »Das haben wir doch gesehen, wie sehr man Banken trauen kann, oder?«

»Sie vertrauen den Banken nicht?«

»Robin Hood hat das Geld von den Reichen gestohlen und es den Armen gegeben. Die Banken machen es genau umgekehrt.«

»Haben sie Niederländisch gesprochen?«, wollte der Mann wissen.

»Deutsch. Sie haben die ganze Zeit gesagt: ›Geld, wo ist das Geld‹?«

Deutsch, schrieb der Stift.

Paul lehnte mit verschränkten Armen am Spülschrank und hörte zu, während der Kaffee durchlief.

»Können Sie die Männer beschreiben? Körperbau? Hautfarbe? Besonderheiten, irgendetwas Auffälliges?«

Hedwiges beschrieb zwei große Männer, einer davon mit Bomberjacke und Tarnhose, wie ein Soldat. Der andere sei dunkel gekleidet gewesen, an mehr könne er sich nicht erinnern. Dass sie hellhäutig waren, dessen war er sich sicher. Die Sturmhauben waren dunkelblau oder schwarz.

Kühle fiel wie Nieselregen auf Paul herab.

»Konnten sie wissen, dass Geld im Haus war?«, fragte der Polizist.

Ein rascher Blick zu Paul, dann schüttelte Hedwiges den Kopf.

»Und trotzdem haben sie danach gesucht?«

»So sah es aus, ja.«

Der Stift flog übers Papier, für ihn war alles gleichermaßen interessant.

Auf der Fensterbank standen Plastikorchideen, daneben ein Stapel Klatsch- und Tratsch-Storys und Anzeigenblätter, auf denen unzählige Brummer verendet waren. Mit der Verwahrlosung hatte es nach dem Tod seiner Mutter angefangen. Nie mehr wurde gelüftet. Es roch, als vergammelte irgendwo altes Fleisch. In die Kirche ging Hedwiges auch nicht mehr, um sich nicht anständig anziehen zu müssen; wie Pauls Vater hörte auch er den Kirchensender.

Die Lampe über dem Tisch flackerte kurz.

Der Fernsehstuhl war total durchgesessen, das Polster quoll heraus. Irgendwann musste er aufgehört haben, die Dinge in die Küchenschränke zurückzuräumen, das Besteck, den Apfelsirup, und seither sammelte sich alles auf dem Spültisch an.

»Die Lampe flackert ja«, sagte der Polizist.

»Immer«, sagte Paul. »Wir sind hier am Ende der Leitung.«

»So, das wars«, sagte die Frau kurz darauf. »Möchten Sie Ihrer Aussage noch etwas hinzufügen?«

Hedwiges schüttelte den Kopf.

Grimmig, mit verschränkten Armen, fragte Paul: »Wollen Sie denn nicht wissen, wer es war?«

Ein Augenblick reiner, wohltuender Stille. »Schauen Sie mal im Club Pascha vorbei«, fuhr er fort. »In Stattau, direkt hinter der Grenze. Da sitzt ein gewisser Laurens Steggink an der Theke und spielt das Unschuldslamm. Und daneben sitzt der Iwan, ein Russe. So ein Kerl.« Er breitete die Arme aus. »Gehen Sie hin und fragen Sie die beiden mal, wo sie heute Nacht waren.« Seine Stimme bebte vor Wut. »Und dann sollte es mich nicht wundern, wenn Sie hinter der Scheuerleiste oder unter dem Fußboden irgendwo dreißigtausend Euro finden, und vielleicht noch eine Menge mehr.«

»Wie kommen Sie darauf?«

»Ich will mal so sagen: Die beiden wussten verdammt gut, dass er Geld im Haus hat. Den Herrn Steggink habe ich gestern noch gehört, wie er gefragt hat, ob er nicht in seinen Club investieren will.« Er zeigte auf Hedwiges. »Gestern Abend noch.«

»Sie waren also da, in seinem Club?«

»Zusammen, ja. Gehen Sie hin und fragen Sie die beiden nach dem Geld.«

»Glauben Sie das auch?«, fragte die Polizistin Hedwiges.

»Woher soll ich das wissen?«, fiepte Hedwiges. »Mit den Mützen und so. Das konnte ich doch gar nicht sehen, auf die Schnelle.«

»Sie hatten nicht den Eindruck, dass die Männer Sie vielleicht kennen?«

»Nein, eigentlich nicht, nein.« Hilflos schaute er zu Paul, der langsam den Kopf schüttelte.

»Wie heißt der Club noch mal, sagten Sie?«, fragte die Polizistin.

Paul buchstabierte ihr den Namen, danach den von Laurens Steggink. Wie der Russe heiße, wisse er nicht.

»Iwan, haben Sie doch gesagt?«

»So nannte man die Russen im Krieg«, sagte Paul. »Der Iwan, der Tommy, der Fritz.«

»Ach so.«

Die Polizisten schauten zwischen Hedwiges und ihm hin und her, wie um herauszufinden, ob da noch mehr käme. »Wir nehmen Ihren, äh, Verdacht in den Bericht auf«, sagte der Mann dann.

Die Frau legte einen Prospekt der Stiftung Opferhilfe auf den Tisch. »So ein Erlebnis kann sehr einschneidend sein. Traumatisch. Ich rate Ihnen, Kontakt mit diesen Leuten aufzunehmen, dafür sind sie da.«

Dumpf schaute Hedwiges auf den Prospekt auf der Tischdecke.

»Wir sehen uns noch kurz um, ja?« Die Polizisten verließen das Zimmer und holten Stabtaschenlampen aus dem Auto, kurz danach schlichen sie wie die Füchse ums Haus.

»*Dreißig* Mille?«, fragte Paul sanft.

Hedwiges saß vornübergebeugt, die Finger im Haar vergraben. »Achtzig«, antwortete er leise.

Paul stöhnte.

»Was für ein dummer Arsch ich bin«, sagte Hedwiges mit seiner hohen Stimme. »Was für ein dummer Arsch.«

»Warum hast du dreißig gesagt?«

Hedwiges zuckte die Achseln. »Weiß nicht. Ich habe an die Steuern gedacht.«

»Mannomann, wie kannst du nur …« Paul schüttelte den Kopf und verstummte.

Hedwiges richtete sich auf, seine eingefallene Oberlippe zitterte. »O Paul, was haben die mich rangekriegt.«

»Steggink, ich schwörs. Was für eine Drecksau. Was für eine Drecksau.«

»Oh, wie konnte ich nur so dumm sein.« Hedwiges hatte Tränen in den Augen.

»Wir kriegen sie ran«, sagte Paul verbissen.

Traurig sah er seinen Freund an. Zwei kleine, schwache Männer waren sie, völlig machtlos gegenüber Gewalt. Sie konnten Kameras anbringen, sich doppelt und dreifach verrammeln und die heilige Rita anrufen, aber zurückschlagen konnten sie nicht.

Hedwiges stand auf. Er stöhnte leise und sagte: »Mir tut alles weh.« Er drehte den Hahn auf, wartete, bis das Wasser warm war, und spülte sich das Blut vom Gesicht. Ein Netz von Schrammen wurde sichtbar und der Schnitt am Ohr.

Die Polizisten kamen zurück. Die Angreifer seien durch ein Fenster in das Lager eingestiegen, das hinten ans Weideland grenzte, und hätten von dort die Tür zum Wohnhaus aufgebrochen. »Da kann man nichts machen«, sagte der Mann. »Wenn einer reinwill, kommt er rein. Man kann es höchstens ein bisschen rauszögern.«

»Wo hatten Sie das Geld?«, fragte die Polizistin.

Hedwiges ging ihnen voraus, die Treppe hinauf ins Obergeschoss. Paul blieb in der Küche zurück.

Als sie sich eine Viertelstunde später verabschiedeten, warf die Frau noch einen Blick auf Hedwiges' Wunde am Ohr. »Das sollte besser genäht werden«, sagte sie.

Sie blieben allein zurück, zwei jämmerliche Kerle mitten in der Nacht. Hedwiges schaltete den Fernseher ein. Er blieb eine Weile davor stehen, auf dem Bildschirm wurde gerade die Funktionsweise eines erstaunlichen Fitnessgeräts erklärt. Er wirkte kleiner als sonst. In der Zeitung hatte Paul über den Kapitän eines gekaperten Frachters am Golf von Aden gelesen – bei der Befreiung war er aus reiner Todesangst fünf Zentimeter kleiner gewesen.

Hedwiges schob sich rückwärts durch den Raum und ließ sich langsam hineinsinken, als er den Sessel an den Waden spürte, die Hände auf die Lehnen gestützt. Ein Saal voller Menschen lauschte atemlos dem Trainer, der den Wunderapparat vorführte, ein athletischer Mann mittleren Alters mit schneeweißen Zähnen. Nach einer Weile schlief Paul mit dem Kopf auf den Armen am Küchentisch ein.

Zittriges graues Licht fiel ins Zimmer. Paul sah hoch. Hedwiges saß immer noch vor dem Fernseher. Ob er mit offenen Augen schlief? »Hey, Freund«, sagte Paul leise.

Hedwiges blinzelte zum Zeichen, dass er ihn gehört hatte. Paul schenkte sich eine Tasse bitteren kalten Kaffee ein und ging ins Lager. Mit fiesen Stichen kam in seinen Armen die Durchblutung wieder in Gang. Er suchte einen Bohrer und Schrauben, fand aber nur einen Hammer und Nägel, mit denen er ein paar Bretter von innen vors Fenster schlug. Das Türschloss musste ausgetauscht werden. In der Küche trank er einen Schluck Kaffee und sagte: »Ich bin heute Nachmittag wieder da, ja?«

»Ja«, sagte Hedwiges tonlos. »Danke, dass du da warst.«

»Was dachtest du denn, *Sipel*?«

Auf dem Hof hinterließ er eine Spur im taunassen Gras. Kurze Zeit später schlich er auf Strümpfen durchs Haus und lauschte an der Zimmertür seines Vaters. Seine Augen brannten vor Müdigkeit. Er machte die Nespresso-Maschine an. Fast fünfzig Jahre wohnte er in diesem Haus, er hatte Geisterflammen über den Fußboden wandern sehen und körperlose Ringkämpfe über seinem Kopf gehört. Vor ihm waren Generationen von

Krüzens hier geboren worden. Wie ein Bauer auf sein Saatgut hatte sein Vater nach der Geburt auf ihn geschaut, die letzte Generation, doch das Gewächs war minderwertig geblieben. Mit seinem täglichen Fortsetzungsroman von Viktor dem Unfehlbaren machte er seiner Enttäuschung Luft. Den Sohn, den er nicht bekommen hatte, präsentierte er seinem wirklichen Sohn als Vorbild. Als Paul vor ein paar Jahren der Geschichtenzyklus über Viktor wieder in den Sinn kam, wurde ihm die Enttäuschung seines Vaters erst richtig bewusst; aus ihm war nichts anderes geworden als eine Wiederholung des Fiaskos. Und sein Großvater hatte gedichtet

Der Müller muss schuften und beben,
Gefährdet den Leib und sein Leben.
Tag und Nacht ist er stets wach,
Hört Bauern und Bäcker klagen am Bach.
Erst wenn der Herr den Wind lässt wehen
Und in Graben und Bach Wasser stehen,
Können die Mühlräder sich drehen
Und mahlen, was Gott als Nahrung gibt.

Nicht nur das Geschlecht Krüzen war minderwertig, sondern auch das Brot, das mit dem Mehl aus der Wassermühle von Muldershoek gebacken wurde. Die Steuern auf Mehl waren hoch, deshalb vermahlten die Müller auch Staub und Steinchen, sodass ihr Mehl eigentlich nur noch als Viehfutter dienen konnte. Doch die Menschen, die genauso arm wie knauserig waren, backten damit trotzdem ihr Brot, bekamen die Sandkolik und wetterten, *dat är dat Füer uut dän Bek släög*.

So wanderten Pauls Gedanken seine Vorfahren entlang wie

auf einer Tonleiter, während die Sonne aus der Milch des Morgens aufstieg und die Baumwipfel unten am Bach anstrahlte. Der Gemüsegarten seines Vaters war längst verkommen. Einmal hatte Paul ein Beet umgegraben und etwas ausgesät, doch der Salat war ins Kraut geschossen, der Grünkohl wurde von Raupen zerfressen, und das wars dann für ihn, danach hatte er der Erde den Rücken gekehrt. Deshalb kaufte er das Gemüse beim Plus und die abgepackten Waren bei Hedwiges. Den hatten sie ganz schön rangekriegt. Gewaltopern spielten sich hinter Pauls Stirn ab. Seinen Platz in der Nahrungskette kennen und sich bewaffnen. Bringt mir viele Waffen. Steggink foltern, dem Russen die Knie zerschießen.

Richtungslos lag der Tag vor ihm, bis ihm einfiel, dass Sonntag war und er um zehn zur Messe gehen könnte.

Wieder lauschte er an der Tür seines Vaters, nun hörte er ihn rascheln und sich räuspern. Er deckte den Tisch und kochte zwei Eier. Sein Blick wanderte über die Brot- und Fleischmesser von Gero, Teile des Hochzeitsbestecks seiner Eltern. Die alten Cordsamt-Pantoffeln seines Vaters schlurften über den Boden, der Rollator stieß gegen den Türstock.

»So, biste wieder da«, sagte sein Vater beim Reinkommen. Schlaff baumelte der Verband an seiner dünnen weißen Wade.

»Und wie«, sagte Paul.

Der Vater setzte sich. Paul kochte ihm Kaffee. Unter dem abgetragenen Morgenmantel sah man vereinzelt Haare auf der schneeweißen Brust.

Paul erzählte ihm vom Raubüberfall, von dem Ersparten, von der Nacht, die hinter ihm lag.

»So«, sagte sein Vater nach langer Zeit, »Ärger mit Parasiten hat er also, der Hedwiges.«

»Steggink wusste, dass der Geld hat wie Heu. Damit hat er vor ein paar Wochen bei Shu geprahlt. Der Herr Millionär, aber hallo.«

»Schön blöd. Kopfgeld auf den eigenen Schädel.«

»Genau. Und Steggink hat abkassiert.«

Sein Vater zerbrach einen Zwieback mit der Messerspitze. »Und du«, sagte er zwischen zwei Bissen, »du darfst den Kram hier auch besser sichern.«

»Es ist gut gesichert.«

»Wie denn?«

»Das Übliche. Infrarotdetektoren, Kameras. Die filmen alles, was größer ist als ein Hund.«

In der Mariakerk war Platz für dreihundertfünfzig Mann. Insgesamt waren nicht mehr als ein Dutzend Menschen auf den Bänken verteilt. Gottes Rache flößte genauso wenig Angst mehr ein wie Zeus' Blitz oder Thors Hammer. Es gab nur noch einen Pfarrer für drei zusammengelegte Gemeinden, dazu noch einer aus Brasilien. Früher zogen die Europäer mit Schwert und Bibel los, um die Wilden in der Pampa zu christianisieren, heute wurden sie von der Pampa aus zurückchristianisiert. Die Mission kehrte zurück, aber heute waren es die armen Europäer, denen zu ihrem Glück verholfen werden musste. Der neue Papst war auch schon ein Latino, wie ihr Pfarrer. Manchmal bemerkte Paul das Mitleid des Geistlichen mit dem armen alten Europa, das nichts mit sich anzufangen wusste. Die Menschen glaubten nicht mehr. An nichts, schon gar nicht an sich selbst.

Früher hatte der Pfarrer wie ein Fürst inmitten seiner Gemeindemitglieder residiert, heute war er wie Bonifatius zu einem Wanderleben verurteilt, um die Heiden zu missionieren.

Früher war der Pfarrer für die Heilige Kommunion noch zu den Kranken gegangen. Die bekamen dann eine Hostie und er einen Zehner. Diese Zeiten waren vorbei. Die Hostie gab es heute zum Mitnehmen, in einer goldenen Schachtel mit Brot und Getreideähren im Tiefdruck. Und Paul, der früher hinten in der Kirche Karten gespielt hatte, saß jetzt vorn und betete um Rache. O Herr, strafe sie hart. Krebs und Würmer.

Er sah zu der Mutter Gottes über dem Altar, die das Vorbild für seine Gipsmaria gewesen war. Seine Maria Anorexia hatte erst die Farbe verloren, dann die Umrisse, und schließlich hatte der Efeu den kleinen Bildstock zurückerobert.

Die Predigt drehte sich um das Thema Kampf in der Bibel, den Kampf aller gegen alle. Arm gegen Reich, Mann gegen Frau, Sklave gegen Herrn. Doch der Kampf, der am schmerzlichsten in den Psalmen erklinge, so der Pfarrer, sei der zwischen den unterdrückten Gläubigen und ihren Häschern.

Im Mund von Oswaldo Teixeira wurde das harte Niederländisch weich und rund, doch die heutige Botschaft war unbarmherzig. Vielleicht lauschte Hedwiges einen Kilometer weiter ebenfalls seiner Predigt und schleuderte den Apparat durchs Zimmer, als er den Pfarrer sagen hörte, wenn man sich auf seine irdische Habe verlasse, vergesse man, dass man nicht mehr besitze als die letzte Ruhestätte. Sechs Fuß tief unter der Erde – trocken und hart in dem Land, aus dem Teixeira kam, weich und feucht hier im Moor, wo man früher, wie er gehört habe, die Toten mit dem Stock unter Wasser halten musste, weil das Grundwasser schneller stieg, als man Sand in die Grube werfen konnte. Die Reichen hätten hoch und trocken gelegen, die Armen hätten es plumpsen hören.

»Plumpsch«, sagte er noch einmal.

Unruhig und ungetröstet verließ Paul das Haus Gottes.

22

Bei Hedwiges waren die Vorhänge wieder ganz zugezogen. Paul drehte eine Runde ums Haus und sah, dass fast alle Fensterbänke und -rahmen morsch waren. Statt das Holz zu erneuern, hatte Hedwiges Metallstreifen aufgenagelt.

Schleichend waren Haus und Laden verkommen, am besten wäre es, beides plattzumachen und durch etwas Neues zu ersetzen. Die Jalousie im Schaufenster war ebenfalls geschlossen. Die Lamellen hingen krumm und schief, ausgebleichte Packungen Omo und Dash standen in der Auslage.

Hedwiges öffnete erst, nachdem Paul an sämtliche Fenster und Türen geklopft hatte. Seine Oberlippe war eingefallen wie die eines zahnlosen Greises; er sah immer mehr aus wie ein altes Hutzelweiblein, fand Paul. Die entzweigebrochene Prothese lag noch auf dem Tisch. Nur ein Zahntechniker könnte sie kleben, falls es überhaupt möglich war. Noch immer hing ein durchdringender Verwesungsgeruch in der Luft.

Auf die Frage, ob er ein bisschen geschlafen habe, schüttelte Hedwiges den Kopf.

»Hast du sie gerade gehört?«, fragte Paul. »Die Messe?«

»Keinen Bock«, sagte Hedwiges und sah auf. Seine Augen waren blutunterlaufen. Er blinzelte nervös. »Ich will eine Pistole, Paul.«

Paul musterte ihn eine Weile. »Was hast du damit vor?«

»Ich brauche eine. Falls sie wiederkommen.«

»Und da fragst du mich?«

»Du hast doch welche. Das weiß ich.«

»Ich habe noch mehr. Sonst noch was?«

»Ich will eine.«

»Du kannst doch nicht mal damit umgehen.«

Hedwiges krümmte die Finger wie am Abzug einer Pistole und zielte auf Paul. »Puff, tot.«

»Die kommen kein zweites Mal«, sagte Paul. »Die feiern doch jetzt ab, mit achtzig Mille in der Tasche.«

Die Summe auszusprechen bereitete ihm ein seltsam sadistisches Vergnügen.

Steggink und der Iwan waren die einzigen Geldräuber der Welt mit einem Ferrari Testarossa. Vielleicht hatten sie den ja ein Stück weiter geparkt, auf dem Sandweg hinter Hedwiges' Haus.

»Wenn du mir keine gibst«, sagte Hedwiges, »dann muss es anders gehen.«

Paul sah ihn an und begriff, dass er dazu in der Lage wäre. Im Internet wurde genug angeboten. Munition, unbrauchbar gemachte Schusswaffen, sie ließen sich mit Leichtigkeit wieder in Betrieb nehmen.

Hedwiges' Wangen zitterten. »Ich habe Angst, Paul«, krächzte er.

»Du handelst dir nur noch mehr Ärger ein, ehrlich. Die sind schneller als du. Du kannst nicht mit Waffen umgehen. Investier lieber in eine Alarmanlage. Kameras, Bewegungsmelder. Das ist besser.«

Aber Hedwiges wollte um jeden Preis eine Waffe auf dem Nachttisch. Das Werkzeug der Rache in der Hand halten und auf seine Schlafzimmertür richten. Die Parasiten ausmerzen.

»Mann, Mann, das klingt ja gar nicht gut«, sagte Baptist, als Paul gegen Mittag in die Happyteria kam. »Und wie geht es ihm jetzt?«

»Sie haben ihm ganz schön den Schädel zertrümmert«, sagte Paul. Er hörte selbst, dass seine Stimme einen schrillen Unterton hatte. Die Gewalt hatte einen völlig wehrlosen Mann getroffen, einen aus Teig, der nie einer Fliege etwas zuleide getan hatte. Sie saßen am Fenster, Baptist unter dem Plakat einer XXL-Frikadelle. Geistesabwesend bestellte Paul am Ende seines Berichts über die vergangene Nacht große Fritten mit Zwiebeln und Gemüse. »Ich war gerade bei ihm«, sagte er. »Sein Haus ... Mir ist jetzt erst aufgefallen, was für eine Bruchbude das ist. Drinnen und draußen. Da kriegt man einen Schreck, ehrlich.«

Baptist schaute auf die Straße. Nachdenklich sagte er: »Hedwiges hat aufgegeben, Paul. Das ist nichts Neues. Wenn ich mich bei ihm umsehe, denke ich manchmal: So wie es da draußen aussieht, Junge, so sieht es auch bei dir drinnen aus. Hier.« Er tippte sich aufs Herz.

Paul wunderte sich, dass sich noch jemand Gedanken über Hedwiges machte, bisher hatte er immer geglaubt, er wäre der Einzige.

Wen stellte ihm den Teller Fritten hin.

Baptist lehnte sich zurück und faltete die Hände auf dem Bauch. »Was hat er schon? Drei, vier Kunden am Tag? Das wären noch viele, glaube ich ... Er hat nichts, um das er sich kümmern muss, und niemand kümmert sich um ihn. Dann kann sowas ganz schnell gehen.«

Und was ist mit mir, wollte Paul schon empört sagen, bin ich nicht meines Bruders Hüter? Dann dachte er an Ineke Wessels, und ein Anflug von Trost wehte ihm durch die Brust – sie konnte ihn trösten, wenn sein Vater mal nicht mehr war. Alles besser als ein einsamer Tod. Sogar Baptist mit seiner Frau, die Angela Merkel nicht kannte, war glücklicher oder zumindest weniger unglücklich, als er es allein gewesen wäre. Wer würde schon seine Rettung wegen ein paar ergrauten Schamhaaren ablehnen?

»Es hat mit seiner Mutter angefangen«, sagte Paul. »Als es die nicht mehr gab.« Er piekte Erbsen auf die Gabel.

»Was haben sie ihm geklaut?«, fragte Baptist.

Paul zuckte die Schultern. »Frag ihn selbst, wenn du ihn siehst.«

Drüben bei Shu Dynasty tat sich nichts, bei den Chinesen herrschte Ruhe.

»Wenn du was hörst«, sagte Paul dann, »irgendwas, über irgendjemand oder so, dann sags mir, ja? Egal was. Damit kommt er nicht durch.«

»Wer nicht?«

»Steggink nicht, und sein Hunne da.«

»Na, na.«

»Das kann man sich doch denken.«

»Puh«, sagte Baptist. Er rutschte auf seinem Stuhl herum.

»Was dachtest du denn?«, fragte Paul bissig.

»Is ja nich nix, was du da sagst.«

»Du kennst Steggink. Er wusste Bescheid. Eins und eins ist zwei; er hat Hedwiges schon eine Weile zugesetzt, seit dieser dämlichen Millionärsgeschichte.«

Baptist schaute zu Wen und zurück zu Paul. »Nimm dich trotzdem in Acht«, sagte er dann.

Er will nicht reingezogen werden, begriff Paul, er schützt

seine Sippe – seine angenommenen Kinder, den Enkel, der Konzertpianist werden soll.

»Ich gehe mal eine Runde in den Garten«, sagte Baptist. »Unkraut an allen Ecken und Enden.«

Er stützte sich auf die Tischplatte und stemmte sich hoch. Seine Lederpantoffeln schlappten im Gehen über den Boden. In der Tür sagte er: »Lass es ruhig angehen, ja?«

Paul sah ihm hinterher, als er am Fenster vorbeischlurfte, massig und zerbrechlich zugleich; ein ängstlicher alter Mann, für den eine Handvoll Sicherheit schwerer wog als eine Handvoll Wahrheit.

Er schmierte seinem Vater die Mittagsbrote, schlief eine Stunde und ging dann in Arbeitskleidung nach draußen. Am Himmel hingen leichte Schleierwolken, der Nachmittag war feucht und warm. Er lief zum Hackplatz, sah in der Dämmerung zwischen den Bäumen das schwebende, zarte Grün der tief hängenden Schirmblätter. Auf der Lichtung fielen die Sonnenstrahlen in schrägen Bahnen auf den Waldboden. Unter seinen Füßen knackte das tote Laub wie Vogelknochen. Der Bach führte so wenig Wasser, dass sein Rauschen verstummt war, nur ein kärgliches Rinnsal floss übers Betonwehr.

Das Axtblatt war von Rost zerfressen. Er legte ein Stück Eichenholz zurecht und spaltete es. Der Hackklotz federte leicht mit. Eine unabsehbare Reihe von Schädeln zerschmetterte er. Blut, Hirnmasse, Knochensplitter. Dumpf dröhnten die Hiebe durch den Wald. Von der Schinderei war sein Hemd durchnässt, Schweiß rann ihm über Gesicht und Hals. Das trockene Holz sprang weg. Der Waldboden war mit Holz übersät, blass und splittrig an den Stellen, wo die Axt es aufgeschlagen hatte.

Er holte mit der Schubkarre Nachschub. Einen Block nach dem anderen legte er auf den gekerbten Buchenstamm, jeder Hieb ein Treffer. Wie ein Urteil sauste das Axtblatt durch die Luft. Rache war das lauterste Recht. Sie war gut und gerecht. Wie schweigende graue Richter sahen die Bäume zu.

»Warst du noch bei Bakkers Hedwig?«, fragte sein Vater im Laufe des Nachmittags.

Paul schnitt in der Küche eine Zwiebel klein. Er nickte.

»Wie gehts ihm?«

»Dreckig. Hat Schiss.«

»Kann ich verstehen. Ist noch was anderes abhandengekommen?«

»Ein Handy, das er sowieso nie benutzt hat. Ich hab ihm bestimmt zehnmal erklärt, wie es funktioniert. Hedwiges hat es nicht so mit der Moderne.«

»Mit keiner Zeit, wenn du mich fragst.«

Paul stellte zwei kleine Gläser auf den Tisch und schenkte sie randvoll Genever.

»Prösterchen«, sagte sein Vater und kleckerte, als er das Glas zum Mund führte. Er wischte sich erst die Lippen ab und danach den Tisch.

Nach dem Essen verschwand Paul im Büro. Er hob ein Bodenbrett an und öffnete den im Fußboden eingelassenen Tresor. Unter einem Stapel Wertpapiere und Bündel von Fünfzig-Euro-Scheinen lag eine mit schwarzem Maulwurfsfell ausgeschlagene Kiste. Er stellte sie auf den Packtisch, öffnete den Deckel und nahm eine Luger P08 Parabellum heraus. Er hielt sie in der Hand. Beruhigendes Gewicht. In ihrem langen Leben hatte die Waffe erst unter den Nazis gedient und dann, aus alten

Armeevorräten hervorgekramt und generalüberholt, unter den Kommunisten in der DDR, wo sie bis in die siebziger Jahre des vergangenen Jahrhunderts verwendet wurde. Früher hatte die Pistole Staaten und Ideologien bewacht, heute nur einen Hof. Sie war ihm vor ein paar Jahren auf einer Waffenmesse in Dresden angeboten worden, er hatte nicht nein sagen können. Die Bezeichnung Parabellum bezog sich auf die 9-mm-Kugel, die man in dieser Waffe verwendete, abgeleitet vom lateinischen Sprichwort *si vis pacem para bellum* – wenn du den Frieden willst, bereite den Krieg vor. Sein Daumen strich über den geriffelten Holzgriff. Eine atypische Waffe. Der Lauf war kurz und schlank, der Handgriff dagegen kräftig. Bei späteren Serien waren Lauf und Griff stärker integriert, während sie beim Urmodell der Luger eher getrennt zu sein schienen. Paul fand sie optisch unausgewogen, dazu war sie störanfällig, trotzdem betrachteten viele Waffenhändler die Luger als Mutter aller Schusswaffen.

Paul nahm eine Pappschachtel voller Patronen aus dem Tresor. Die glänzenden, abgerundeten Kugelspitzen hatten etwas Erotisches. Er setzte sich im Schneidersitz auf den Boden. Wie von einem Magnetismus geführt, strichen seine Fingerkuppen über die glatten Kupfermäntel der Patronen, bevor er sie ins Magazin lud. Sie verursachten nur kleine Wunden, beschädigten das umliegende Gewebe kaum. Steggink könnte er mit einer gewöhnlichen 9-mm-Patrone abknallen, dachte er, für den Russen bräuchte er eher ein Hohlspitzgeschoss, das ein umso größeres Loch machte, je tiefer es eindrang.

Er legte das Magazin neben sich und säuberte die Waffe, wie man es ihm vor langer Zeit im Wehrdienst beigebracht hatte. Bei seiner Sanitäterausbildung hatte er gelernt, mit einer Glock umzugehen. Schießen konnte er hervorragend, andere Aspekte des Soldatenlebens lagen ihm weniger. Er reinigte den Lauf mit einem in Waffenöl getränkten Flanelltuch, putzte die Kammer und das Innere des Griffs mit der Zahnbürste. Dann sah er durch die Kimme und zielte auf die Tür. Beim Ausatmen drückte er den Abzug. Klick, machte die Luger.

23

Der Parkplatz vor dem Club Pascha war fast voll. Paul stellte sein Auto außerhalb des Zauns ab und blieb eine Weile sitzen, im letzten Tageslicht, das durch die Windschutzscheibe fiel. Sein Handy vibrierte. Er legte es ins Handschuhfach, ohne Inekes Nachricht zu lesen.

An diesem Abend würde er also Abschied nehmen von dem Haus, wo er jahrelang getröstet und befriedigt worden war. Unter der Jacke trug er ein Schulterhalfter aus schwarzem Leder, es drückte gegen die Rippen. Mit dem Daumen öffnete er den Druckknopf. Er nahm die Pistole heraus und steckte sie wieder ins Halfter. Das wiederholte er ein paar Mal, um sich zu vergewissern, dass die Waffe nicht genau dann steckenbliebe, wenn er sie brauchte.

Mit langsamen, beherrschten Bewegungen stieg er aus dem Wagen. Er durfte keinen Fehler machen, sein Mut reichte genau für eine Aktion, sie musste lauter und wohlüberlegt sein; eine einzige Abweichung vom vorgesehenen Ablauf, und es würde in einem unbeschreiblichen Chaos enden.

Neben einem Porsche Cayenne stand der rote Ferrari. Paul betrat das Pascha durch die schwere schwarze Tür, der Flur dahinter war von einer farbigen Lichterkette erhellt. Alles Pappe, nur Deko. Er hörte Musik, auch Stimmen und Gelächter. Normalerweise war am Sonntagabend nichts los.

Steggink saß auf seinem Stammplatz an der Theke, diesmal ohne den Russen; er hob die Hand. Pauls Blick wanderte durch den Raum, an den Tischen neben der Tanzfläche sah er eine Gruppe Männer in Armeejacken. Einige trugen eine Gasmaske, anderen baumelte so ein Ding auf der Brust. Gläser klirrten, es lief laute Musik. Thong und Luana trugen blütenweiße Schwesterntrachten, Rita saß in derselben Montur auf dem Schoß eines Deutschen, der ihre Brüste befummelte. Ludmilla machte einen Standspagat an der Stange auf der Tanzfläche. *Shoot that poison arrow through my ha-ha-heart ...*

Wie erstarrt blieb Paul in der Tür stehen, unfähig zu tun, was er vorgehabt hatte.

Luana quiekte, als ein Mann ihr einen Klaps auf den Po gab, und wankte auf ihren hohen Absätzen zur Theke, um mehr Bierpullen zu holen. Die Zunge zwischen den feuchten Lippen, riefen sie ihr Zoten hinterher. Da ging es ab; Steggink sah ihn an und hob den Daumen. Paul blieb so lange in der Tür stehen, bis er allen Mut verloren und zittrige, weiche Knie bekommen hatte. Und die ganze Zeit saß Steggink da, grinsend wie ein Affe, bis Paul sich umdrehte und wegging.

Benommen fuhr er nach Mariënveen zurück, niedergeschmettert vom höllischen Anblick geiler Moffen und schlampiger Weiber; es sollte sein letztes Bild von Rita sein, in einer Schwesterntracht, die ihr zu groß und gleichzeitig zu eng war, weil ihr Körper in die Breite gewachsen war und nicht in die Höhe wie der schwedischer Krankenschwestern. Er raste mit hundertfünfzig zwischen den Bäumen entlang, der Lenker konnte den Kurven kaum folgen. Der Drang zu spüren, wie ein heißer Kugelhagel aus seiner Faust strömte, geradewegs in Stegginks

Körper hinein. Den Sterbenden mit Füßen zu treten. Ihm seinen Ausdruck, seine *Stegginkheit* zu nehmen.

Langsam ebbte sein Zittern ab.

Durch einen Spalt zwischen den Vorhängen sah er die Spiegelung des laufenden Fernsehers auf der Fensterbank; er klopfte so lange an die Scheibe, bis Hedwiges öffnete. Im Eingang standen zwei Stühle vor der Treppe, als wollte der verhindern, dass jemand ins obere Stockwerk ging. Hedwiges ließ sich wieder im Fernsehstuhl nieder und stellte die ZDF-Spielshow etwas leiser. »Was willst du hier?«, fragte er mit seiner Bruststimme.

Paul stützte die Ellbogen auf der roten Plüsch-Tischdecke ab, legte das Kinn auf die Fäuste. »Hast du einen Schnaps?«, fragte er.

Hedwiges nahm zwei kleine Gläser aus der Kommode und kramte eine Flasche Korn aus dem Gemüsefach im Kühlschrank. Er schenkte ein, Paul kippte seinen weg, zeigte aufs Glas. Hedwiges schenkte ihm nach. Der Showmaster klopfte aufs Dach eines Einser-BMW.

»Ich war da«, sagte Paul. »Im Pascha. Es wäre so einfach gewesen.« Er trank das zweite Glas halb aus. »Steggink hätte mit mir ins Büro gehen sollen, da sollte es dann passieren.« Er schloss die Augen und schüttelte den Kopf. »Ich war blockiert.« Wie aus dem Nichts tauchte Viktor vor seinem inneren Auge auf. Der hätte so eine Aktion eiskalt durchgezogen.

Paul wich Hedwiges' Blick aus und sah zum Porträt von dessen Eltern auf der Kommode. Ob es bei ihrer goldenen Hochzeit aufgenommen war? Daneben stand die Maria, so lange er herkam, hielt sie einen Rosenkranz in den gefalteten Händen. Die Zeit stand hier kein bisschen still, wie er immer gedacht hatte, nein, sie nagte alles an. Zerfraß alles. Die Farbe, das Holz, Hedwiges' Herz.

»Kurz, ich habe es vermasselt«, schloss er.

»Hör zu, Paul«, sagte Hedwiges in einem Ton abgrundtiefer Erschöpfung. »Bist du fast umgebracht worden? Nein. Haben sie vor, dich umzubringen? Nein. Du kannst sie ja noch mit dem Panzer abknallen, wenn es sein muss. Überlass das mir. Morgen gehe ich Anzeige erstatten, und weil du es glaubst, sage ich dann auch das mit Steggink.«

»Morgen hat die Wache zu. Erst wieder Dienstag.«

»Dann eben Dienstag.« Der Schnitt am Ohr hatte eine schwarze Schorfkruste bekommen, ohne genäht oder geklebt worden zu sein. »Halt dich raus, Paul. Das is nix für dich.«

Sie schwiegen.

»Und bring mir eine Pistole«, sagte Hedwiges dann. »Bitte. Ich hab nix. Keine Familie, keine Kinder. Nix, niemand. Keiner hört mich, wenn mir hier was passiert. Und bei dir liegen die Dinger rum. Ich weiß es. Du machst einen auf Macker. Aber ich kann hier nicht schlafen, weil sie einfach wieder vor mir stehen können.«

»Tun sie nicht.«

»Sagst du.«

»Du weißt doch nicht mal, wie man lädt.«

»Ich weiß, wie man den Abzug betätigt.«

»Dann zeig mal«, sagte Paul. Er griff unter die Jacke und legte die Luger zwischen sie auf den Tisch. Hedwiges guckte, als hätte er eine Viper aus der Tasche gezaubert. »Jetzt aber«, sagte er leise.

»Und?«

»Puh«, machte Hedwiges, »sag du es mir.«

Paul klickte das Magazin raus und zeigte ihm, wie die Sicherung funktionierte. »Gesichert«, sagte er, »siehst du das da?«

Hedwiges nahm die Lesebrille von der Kommode und schaute auf das Wort, das Paul ihm an der Seite der Waffe zeigte.

»Und wenn ich das hier hochschiebe – siehst du, so –, ist sie einsatzbereit.«

Das Einzigartige an der Luger, fuhr er träumerisch fort, sei die Tatsache, dass der Lauf nach dem Schuss zurückstoße und ein geniales und zugleich sensibles System auslöse, vom Konstrukteur wie eine Art Kniegelenk entworfen, die Patronenhülse werde ausgeworfen, und eine neue Kugel gleite in die Kammer. Dieses Insiderwissen, sah er, ging völlig an Hedwiges vorbei. Sein Freund starrte wie gebannt auf die Waffe. Seine Hand kroch über die Tischdecke näher und hob die Luger hoch. Paul streckte ebenfalls die Hand über den Tisch und schob den Lauf weg. »Nie auf einen Menschen, Scherzkeks. Auch nicht, wenn kein Magazin drin ist.«

»Tschuldigung.« Sein Finger krümmte sich um den Abzug.

»Versuch es mal«, sagte Paul, »sie ist nicht geladen.«

Die Waffe gab ein trockenes Klicken von sich, Hedwiges blinzelte.

»So«, sagte er. »Siehst du.«

Paul zeigte ihm, wie man das Magazin einlegte, und ließ ihn den Ablauf der Reihe nach wiederholen.

»Du hast sie nicht von mir. Dann kann ich dichtmachen.«

»Nicht von dir«, wiederholte Hedwiges mechanisch.

Mit der Waffe schien wieder etwas Leben in die Bude zurückgekehrt zu sein. Sie tranken einen weiteren Schnaps und schauten mit halbem Blick zum Fernseher. Erneut vibrierte Pauls Handy.

ALLES IN ORDNUNG??? HAB SO EINEN SCHRECK BEKOMMEN!!! HOFFENTLICH GEHT ES DIR GUT!!! XXX INEKE

Eine vage Müdigkeit erfasste ihn. Er fing an, ihr zu antworten, hörte aber mittendrin auf. Hedwiges schaltete um auf einen anderen Sender. Auf dem Tisch lag eine Luger P08, 1939 in den Mauserwerken in Oberndorf am Neckar hergestellt. Auf dem Lauf und dem Gehäuse war früher jeweils ein winziger deutscher Adler mit einem Hakenkreuz in den Klauen gewesen, doch die wurden entfernt, als die Waffe im DDR-Regime restauriert wurde.

Weltweit waren über drei Millionen Exemplare hergestellt worden, für Originale erzielte man einen guten Preis.

24

Früher hatte Roggen auf dem Esch gestanden – fünfhundert Jahre, tausend, zweitausend, wer hätte das noch sagen können? All die Zeit war das freundliche Getreide in der Sommersonne gereift, lange vor der Ankunft des Echten Buchweizens aus Zentralasien und der Kartoffel, die zusammen mit den Konquistadoren die Rückfahrt über den Atlantik angetreten hatte, Gewächse, die mit dem Getreide rivalisierten, es aber nicht verdrängten. Erst als der Futtermais aufkam, war es aus mit den goldenen Ähren auf den Eschfluren. Mitte der sechziger Jahre, nicht lange vor Pauls Geburt, verschwand der Roggen sozusagen von einem Tag zum nächsten. Die Äcker verfärbten sich, das warme Gelb reifender Halme wich dem ebenmäßigen Grün von Maisblättern. So hoch stand die Pflanze mittlerweile überall, dass die Bauernhöfe darin verschwanden; die Sträßchen schlängelten sich durch ein Maislabyrinth.

Es war Anfang Juli, Paul blickte von oben auf dem Esch über die Felder. Eine Windböe strich darüber hinweg, die Maisstängel neigten sich wie ein Platz voller Gläubiger. Im Laufe des Sommers würde man den Mais häckseln und silieren, um ihn im Winter dem Vieh zu verfüttern. Eine Ringeltaube löste sich vom Waldrand und strich über die rostfarbenen Rispen hinweg.

Kaum hörbar, in weiter Ferne, das hohe, heisere Jaulen von Crossmotorrädern in einer Sandgrube.

Er kehrte zum Hof zurück. In der Einfahrt wartete ein Mann in einem Kleinbus, ADAMCZYK SICHERHEITSTECHNIK stand an der Seite. Sie hatten sich telefonisch über Pauls Vorstellungen beraten, es gab unzählige Möglichkeiten. Seit die Betriebe immer besser gesichert seien, sagte Adamczyk, habe sich die Zahl der Einbrüche bei Privathaushalten enorm erhöht; der Pole schwor auf Sony.

Paul zeigte ihm, wo er die neuen Schutzvorrichtungen haben wollte. Schwingungssensoren kamen an die Fenster und Türen, an die Giebel von Wohnhaus und Scheune montierte Adamczyk Kameras mit Bewegungsmeldern und verband sie mit 8500 Lumen starken Flutlichtstrahlern, die bei der geringsten Bewegung alles in grelles Licht tauchten. Bei Alarm würde Paul Push-Benachrichtigungen über eine App erhalten; auf seinem Handy könnte er sich die Kameraaufnahmen in HD ansehen. Die Bilder würden an einen zentralen Server weitergeleitet und dort gespeichert.

Die alte Alarmanlage wurde abgebaut; vielleicht, sagte Adamczyk, könnte er ja Secondhand noch was rausschlagen.

Die historische Rolle der Polen, dachte Paul, während er ihm beim Arbeiten zusah, ist es, uns vor den Russen zu beschützen. Piłsudskis Truppen, die es mit den Bolschewiki aufgenommen hatten; der unerwartet massive Widerstand nach dem Überfall von Hitler und Stalin auf Polen – heldenhaft und vergeblich war ihre Tapferkeit gewesen. Im Internet hatte sich Paul Fotos der Massengräber polnischer Offiziere im Wald bei Katyn angesehen.

»Genug zu tun, oder?«, fragte er Adamczyk, der auf einer Leiter an der Scheune lehnte.

»Der Hammer!«, rief der unerwartet kameradschaftlich,

vermutlich weil er die Feinheiten der Sprache nicht beherrschte. »Angst, alle Angst!« Er lachte. »Ich sag mal, viele Ausländer, viel Arbeit für Szczepan Adamczyk.« Die Leiter wackelte von seinem dröhnenden Gelächter.

Paul deutete auf eine imaginäre Linie zu seinen Füßen, zwei Meter vor der Scheunentür. »Hier will ich auch Infrarotdetektoren haben.«

Die Anlage sei hochempfindlich, erklärte der Pole, sie reagiere auf alles. Eine Katze, die vorbeigehe, reiche schon aus.

»So soll das sein. Alarm bei Igeln, Bären, allem.«

»Keine Bären in Holland!«

»Manchmal schon. Russische Bären.«

Sein Telefon klingelte. Das Krankenhaus. Übermorgen, am Donnerstag, sollte sein Vater aufgenommen werden; auf der Website gebe es eine Liste, was er alles für ihn packen müsse.

Adamczyk wurde bis zum Abend nicht fertig, er wollte am nächsten Tag wiederkommen.

In der Mikrowelle fand Paul die Mahlzeit, die er vor drei Tagen reingestellt hatte. Die Nudeln waren mit einer flaumigen Schimmelschicht bedeckt, und er schob den ganzen Mist in den Mülleimer. Sein Vater saß am Fenster und starrte in den Garten.

Paul schälte Kartoffeln und riss eine Packung Endivien auf. Stamppot mit rohen Endivien war nicht gerade das Lieblingsgericht seines Vaters, aber Endivien waren gesund und in der Saison spottbillig. Er briet Speckwürfel an und röstete eine Zwiebel, während er die Unox-Räucherwurst im Kochtopf warm machte. Einmal hatte er eine Räucherwurst von der Fleischerei Hemmer gekostet, aber die Geschmacksverstärkermischung, mit der Unox seine Würste würzte, war einfach unschlagbar. Er goss etwas Wasser zu Speck und Zwiebeln und schmeckte die Brühe mit Ketchup, Senf und einem Schuss Kaffeesahne ab – fertig war Krüzens Wunderbratensaft.

»Donnerstag«, sagte Paul dann bei Tisch, »gehts ins Krankenhaus. Die werden dich wohl eine Weile dabehalten, denke ich.«

Sein Vater nickte. In seinem Gesicht war keinerlei Ausdruck zu erkennen.

»Ich bestelle morgen einen neuen Pyjama und einen Morgenmantel. Pantoffeln können wir ruhig auch mal neue bestellen. Noch Wünsche?«

Sein Vater zuckte die Achseln. »Keine Mickymaus drauf oder so.« Er steckte einen Bissen in den Mund und fing an, ihn langsam zu zermahlen. Die Endivien knackten ihm zwischen den Zähnen.

Paul musste daran denken, wie er mit fünfzehn oder sechzehn einmal mit einem Sexheft in der Hand eingeschlafen war. Der Schlaf hatte ihn übermannt, bevor er sich abgewischt hatte. So kam es, dass der Wecker nicht gestellt war und sein Vater ihn am nächsten Morgen wach machen musste. Das Sperma war auf seinem Unterleib getrocknet, dort, wo sich kurz vorher ein schmaler Haarstreifen zwischen Schamhaar und Nabel gezeigt hatte. Es war zu spät, um noch die Decke hochzuziehen. Licht war Sichtbarkeit, Licht war Scham.

»Lass dich nicht verführen und sündige nicht, präg dir das vor dem Einschlafen ein, kehre um«, hörte er am Sonntag in der Kirche und fühlte sich zutiefst elend, weil er wusste, dass er sich vor dem Schlafengehen nichts anderes einprägen könnte als asiatische Schönheiten, die sich mit Leidensmiene von dem hässlichen Affen zwischen ihren Beinen ficken ließen.

Vielleicht ist dieser schmachvolle Moment ihm ja aus dem Gedächtnis gerutscht, dachte Paul, wie so vieles. Manchmal sagte sein Vater: »Ich kann mir alles ganz gut merken, bloß nicht so lange.«

Paul schob einen Bissen in den Mund und quälte sich mit der Frage, ob er noch etwas von seinem Vater erfahren wollte, falls er im Krankenhaus sterben sollte, doch ihm fiel nichts ein. Er wusste, wo die Policen lagen, und hatte eine grobe Vorstellung von den entscheidenden Dingen, die in der Vergangenheit geschehen waren. Es war nicht nötig, noch etwas auszusprechen oder um Vergebung zu bitten. Der Abschied wäre animalisch, kurz und unsentimental. Ein halbes Jahrhundert war er im Leben seines Vaters, länger als jedes andere Junge im Tierreich; sie waren derartig miteinander verwachsen, dass ihre Trennung eher einer Häutung gliche denn einem schicksalhaften Abschied.

»Hast einen schönen Abend gehabt«, fragte Alois, »letztens mit der Frau?«

Paul lachte ein bisschen und richtete sich auf. »Enkel kriegst du keine mehr, falls du das meinst, dafür ist sie ein bisschen zu alt.«

Sein Vater nickte. »Und sonst?«

»Nett.«

»Das ist heutzutage schon viel wert.«

»Vielleicht sehen wir uns wieder, könnte sein«, sagte Paul und goss mehr Bratensaft in die Kuhle. Er wusste beim besten Willen nicht, was es noch dazu zu sagen gäbe. Über ihre Teller gebeugt aßen sie weiter.

Hedwiges machte seinen Laden nicht wieder auf. Paul verspürte eine gewisse Abneigung beim Gedanken an sein verschlossenes Haus, an die Seele, die da drinnen mit ihren Dämonen kämpfte. Trost konnte er ihm nicht bieten, nur eine Luger zur Beruhigung. Er beschloss, ihn ein paar Tage zu meiden, wie man sich abwendet, wenn jemand kürzlich einen geliebten Menschen verloren hat; um nicht in den Strudel der Trauer zu geraten, schaut man auf seine Zehen hinunter oder zu einem Bussard am blauen Himmel auf.

Am Mittwoch ließ Adamczyk sich nicht blicken. Abends fuhr Paul erneut an Hedwiges' Haus vorbei, weil er dachte, sein Freund hätte sicher keine Lust, unter die Leute zu kommen. Zuerst ging er in die Happyteria, Baptist saß am Fenster. Xi stellte zwei Dosen Grolsch auf den Tisch. Als Paul am Ring zog, schäumte etwas Bier durch die Öffnung.

Baptist drehte seine Dose im Kreis. »Grolsch. Gutes japanisches Bier.«

Paul nickte. Er erinnerte sich an den schwachen, eher formalen Protest gegen den Verkauf von *Kulturerbe,* als Grolsch vor ein paar Jahren von einer japanischen Brauerei übernommen worden war.

»Sie gehen weg, ne«, sagte Baptist und nickte zur anderen Straßenseite hin.

»Wer?«, fragte Paul.

»Die Shus.«

»Wieso, weg?«

»Irgendwo Richtung Arnheim. Die machen den Laden dicht.«

»Ach was.« Verdutzt schaute Paul zwischen Baptist und

der anderen Straßenseite hin und her. »Das geht doch nicht?«

»Ach.« Baptist zuckte die Achseln. »Wenn ich mal nicht mehr bin, weiß ich auch nicht, wie lange sie hier noch bleiben.« Er schaute kurz zu Xi, der die Vitrine mit Tiefkühl-Kroketten auffüllte. Der hob lachend den Kopf und sagte: »Wie heißt der chinesische Verkehrsminister?«

»Um-Lei-Tung«, antwortete Baptist ergeben.

Schweigend schaute Paul zur anderen Straßenseite. Ming, Mama Shu, der alte Vater, so selbstverständlich wie Verwandte waren sie für ihn geworden. Amüsiert beobachtete Baptist seine Fassungslosigkeit und sagte: »Nichts bleibt, wie es ist, Paul. Was dachtest du denn? Dass von alldem hier in hundert Jahren noch was übrig ist? Der Baum da? Die Häuser? Bis dahin ist die ganze Menschheit einmal ausgetauscht worden. Was stand hier früher an der Wand? Du bist der Einzige, der das noch weiß.«

»Alferinks Fisch, dann weißt du, was es ist«, sagte Paul automatisch.

Die Wörter SHU DYNASTY an den Fenstern gegenüber würden bald abblättern, zusammen mit den chinesischen Zeichen darunter, die Ming zufolge etwas ganz anderes bedeuten als Shu Dynasty. Was, hatte sie nie verraten wollen. Er sollte den Schriftzug noch abfotografieren; vielleicht konnte Google Translate sich ja einen Reim darauf machen.

Begann mit dem Aufbruch der Familie Shu der Auszug der Chinesen aus Mariënveen? Ihre Ankunft war argwöhnisch verfolgt worden, und die Kommentare über ihre Anwesenheit waren oft bitter gewesen; er wunderte sich, dass er beim Gedanken an ihren Abschied solchen aufrichtigen Schmerz verspürte.

Es war ein milder Abend, tiefgrün und staubig hingen die Lindenblätter an den Zweigen; es hätte mal wieder kräftig regnen sollen.

Niedergeschlagen saß er in seiner Nische an der Theke. Nur Ewald Bruins war da, der dicke Ewald, der eine Autolackiererei besaß und keine Mahlzeit ausließ.

Mama Shu stellte ihm eine Flasche Grolsch hin. »Alles okay, Paul?«

Er schüttelte den Kopf. »Was höre ich da? Ihr geht hier weg?«

Sie verstand ihn nicht.

»Weg«, sagte er, »ihr. Nach Arnheim oder so ...«

Ihr Gesicht leuchtete auf. »Restaurant von Familie von meine Mann! Alte Menschen, da gut für uns!«

»Für uns weniger, Mama.«

Sie lächelte, wie immer, wenn sie etwas nicht verstanden hatte.

»Klar ist es das«, sagte der dicke Ewald, ohne den Blick vom Keramikdrachen hinter der Theke zu lösen.

Paul sah ihn an, doch Bruins schwieg.

»Warum?«, fragte er schließlich.

»Was haben solche wie die schon hier zu suchen.«

Mama Shu räumte Flaschen in den Kühlschrank unter der Theke und hielt sich strategisch aus dem Gespräch raus.

»Seit sie da sind«, antwortete Paul, »frisst du hier ständig halbe Hähnchen. Seit sie da sind.«

»Sonst noch was«, sagte Bruins tonlos. »Dafür brauche ich die doch nicht?«

»Glaubst du etwa, jemand anders macht das? Im Ernst? Bei solchen Deppen an der Theke?«

Bruins drehte den Oberkörper ein winziges Stück zu ihm. »Beruhig dich mal«, sagte er.

»Kein Unternehmer kommt für ein halbes Hähnchen und eine große Klappe nach Mariënveen«, sagte Paul. Er trank einen Schluck. »Oder dachtest du das? Bald brät dir hier keiner mehr was«, fuhr er aufgebracht fort. »Kannst dir deine halben Hähnchen dann fein zu Hause aus der Tiefkühltruhe holen. Viel Spaß.«

Mama Shu sah ihn erstaunt an. In all den Jahren an der Theke war er noch nie so ausfallend geworden. Er verstand sich selbst nicht. Er fühlte sich verlassen, verraten. Die Chinesen waren ein Fenster zur Welt gewesen, ohne sie schien eine Chance verlorenzugehen. Dabei hatte sich durch ihre Ankunft nichts Wesentliches geändert. Sie hatten sich nicht unter die Einwohner von Mariënveen gemischt, hatten keine innigen Freundschaften geschlossen. Die Inneneinrichtung des Lokals hatten sie beim Einzug unverändert übernommen – den Billardtisch hatten sie keinen Zentimeter verschoben, auf dem Regalbrett über der Theke standen noch dieselben Trostpreise wie zu Kottinks Zeiten. Nur den Festsaal hatten sie um ihre Chinoiserien ergänzt – Airbrush-Fotos von Wasserfällen und ein riesengroßer, jadegrüner Buddha. Über der Tür hatten sie ein chinesisches Vordach angebracht mit grünen, schuppigen Dachziegeln obenauf und rotem Gebälk darunter, goldene Löwen bewachten den Eingang.

Er erinnerte sich, wie vor langer Zeit die Neuigkeit die Runde gemacht hatte, Chinesen kämen nach Mariënveen. Undenkbar, dass Menschen von so weit her bei ihnen etwas zu suchen hätten. Trotzdem waren sie gekommen, die erste Welle im Schlepptau von Baptist, die zweite angelockt von der ersten. Hier im Dorf war also was zu holen, sie waren nicht völlig belanglos.

Dass die Chinesen von Shu Dynasty keinen Umgang mit denen der Happyteria Weening hatten, hatte ihn immer gewundert.

Jetzt war also der Moment gekommen, in dem sie Mariënveen wieder den Rücken kehrten. Irgendwo gab es eine Zukunft, an der es hier mangelte. Flachwurzler waren sie, die Chinesen. Er hatte gehofft, dass sie genauso mit der Erde hier verwachsen würden wie er, doch nun ließen sie sich ein Stück weiter wehen, ohne einen Gedanken an die, die zurückblieben. Hierhin, dorthin. Wo es ihnen wohl erging, blieben sie eine Weile, kaum sah es nicht mehr so gut aus, verschwanden sie wieder. Er hatte wirklich geglaubt, dass Mariënveen ihnen ans Herz gewachsen war. Dass sie der Kulissenlandschaft, aber auch den rauen Umgangsformen etwas abgewinnen konnten und mittlerweile den eigentümlichen Übergang von Sand und Moor erkannten. Dass sie wussten, was ein Os war und was ein Esch, aber nichts da; sie starrten immer nur auf ihre verdammten Telefone und machten sich aus dem Staub, wenn es ihnen in den Kram passte. Treulose Schlitzaugen, ohne Ehre und Durchhaltevermögen. Also hatten sie doch recht gehabt, Abbink, Oliemuller, Bruins und alle anderen: Auf die war kein Verlass. Diese undankbaren Hundefresser und Ei-statt-Huhn-Verkäufer.

So drehten sich seine Vorwürfe im Kreis, traurig und nachtragend, das Klagelied eines Zurückbleibenden.

Paul fuhr aus seinen Gedanken hoch, als Steggink kurz vor der Dämmerung die Kneipe betrat. Er war allein. Am Mittwoch, wo das Pascha doch offen war, hätte Paul ihn nicht erwartet – Stegginks Billardtag war der Montag.

»Moin«, sagte der dicke Ewald mit einem kurzen Seitenblick. Steggink reagierte nicht. Er zog den Reißverschluss seiner Tragetasche auf und schraubte sein Queue zusammen. Präzise, mit zeremoniellen Gebärden kreidete er die Pomeranze ein. Pauls Herz schlug schnell, Steggink hatte ihn gesehen, aber offenbar beschlossen, ihn zu ignorieren. Mitten in seine Angst vor einer Konfrontation dachte Paul an das Wort Pomeranze und wie schade es doch war, dass es so etwas Unbedeutendes wie die Filzkappe an der Spitze eines Billardstocks bezeichnete. Er schaute zu seinem Feind, der einen Stapel Münzen auf die Billarduhr legte. Von achtzigtausend Euro konnte man ein Leben lang Billard spielen, und bestimmt noch ein bisschen länger. Pauls Kiefer spannte sich, seine Augen wurden trocken und brannten.

Steggink legte die Kugeln aufs Tuch, als hätte er nicht vor ein paar Nächten Hedwiges mit gebrochener Prothese und einem blutigen Schädel voller Wunden leblos zurückgelassen. Seinen Pferdeschwanz hatte er eng an seinen kahl werdenden Hinterkopf gezogen. Er beugte die Knie und lehnte sich über den Billardtisch, die Lampen über ihm schienen auf sein gegerbtes Gesicht. In der Verlängerung des Winkels, in dem er übers Queue spähte, trafen sich ihre Blicke.

Er spielte über die lange Bande. Die weiße Kugel traf die rote, rollte aber ziellos weiter, ohne die gelbe zu touchieren, bis sie wieder still lag. Steggink richtete sich auf und machte sich lang. Seine Faust legte sich fester um den Billardstock. Große Hände hatte er und breite Gelenke, er war mager, aber stark wie ein Ochsenziemer. Die Frauen im Pascha fürchteten sich vor seiner Kraft.

Wie gern, dachte Paul, hätte er jetzt die Luger am Körper gespürt, warm wie er selbst.

Steggink kam ein paar Schritte auf ihn zu und zeigte hinter dem Rücken des dicken Ewald mit dem Queue auf ihn.

Inzwischen war aus Pauls Verdacht sicher eine offizielle Anzeige geworden. Ob die Polizei schon bei ihm aufgetaucht war? War er verhört worden?

Sein Mund formte ein Wort, das Paul nicht verstand – mehrere Wörter, einen Satz. Kalt und starr war Stegginks Blick.

»Ich verstehe dich nicht«, sagte Paul heiser. »Du musst deutlicher sprechen.« Er griff die Bierflasche am Hals und legte sie an den Mund. Übersprunghandlung. Er stellte sie wieder auf die Theke, ließ aber nicht los, um damit zuzuschlagen, falls Steggink ausholte.

»Du hältst das Maul über mich, Paul Krüzen«, sagte Steggink knapp. »Schluss mit den Lügen. Sonst bist du dran. Ganz einfach.«

Erstaunt drehte sich der dicke Ewald um.

Mama Shu kam durch die Schwingtür, was Paul für den Augenblick rettete. Das Queue senkte sich. Paul kramte in der hinteren Hosentasche, holte einen Zehner aus der Scheinklammer. Er legte ihn auf die Theke und stand auf.

»Wie du meinst«, sagte er im Gehen zu Steggink. Bei der Tür drehte er sich noch einmal um: »Ich werde ja merken, wie viel Wahrheit du verträgst.«

25

Wieder durchliefen ihn Schauder. Zwischen den Bäumen waberten Wolken von Insekten über der Straße. Er schloss das Fenster. Also ist Krieg, dachte er, Krieg zwischen mir und dem größten Verbrecher am Ort. Und seinem Russen.

Ins Shu konnte er nicht mehr gehen, genauso wenig wie ins Pascha; mit jedem Tag wurde seine Welt kleiner. Unbemerkt war er zu den Waarmanslanden gefahren; über den ausgedehnten Maisfeldern färbte sich der Himmel rosa und violett. Er müsste sich eine neue Kneipe und einen neuen Nachtclub suchen. Es gäbe neue Frauen mit gleichgültigen Körpern und Etiketten in der Unterwäsche, aber Ritas Stelle könnten sie nicht einnehmen. Ein Stich schnitt ihm in die Brust. Sie würde ihm fehlen, ihr Trost, ihre zarte Muschi, ihr gütiges Herz.

So groß und ohnmächtig flammte seine Wut auf, weil Steggink ihm seine zwei Ruheplätze genommen hatte, dass er am liebsten gegen einen Baum oder einen Brückenpfeiler gerast wäre, nur um sie loszuwerden.

Die Häuser der Avermaten tauchten am Horizont auf, eine dunkle Anhäufung von Mauern und Glas. Wenige Minuten später war er in der Siedlung. Die Wohnzimmer waren erleuchtet, still hingen die Schaukeln in den Gärten. Hinter den Fensterscheiben taten die Menschen ihr Bestes, um ihre Sehnsucht mit ihren Möglichkeiten in Einklang zu bringen.

Im Schritttempo fuhr er bei Ineke vorbei. Im Wohnzimmer

standen die Vorhänge offen, es brannte kein Licht. Er schaute nach oben, doch auch hinter dem Veluxfenster im Dachgeschoss war es dunkel. Vielleicht lag sie dort ja gerade mit einem Eritreer oder einem Afghanen; er ignorierte seinen unerwarteten Anflug von Eifersucht, wendete am Ende der Straße. Dort, wo Flüchtlinge wohnten, brannten im Wohnzimmer Neonröhren. Ihre Wohnungen strahlten wie Gewächshäuser, die Fernseher flackerten nervös.

Zwischen hohen Maiswänden fuhr er zurück nach Mariënveen, mit dem Licht der Stadt im Rücken.

Auf dem Hof angekommen, strichen die Scheinwerfer über die Eichen in der Einfahrt. Er stieg aus und lauschte. Der abkühlende Motor, eine Brise zwischen den Bäumen. Weit entfernt der Jubelruf der Kiebitze über den Äckern. Nach einer Minute erloschen die Scheinwerfer automatisch. »Hier bin ich sicher«, sagte er zu sich. »Ich rieche Geißblatt, ich sehe die Sterne. Ich habe keine Angst.«

Beim Aufwachen war sein Albtraum durchsichtig geworden, doch das Gefühl, das er ausgelöst hatte, war noch genauso stark. Da waren Feindschaft und Todesangst, das Ende stand fest.

Er briet Eier mit Speck und packte nach dem Frühstück einen kleinen Koffer. Den neuen Pyjama hatte der Paketbote in seinem klapprigen Transporter gebracht, die Pantoffeln waren noch nicht da. Er steckte das alte Paar in den Koffer und stellte ihn neben die Tür. All diese Handlungen hatten etwas Schicksalhaftes, Endgültiges, obwohl sie an sich nicht weiter bedeutsam waren. Im Krankenhaus würde man sich des Beins mit einem Infektionsregime aus Hygiene und Antibiotika annehmen, sein Vater käme komplett geheilt zurück, sie würden noch ein paar Jahre unter einem Dach leben, bis er eine Gehirnblutung bekäme und auf dem Weg ins Krankenhaus sterben würde.

»Den Rasierer, hast du den?«, fragte sein Vater.

Im Badezimmer nahm Paul den Scherkopf ab und klopfte den Rasierapparat im Waschbecken aus. Als Junge hatte er sich immer über den grauen Staub hinter den Scherköpfen gewundert. Fein wie Asche war er, obwohl die Barthaare im Gesicht seines Vaters doch fest und hart waren, und außerdem dunkler.

Er spülte ihn weg.

In der Scheune öffnete er eine Vitrine und nahm eine Walther P38 heraus. Man hatte die Waffe mit Schweißpunkten in Lauf und Kammer funktionsuntüchtig gemacht. Mit einem Zertifikat versehen durfte sie laut Artikel 18 der *Regeling Wapens en Munitie* frei verkauft werden. Er hatte zwar auch eine Walther PPK, die Polizeipistole Kurz, die Hitler sich im Führerbunker an die Schläfe gehalten hatte, doch er entschied sich für die P38, weil er nur 9-mm-Patronen besaß.

Mit einem Dremel schliff er den Schweißpunkt im Lauf vorsichtig ab. Durch Beschädigungen im Inneren konnte der Schuss ungenau werden. Auch den Schweißpunkt in der Kammer entfernte er. Er reinigte Lauf und Kammer von verklebtem, verbranntem Schießpulver. Die P38 war innen korrodiert. Manchmal wurde eine Schusswaffe dadurch endgültig unbrauchbar, aber diese bekäme er schon wieder in Gang. Er ölte sie, füllte das Magazin und schob es in den Griff. Die P38 fühlte sich kompakt an, effektiv.

Er entfernte das Bodenbrett und tippte den sechsstelligen Code des Tresors ein – 070842, das Geburtsdatum seiner Mutter. Er wickelte die Waffe in ein Tuch und legte sie auf das

Schwarzgeld und die Papiere. Danach beantwortete er Mails und machte am Packtisch Bestellungen fertig. Ein Slowake hatte zwanzig Antennenfüße geordert. Dass man einen brauchte, konnte er sich ja noch vorstellen, aber was man mit zwanzig Stück anfangen sollte, war ihm ein Rätsel. Anschließend packte er Feldflaschen, Regencapes und sechs SS-Dolche in einen Karton. Die Dolche stammten aus einer späten Serie, das Ebenholz der frühen Modelle war durch Eiche ersetzt worden. Auf der Klinge stand in Fraktur *Meine Ehre heißt Treue.* Die Lieferadresse war in Lüttich; bestimmt so ein paar junge Neonazis, die am Wochenende in den Ardennen geschichtsrevisionistische Theorien nachplapperten. Sie bekamen von einem Hakenkreuz einen Ständer und waren scharf darauf, ungestraft zwischen tropfnassen Bäumen den Hitlergruß zu zeigen.

Er stellte die Pakete auf die Rückbank des Wagens. Als er in die Scheune zurückkam, klingelte sein Handy. Adamczyk, ob er nachmittags vorbeikommen könne.

»Hauptsache, du wirst auch fertig.«

Mühsam schob Paul seinen Vater im Rollstuhl über den Kies. Er hielt ihm die Beifahrertür auf.

»Schnallst du dich an?«

Sein Vater legte den Gurt an.

Im fünften Stock des Krankenhauses sah sich Paul im Wartezimmer um. Heutzutage interessierten sich die Kranken und Sterbenden genauso für ihre Smartphones wie die Gesunden; keiner las die Zeitung oder ein Buch, nur hier und da blätterte jemand in einer zerknitterten Zeitschrift aus der Lesemappe.

Sie mussten lange warten. Er lief auf und ab und schaute durchs mannshohe Fenster auf die Felder, die Bäume und

Bauernhöfe mit ihren orangeroten Ziegeldächern. Nirgends sah er Kühe oder Schafe, die Landschaft war leer und steril. Das Vieh war definitiv aus dem Blickfeld verschwunden, und ihm fiel auf, dass er jetzt ein Mann war, der sich an das Vieh auf der Weide erinnerte und es vermisste, wenn keins da war.

Eine Krankenschwester mit grünen Crocs rief ihren Namen, Paul schob den Rollstuhl in das Zimmer, wohin sie verschwunden war. Ruhig spulte sich die Kette der Ereignisse ab, bis hin zu Dr. Levinson, der sagte, ein Stockwerk tiefer werde ein Bett für Pauls Vater hergerichtet. Nickend inspizierte der Arzt das faule Fleisch an dessen Unterschenkel. Als wäre sein Vater gar nicht dabei, erklärte er Paul, was Wundbrand sei; er machte einen Abstrich für die Laboruntersuchung.

Die Leere im Haus blies Paul ihren kalten Atem in den Nacken, wie damals, als seine Mutter davongegangen war. Als der Kessel anfing zu pfeifen, begriff er, dass alles so weitergehen musste wie bisher; er musste auf die Rückkehr seines Vaters warten und bis dahin seine Routine beibehalten, als wäre der gar nicht weg. Er würde kochen, Brote schmieren, Teewasser aufsetzen, abspülen und aufräumen, um nicht wie Hedwiges zu enden, von der Außenwelt abgeschottet, in einem dreckigen Haus.

Als Adamczyk nach vier Uhr aufkreuzte, sagte Paul kurz angebunden: »Ich will, dass heute alles fertig wird. Sonst baust du den ganzen Mist wieder ab.«

Der Pole nickte, er hatte Verständnis für Pauls Übellaunigkeit.

Auch am Eingang des Wohnhauses und hinten neben der Linde, vor seinem Zimmer, ließ er Kameras, Bewegungsmelder und Flutlichter anbringen. Ins Schlafzimmer wie auch ins Büro kam je ein Multi-Monitor, auf dem Paul sich die Kamerabilder anschauen konnte.

Um acht Uhr abends brachte er Adamczyk eine Dose Bier.

Wenn er fertig wäre, sagte der, könnte Paul auf acht Displays jede Bewegung auf dem Gelände verfolgen. Wenn er wollte, könnte er die Aufnahmen auch auf dem Handy abrufen. Der Pole kannte das Wort »lückenlos«, er verwendete es mindestens dreimal.

26

Hedwiges' Wunde am Ohr heilte gut, das sah Paul, als er im Laufe des Abends bei ihm anklopfte. Brummfliegen greinten über dem Stapel Abwasch. Paul schenkte sich einen Schnaps ein und verschwieg die Konfrontation mit Steggink am Abend davor. Er fragte, ob Hedwiges den Fernseher leiser stellen könne. Der hielt die Fernbedienung in Richtung Bildschirm, und die Lautstärke senkte sich auf ein erträgliches Niveau.

»Und, wie gehts hier so?«, fragte Paul.

»Was soll ich sagen?« Seine Krächzstimme klang schlimmer denn je.

»Wann machst du deinen Laden wieder auf?«

Der Sessel knarrte. »Vielleicht gar nicht mehr.«

Nach kurzem Schweigen fragte Paul: »Und dann? Plan B?«

»Plan B?«

»Ja, was du sonst machen willst, meine ich. Ohne deinen Laden.«

»Ach. Gemütlich sitzen. Bisschen Fernsehen.«

Paul ließ das Schnapsglas auf der Tischdecke kreisen und nickte, als könnte er ihn verstehen. »Hast du«, fragte er dann, »die Opferhilfe angerufen? Von dem Prospekt?«

Hedwiges schaute kurz zur Seite. »Warum sollte ich?«

»Na ja … Es kann doch helfen, sowas. Gegen den Zirkus. Hier …« Er tippte sich an die Schläfe.

Mit einem traurigen Ausdruck im Gesicht sagte Hedwiges:

»Und dann? So einer, der mir erzählt, was ich längst selber weiß? Das ist nichts für mich, Paul.«

»Man hat dich fast umgebracht. Diese Leute haben eine Ausbildung, die wissen, wie man mit sowas umgeht. Ich bringe dich hin. Ich fahre da sowieso vorbei.«

Er erzählte, dass sein Vater am Nachmittag im Krankenhaus aufgenommen worden sei. Es könnte eine Weile dauern, Wundbrand sei schwer zu bekämpfen. Hedwiges nickte, den Blick unverwandt auf die Nachrichten von RTV Oost geheftet. Er hatte das Interesse am Leid anderer verloren, krümmte sich wie eine bedrohte Mauerassel um die eigene Wunde. Seine Gründe, noch am Leben teilzuhaben, waren mit harter Hand zerschlagen worden, es würde ihn seine gesamte Spannkraft kosten, wieder auf die Beine zu kommen.

Paul hasste Steggink und den Iwan inbrünstig, die es kaltgelassen hatte, ob Hedwiges bei der Attacke starb oder nicht. Ihr achtloser Zerstörungstrieb, die Gleichgültigkeit gegenüber seinem Weiterleben.

In einem Comic von Rik Ringers, erinnerte sich Paul, hatte er einmal eine Figur gesehen, die vor Schreck schlohweißes Haar bekommen hatte – ob ein existenzieller Schock eine ähnliche Wirkung haben konnte? Dass eine Seele mit einem Schlag aschgrau wurde?

Bei seiner Rückkehr tauchten die Lichter an der Scheune und am Haus sein Auto in grelles Licht. Die Anlage funktionierte bestens, der Hof sah beinahe aus wie ein Luftabwehr-Bunker.

Er nahm die Waffe aus dem Tresor, schnallte das Halfter um und steckte sie hinein. Sie wog fast ein Kilo, er zog seine Trainingsjacke darüber. Er ging außen an der Deele vorbei zur

Haustür, überall sprangen Lampen an, aufflammende Lichtenergie im Dunkeln. Sie vertrieb die Finsternis unter der Linde und reichte bis hinten zum Hackplatz.

Im Haus knipste er die Lampen nicht an, fand in der Dunkelheit den Weg zum Esstisch. Er setzte sich, und das Scharren und Rascheln, von ihm selbst verursacht, verstummten. Er hörte seinen Atem, die Herzfrequenz verlangsamte sich, erreichte den Ruhezustand. Er war allein mit den Hausgeistern, lauschte.

Nach einer Weile stand er auf und tastete im Schrank nach einem Schnapsglas. Das füllte er mit Genever aus dem Tiefkühlfach, bis er spürte, dass es überlief. Er schlürfte den ausgelaufenen Schnaps vom Spültisch und fragte sich, ob sein Vater vor dem Zubettgehen Butterbrote mit Schokostreuseln bekommen hatte. Sein entzündetes Zahnfleisch brannte vom Genever.

Er blieb lange im Dunkeln sitzen. Um für seine Feinde unsichtbar zu sein, musste er zum Schatten werden. Wenn er die Hand ausstreckte, sah er nur einen verschwommenen Fleck. Als ob er langsam unfest würde und in der Dunkelheit zerfloss.

Dann hatte er davon genug, stand auf und nahm im Flur zur Deele die Stabtaschenlampe aus dem Regal. Immer noch im Dunkeln fand er den Schlüssel und öffnete die Tür. Die stillstehende Luft, der Geruch allmählicher Zersetzung in der Deele überfielen ihn, verstärkt durch die Dunkelheit, wo er sich nur tastend orientieren konnte. Er stieß eine Milchkanne um, die höllisch laut scheppernd über den Betonboden rollte. Fluchend schaltete er die Stablampe an. Ein gelber Lichtstreifen fiel in den Raum, wanderte über Gerätschaften und Baumaterial. An den Balken über seinem Kopf hingen graubraune Schleier aus Spinnweben, Staub und Heu.

Er stieg die schmale hohe Holzleiter hinauf. Die Holme fühlten sich weich und verwittert an. Die Haufen auf dem Heuboden hatten sich im Laufe der Zeit in Staub aufgelöst. Vorsichtig ging er über den Holzboden, unsicher, ob der ihn nach all den Jahren, in denen er unbenutzt geblieben war, noch trüge. Der Riegel der Tür zum großen Dachboden klemmte, das wusste er noch, er musste sich anstrengen, um ihn aufzubekommen. Im Stockdunkel dahinter erstreckte sich der Dachboden, sein Herz klopfte ihm bis zu den Ohren; da war kein Unterschied zwischen den Ängsten eines achtjährigen Jungen und denen eines neunundvierzigjährigen Mannes. Aber der Junge, dachte Paul, bringt jetzt den Mann mit. Mit einer Knarre am Leib. Falls die Geister sich in ihrem ganzen Grausen manifestierten, könnte er wenigstens Hand an sich legen.

Das Lichtbündel durchbohrte das Dunkel. Ganz hinten an der Wand stand die Einrichtung seiner Großeltern; Sessel, ein Eichentisch, ein paar Küchenstühle. An den Balken, die das Dach stützten, hing dasselbe klebrige Zeug wie in der Deele. Der Lichtstrahl strich über die Unterseite der Dachziegel. Er lockerte den Griff um die Lampe. Zaghaft betrat er die grauen Bodenbretter und schob sich zwischen Stapeln von Dachziegeln und verrosteten Farbbüchsen durch. Die Lederhaube des antiken Kinderwagens war verrottet, am Rand lagen unter dem Dach haufenweise Bretter und Balken, die noch zur Wassermühle gehört hatten. Am anderen Ende des Dachbodens angekommen, nahm er einen Holzstuhl vom Tisch und trug ihn in die Mitte des Raums. Dort setzte er sich hin. Er schaltete die

Lampe aus, die Finsternis nahm ihren rechtmäßigen Platz wieder ein.

Es fühlte sich an, als taumelte er kopfüber in ein tiefes schwarzes Loch. Sein Auge fand keinen Halt, nirgends drang auch nur ein Stück Abendhimmel durch eine Ritze zwischen den Ziegeln. Egal, ob er die Augen offen oder geschlossen hielt, die Dunkelheit blieb gleichermaßen tief; er war lebendig begraben. Gehetzt ging sein Atem ein und aus. Er murmelte Passagen aus den Davidpsalmen – *Der Herr ist mein Hirte … Nichts wird mir fehlen … Er lässt mich lagern auf grünen Auen und führt mich zum Ruheplatz am Wasser. Muss ich auch wandern in finsterer Schlucht, ich fürchte kein Unheil; denn du bist bei mir …* Er wartete nur darauf, dass ihn gleich etwas Feuchtes und Unheimliches im Rücken berühren würde, ein langer, kalter Schauder überkam ihn. Hier, in dieser Finsternis, hatten die Kämpfe stattgefunden, die seinen Vater und ihn vom Schlafen abgehalten hatten, das Ringen um Leben und Tod.

Mechanisch wiederholten seine Lippen die Worte: *Denn du bist bei mir …*

Er räusperte sich und sagte: »Wenn hier etwas oder jemand ist, zeige er sich jetzt!«

Wie schwach und lächerlich klang doch seine Stimme auf dem großen Dachboden.

»Was oder wer hier auch ist, zeige dich!«

Vielleicht erwartete er wirklich, dass ein fließendes Wesen auftauchte, transparent und ektoplasmatisch. Nichts, hatte er früher gedacht, würde ihn mehr beruhigen als ein physischer Beweis, dass es sie gab. Das Fehlen von *Substanz*, das war es, was ihm solche panische Angst vor den Ringkämpfen über seinem Kopf eingejagt hatte.

Nichts geschah. Die Stille schlug ihm auf die Ohren. Er war allein auf einem großen, leeren Dachboden. Sein Leben lang hatten sich Geister mit beängstigendem Gepolter und Lärm über seinem Kopf manifestiert, doch heute Abend hielten sie sich im Schatten verborgen. Er schaltete die Lampe wieder an und stand vorsichtig auf, als könnte er jeden Moment auf den Stuhl zurückgedrängt werden. Dann schob er sich zur Tür, wobei er sich ständig umsah. Ein letztes Mal wanderte der Lichtstreifen vom Dachfirst zur hinteren Wand und leuchtete in die dunklen Ecken, aber was immer hier oben hauste, es ließ sich nicht provozieren. Er zog die Tür hinter sich zu, schob den Riegel kräftig vor – und teilte so das Haus wieder in sein Gebiet und ihres.

Er wusch sich den Staub von den Händen und putzte sich die Zähne. Seine Haare, sah er im Spiegel, waren nicht schlohweiß geworden. Ein bisschen Grau an den Schläfen, aber das war schon länger so. Er betrachtete die Runzeln um Mund und Augen, die ihm eine nach der anderen unangekündigt ins Gesicht gesprungen waren.

Es war nach eins. Er legte seine Kleider zusammengefaltet auf den Stuhl. Nur selten betete er noch vor dem Schlafengehen, doch nun sank er vor dem Bett auf die Knie und sprach lautlos das Vaterunser. Er betete für die Heilung seines Vaters und bekreuzigte sich.

Kerzengerade lag er unter der Decke, die Hände auf der Brust gefaltet. Schwaches Sternenlicht fiel durch den Spalt zwischen den Vorhängen. Das Rauschen am Wehr fehlte ihm, die Stimme des Bachs, die ihn bei einem höheren Wasserpegel in den Schlaf murmelte. Langsam segelte er hinunter, im Zickzack, ein fallendes Herbstblatt, bis ein lauter Schlag auf dem Dachboden ihn schockartig aus dem Vorhof des Schlafes riss. Keuchend vor Schreck, mit weit geöffneten Augen sah er sich im Dunkeln um. Es war ein einzelner scharfer Laut gewesen. Stocksteif blieb er liegen und wartete, was da noch käme, die Rache für die Ruhestörung dort oben. Doch es blieb bei diesem einen Laut.

Eine Farbbüchse oder ein Dachziegel, sagte er sich, etwas, was er aus Versehen verschoben hatte und was jetzt umgefallen war. So versuchte er, sich zu beruhigen, obwohl er wusste, dass er nichts berührt hatte als diesen einen Stuhl.

27

Am nächsten Morgen machte er erst sein Bett und dann das seines Vaters. Als er den Kleiderschrank schloss, verströmte er dessen Geruch.

Um neun Uhr rief er auf der Station an. Es dauerte ein paar Minuten, bis er seinen Vater an der Strippe hatte. Er habe, erzählte der, bis nach Mitternacht ferngesehen. Dann sei er eingenickt, mit den Kopfhörern in den Ohren.

»Brauchst du noch was?«, fragte Paul. »Ich kann es heute Nachmittag mitbringen.«

»Nö. Ich habe hier alles.«

»Hast du vor dem Schlafengehen dein Brot bekommen?«

»Hier klappt alles wie am Schnürchen, ich kanns nicht anders sagen.«

Sein Vater wirkte außerordentlich zufrieden, dabei irrte er zu Hause manchmal verloren durch die Gegend. Morgens brauchte Paul jetzt kein Frühstück für ihn zu machen und ihm die Pillenschachtel nicht neben den Teller zu legen, automatisierte Handlungen, ohne die ihm ganz ungewohnt zumute war.

Er holte die Zeitung aus dem Briefkasten an der Straße und las bis halb elf die Nachrichten und Hintergrundberichte. Dann ging er erneut in die Deele und stieg wieder die Leiter zum Heuboden hoch, riss die Tür zum großen Dachboden auf. Sein Blick wurde von der Mitte des Raums angezogen, zu der Stelle, wo er vergangene Nacht gesessen hatte. Ein Schaudern, kalt wie ein Fisch, lief ihm über den Rücken, als er den umgekippten Stuhl auf dem Holzboden liegen sah. Darüber erblickte er, einen unendlichen Moment lang, ein Seil am Hauptbalken und einen reglosen Männerkörper in der grauen, leeren Luft darunter, der umgefallene Stuhl außerhalb der Reichweite seiner Füße. Die Halluzination verschwand genauso schnell, wie sie aufgetaucht war, und er starrte wieder in den leeren Raum unter dem Dach, das ihm vorkam wie der Brustkorb eines Wals.

Er schloss die Tür und stieg die Leiter behutsam hinab. Wenn sein Vater mal nicht mehr wäre, würde er den Bauernhof abreißen und einen neuen errichten lassen, beschloss er, ein reetgedecktes pseudoaltsächsisches Haus, wie man sie heute überall sah. Ärgert dich deine Hand, dann hau sie ab, ist dein Haus voller Geister, dann zünde es an. Dieses Mausoleum, an jedem Nagel hing eine Erinnerung. Kaum jemand, den er kannte, lebte fünfzig Jahre im selben Haus. Nur er. Und Hedwiges. Ein Freudenfeuer würde er veranstalten, alles weg, der ganze Hausrat, jeder dämliche, zum *Andenken* erhöhte Gegenstand, und aus dem Feuer träte ein gereinigter Mensch hervor, reiner und leichter, befreit von der Last all dessen, was ihn an die Vergangenheit gekettet hatte.

Mit diesen Gedanken an Abriss und Säuberung begann er seinen Arbeitstag; er verschickte Mahnungen und beantwortete die Anfrage eines Kostümbildners, der für eine Filmproduktion Uniformen mit Totenkopf-Abzeichen und Waffen suchte. In jeder Hinsicht, dachte er, bin ich ein Mann von früher. Jetzt erst, zu spät, wurde ihm die Bedeutung von Kindern bewusst – sie waren *Träger der Zukunft,* deren Reich würden sie erben. Wer Kinder hatte, konnte sie betrachten und seinen Frieden schließen mit dem Lauf der Dinge. Er dagegen hatte immer häufiger das Gefühl, alles falsch gemacht zu haben. Wie ein leichtsinniger Glücksspieler hatte er ein Vermögen für unzuverlässige Frauen ausgegeben und für solche, die jeden Cent wert waren, für Cocktails, die ihren Atem süß und ihre Lippen klebrig machten, und für Armbanduhren und Schmuck, mit denen er sich Zugang zu ihren Herzen hatte verschaffen wollen – doch er hatte sein Haus auf Sand gebaut. Und jetzt war es zu spät. Mechanisch packte er die Bestellungen in kleinere und größere Kartons und klebte sie zu. Kindlich, dachte er, ich bin mein ganzes Leben lang kindlich geblieben. Als ob Verlust und Niederlage nicht zum Älterwerden gehörten, etwas, was man mit einer Frau an seiner Seite viel besser auffangen konnte. Ein alleinstehender Mann stirbt durchschnittlich fünf Jahre früher als ein verheirateter. Einsamkeit ist genauso gesundheitsschädlich wie Rauchen oder übermäßiger Alkoholkonsum; wer allein lebt, und dazu am Rand der Welt, stirbt einen einsamen, elenden Tod.

Schreibt diesen Mann als kinderlos ein, sagte Jeremia, als Mann, der in seinem Leben kein Glück hat. So wies ein Prophet von vor der Zeitenwende Paul zurecht wie ein verantwortungsloses Kind, das seine Chancen auf Glück verspielt hat.

Wie es der Teufel wollte, bekam er genau in diesem Moment eine SMS von Ineke.

PAUL?? IST DAS DEINE NUMMER? GEHT ES
DIR GUT? SCHICKST DU MIR EINE NACHRICHT??
BITTE!! XXX

Einer sollte ihr mal erklären, wie die Caps-Lock-Taste funktioniert, dachte er matt. All diese Satzzeichen und Großbuchstaben – es war, als würde sie ihn mit Backsteinen bewerfen. Er wandte seine ganze Fantasie auf, um sich ein Leben mit ihr in dem neu hochgezogenen Bauernhof vorzustellen, sie laut und hingebungsvoll, er still und duldsam, und beide in dem Bewusstsein, dass dies das Beste war, was das Leben ihnen zu bieten hatte. Wenn er krank war, würde sie ihn zum Hausarzt begleiten und sich merken, was der sagte. Manchmal würden sie die Feiertage mit Inekes Kindern verbringen und am dritten Weihnachtstag in der Mühle von Eshuis Pfannkuchen essen. Als eine Übung in Dankbarkeit, wie man Gott auch für ein Stück Brot dankbar sein musste, würden sie zusammen alt werden.

Er legte den Klebebandabroller weg und antwortete.

Hallo. Viel los hier, mein Vater ist im Krankenhaus.
Kaffee, wenn es wieder ruhiger ist? Paul.

Ihre Antwort kam fast augenblicklich.

WENN WAS IST, SAG'S LIEBER GLEICH.
ICH SETZE JETZT GRENZEN. DAS HABE ICH
VIEL ZU LANGE NICHT GEMACHT.

Er las ihre Nachricht ein zweites und ein drittes Mal, verstand sie immer noch nicht. »Ok« tippte er, verschickte die SMS und stellte sein Telefon aus.

Nachmittags auf dem Weg ins Krankenhaus fragte er Baptist: »Glaubst du, dass es auch im mittleren Alter noch Liebe geben kann? Oder ist das jüngeren Menschen vorbehalten, wie Leistungssport und gute Gesundheit?«

Baptist grinste. In seinen Mundwinkeln klebte getrockneter weißer Schleim. »Auf Freiersfüßen, Junge?«

»Kann sowas wachsen, meine ich, oder muss es zack, bumm da sein?«

Baptist kratzte sich die unrasierte Wange, die weißen Stoppeln knisterten unter seinen Nägeln. »Ich bin kein Spezialist, weißte.«

»Es sieht so aus«, sagte Paul, »als ob man Romantik, Verliebtheit, diese ganzen Sachen, erst hinter sich bringen müsste, bevor man die nächste Stufe erreicht, oder so ähnlich. Aber kann man nicht einfach gleich da anfangen, frage ich mich, und den ersten Teil überspringen?«

»Tja«, sagte Baptist, »mit Lihua – da haben wir natürlich einfach irgendwo angefangen, als sie eines Tages von ihrem Bruder im Geschäft abgeliefert wurde. Nix da, Romantik. Ich weiß bis heute nicht, ob es überhaupt ihr Bruder war, seither habe ich ihn jedenfalls nie mehr gesehen.«

Er starrte auf seine Fingernägel. Seine Hände und Nägel waren auffallend schön, fand Paul, sie schienen nicht ganz zum Rest des Körpers zu passen. Baptist sah auf, milchblau schwammen seine Augen hinter den Brillengläsern. »Ganz ehrlich, ich weiß nicht mal, ob ich sie liebe. Aber wenn ich sie nicht sehe, eine Weile … Dann fehlt sie mir … Was soll es also sonst sein?«

Stille senkte sich auf sie herab. Als dächten sie gründlich über einen Schachzug nach. Ein Trecker fuhr vorbei, der Lohnunternehmer am Steuer trug seine Basecap verkehrt herum, nach der Mode in der Stadt.

»Tja«, sagte Paul, »weiß ich auch nicht.«

»Na bitte, da hast dus.«

Vor dem Abend mit Ineke Wessels hatte Paul nie Erektionsprobleme gehabt. Das war die absehbare Zukunft, die Zeit unbekümmerter Lust war vorbei, falls es sie für ihn überhaupt je gegeben hatte. Er könnte sich im Internet Viagra bestellen und später – weil er den Abscheu in den Augen der Frauen nicht länger ertrug – einfach verzichten. Vielleicht, dachte er, wäre es sogar möglich, mit einer Frau wie Ineke halbwegs harmonisch zusammenzuleben, wenn der Geschlechtstrieb keine große Rolle mehr spielte. Ihre Geschlechtsdrüsen kämen zur Ruhe, dann bräuchten sich ihre Körper nur noch gegenseitig zu wärmen.

Paul schaute auf die andere Straßenseite, wo der alte Shu in dem schmalen Durchgang zwischen den Häusern rauchte, er hielt die Augen geschlossen und das Gesicht in die Sonne gestreckt wie ein Leguan. Damit wäre es bald vorbei. Schlimmer als die Barbaren, die kommen, sind die Barbaren, die gehen.

»Darf ich fragen«, sagte Baptist, »warum du das wissen willst?«

Paul nickte und antwortete nachdenklich: »Eine Frau, von den Avermaten. Ich kenne sie aus der Schule. Ich weiß nicht, es sieht aus, als hätte sie was im Sinn. Vielleicht auch nicht, schwer zu sagen.«

»Sieh an. Und eine Chinesin, wie wäre es damit?«

Paul schüttelte den Kopf. »Ich komme nicht so zurecht mit der Bedienungsanleitung von chinesischen Produkten.«

Baptist musste lachen. »Der is gut«, sagte er. »Der is gut. Das ist bei mir genauso.« Sein Lachen legte sich wieder. »Ganz genauso.«

Das Heu war gemacht, das Gras lag in Bahnen auf den Feldern rechts und links der Straße. Der Geruch drang durch die offenen Autofenster herein, Insekten prallten gegen die Windschutzscheibe und hinterließen gelbe Spritzer.

Sein Vater lag auf dem gemachten Bett und las *De Telegraaf* – »dieses Drecksblatt«. Paul holte ein halbes Brot, ein Schälchen Butter und Schokostreusel aus einer Plastiktüte und räumte alles in den Nachttisch.

Im Krankenhaus war es ruhig, eindeutig Ferienzeit. Das Leben war verlangsamt, etwa so wie in Pauls Vorstellung von den fünfziger Jahren, lange vor Beginn der großen Zeitbeschleunigung.

Sein Vater hing an einem Antibiotikatropf, die Nadel steckte in seiner Ellenbeuge und war mit einem Pflaster festgeklebt. Paul stand am Fenster und sah auf die Landschaft in der Sonne. Ein Turmfalke von hinten, rüttelnd über den leeren Feldern. Hätte sein Vater ein Zimmer nach Osten bekommen, hätte er auf die Avermaten schauen können.

Paul schaltete sein Handy ein; Ineke hatte nicht mehr geantwortet.

Sein Vater sah über die Zeitung hinweg zu ihm. »Hier muss man das Handy auslassen. Wartest du auf was Wichtiges?«

»Nicht wirklich«, sagte Paul und steckte es wieder weg.

Er überlegte, ob er ihm von der vergangenen Nacht und dem umgekippten Stuhl am Morgen erzählen sollte, ließ es aber sein, weil es doch ziemlich exzentrisch gewesen war, mitten in der Nacht auf dem Dachboden die Geister anzurufen. Vielleicht war ja sein Glaube an Geister inzwischen größer geworden als der an Gott. In der Kindheit war Gott für Paul eine feste Größe gewesen, heute war er, je nachdem, wie gut oder schlecht es ihm ging, eher eine Art schwächere oder stärkere, geordnete Abfolge von Handlungen, von Ritualen. Gott, dachte er, hat jedenfalls noch nie einen Stuhl auf dem Dachboden umgeworfen.

»Du wirst hier also gut versorgt?«

»Fabelhaft, ehrlich. Toppersonal.«

»Na, da bin ich froh«, sagte Paul.

»Immer sofort da, wenn man was braucht, und immer freundlich. Kein bisschen so, wie es in der Zeitung steht.«

»Das ist mehr so bei Altersheimen, glaube ich. Dass man den ganzen Tag in einer Windel rumhockt.«

»Und wenn du was brauchst, gerne doch, Herr Krüzen. Nee, wirklich Topservice, ich kanns nicht anders sagen.«

So ähnlich wie zu Hause also, dachte Paul bitter, der sich nicht erinnern konnte, je ein Wort der Wertschätzung gehört zu haben. Er faltete die Plastiktüte vom Plus zusammen und steckte sie in die hintere Hosentasche. »Na, dann mach ich mal wieder los.«

28

So kalt waren die Nächte früher gewesen, dass vor langer Zeit einmal frühmorgens Raureif auf seinem Bettüberwurf gelegen hatte. Seine Mutter machte das Licht im Zimmer an und zog die Vorhänge auf. Er vergrub sich unter den Decken, zögerte, aus dem Bett aufzustehen. »Paul!«, hörte er die Stimme der Mutter. »Mach schon! Sonst sind wir zu spät!«

Draußen war es noch dunkel, auf den Fensterscheiben waren Eisblumen. »Paul!«, hatte die Mutter noch einmal gerufen. Er war schnell in die Kleider gefahren.

Vor unendlich langer Zeit hatte er ihre Stimme zum letzten Mal gehört. Doch jetzt, in seinem Bett, beim Lesen des Matthäus-Evangeliums, hörte er sie plötzlich wieder, genauso klar und kraftvoll wie damals, in seiner Kindheit.

Meistens blieb ihre Stimme in einer unzugänglichen Windung seines Gedächtnisses verborgen, aber jetzt, in einem unbewachten Moment, war sie hervorgetreten und hatte ihn gerufen. Eine große und ohnmächtige Sehnsucht stieg in ihm auf, augenblicklich gefolgt von demselben Kummer wie vor zweiundvierzig Jahren, als er sich an ihr Bein geklammert und sie angefleht hatte, ihn mitzunehmen. Er verstand selbst nicht, was ihn zu dieser späten Stunde, während die Bettlampe auf die Seiten seiner Bibel schien, so tief bewegte.

Vierzig Tage und Nächte, las er, war Jesus allein in der Wüste gewesen. Er hatte großen Hunger. Da kam der Teufel und bedrängte ihn. Er forderte ihn heraus, Steine in Brot zu verwandeln und sich von einem hohen Tempel zu stürzen. Der Teufel versprach ihm »alle Reiche der Welt mit ihrer Pracht«, doch Jesus widerstand den Versuchungen und sagte nur: »Weg mit dir, Satan!«

»Darauf«, schrieb Matthäus, »ließ der Teufel von ihm ab und es kamen Engel und dienten ihm.«

Paul schaute in Richtung Dachboden. »Vade retro, Satana«, flüsterte er, obwohl es heute Abend still war da oben. Er blätterte noch eine Weile im Matthäus-Evangelium, legte die Bibel dann auf den Nachttisch, neben die Pistole, und knipste das Licht aus.

Er blieb lange wach. Still lag der Wald hinter den Fenstern. Er dachte an die Nacht, in der Danny sich auf die Suche nach seinem Vater gemacht hatte. Es war nach Mitternacht, sein Vater hätte längst von der Fasanenjagd zurück sein sollen. Danny, der schon jung Autofahren gelernt hatte, bekam einen Wagen in Gang und fuhr zwischen hohen Hecken hindurch zum Wald, wo sein Vater wilderte. Allein im dunklen Wald rief er nach seinem Vater. Schwach erklang seine Stimme zwischen den Bäumen: »Papa! Papa, wo bist du?«

Er bekam keine Antwort, da war niemand.

Jetzt erst, da Paul mit offenen Augen ins Dunkel starrte, fiel ihm die Ähnlichkeit mit dem Sterben Jesu auf. Allein am Kreuz, von allem und jedem verlassen. Könnte man die drei Kreuze in Golgotha nicht auch als Wald sehen, zumindest als *lichten* Wald? Auch er hatte nach seinem Vater gerufen. *Eli, Eli, lema sabachtani* waren die einsamsten Worte der Heiligen Schrift, hatte der Pfarrer einmal in der Sonntagsschule gesagt, zumal die Menschen Jesus falsch verstanden hatten und glaubten, er hätte den Propheten Elija angerufen.

Paul kreuzte die Arme auf der Brust und versuchte, sich an Dannys unfehlbare Methode zu erinnern, Fasanen zu wildern, doch da ließ ihn sein Gedächtnis im Stich.

Auf seinem Radiowecker sah er, dass es vier Minuten nach zwölf war. Er war gerade fünfzig geworden.

29

Ein Samstagvormittag Ende Juli, die Sonne schien auffallend gleißend. Sein Geburtstag vor neun Tagen war unbemerkt verstrichen, der Vater lag immer noch im Krankenhaus. Am Waldrand hingen die ersten reifen Holunderbeeren, bald wäre die Vogelkacke auf seinem Auto lila gefärbt. Paul drehte Runden auf dem Rasentraktor, einer starken Maschine, die laut Honda-Dealer hundert Quadratmeter in zwei Minuten schaffte. Doch das Gras stand hoch und war feucht vom Morgentau, also brauchte er viel länger. Als Junge hatte er den Rasen mit einem einfachen Spindelrasenmäher gemäht, die rotierenden Messer fraßen sich im hohen Gras und Ampfer fest, es dauerte Stunden. Danach hatten sie einen Sichelmäher mit Benzinmotor, ein Riesenfortschritt, doch auch der ging im hohen Gras ständig aus. Anfang der achtziger Jahre kaufte sich sein Vater den ersten Rasentraktor. Paul hatte die Marke vergessen, erinnerte sich aber noch an den starken Briggs-&-Stratton-Motor. Den Gashebel konnte man zwischen Hase und Schildkröte verstellen, in der Mitte war der Leerlauf. Danach musste er nie wieder Rasen mähen, so gern er auch auf der Maschine gesessen hätte, denn jetzt tat es sein Vater. Der Gasgriff blieb immer auf der Schildkröte stehen. »Die Schildkröte weiß mehr über den Weg zu berichten als der Hase«, sagte der Vater und drehte ruhig seine Runden ums Haus.

Der Rasentraktor von damals war längst ersetzt worden,

und die Zellen in Pauls Körper hatten sich seither mehrmals erneuert, nur die treuen alten Hirnzellen sandten noch stur Signale von vor langer Zeit, die so klar waren wie Sternenlicht.

Auf dem Weg zum Mittagessen in der Happyteria hielt er bei Hedwiges an. Der Laden war immer noch geschlossen, die Gardinen waren zugezogen. Hedwiges öffnete nicht. Paul legte das Ohr ans Fenster, hörte den Fernseher laufen. Er setzte sich ins Auto und rief ihn an. Zweimal versuchte er es vergeblich.

Wieder klopfte er an die Scheiben. »Hedwiges!«

Er erwartete, ihn jeden Moment in der Tür auftauchen zu sehen, blinzelnd wegen der Helligkeit. Noch einmal rief er an und beschloss schließlich, sich auf demselben Weg Zugang zu verschaffen wie Steggink und der Iwan. Mit einem Backstein schlug er die Bretter weg, die er selbst vor zwei Wochen von innen vors Fenster genagelt hatte. Er stemmte sich hoch, bis er mit dem Oberkörper im Lager hing, zog ein Bein ins Fenster und ließ sich auf der anderen Seite hinab. Eine Vorahnung von Unheil stieg aus der Magengrube auf.

»Hedwiges!«, rief er, um seine Ankunft anzukündigen und nicht mit seiner eigenen Waffe abgeknallt zu werden. Rufend und laut trampelnd betrat er das Wohnhaus. »Hedwiges! Nicht erschrecken! Ich bins, Paul!«

Im Gang hing, stärker denn je, der Geruch nach Verwesung. Da stimmte was nicht, und er machte sich auf das Schlimmste gefasst. »Hedwiges!«, rief er noch mal, und der dicke Gestank legte sich auf seine Zunge. Er musste würgen.

Im Fernsehen lief der Livestream einer Radiosendung auf RTV Oost. Hedwiges saß in seinem Sessel. Paul machte ein paar Schritte ins Zimmer. »Hedwiges!« Ein Blick in sein Gesicht genügte. Grünliche Haut, Fliegen, die ihm aus dem offenen Mund schwirrten. *Santa Rita ora pro nobis.* Vor Grausen schluchzte Paul auf. Mit ihren widerlichen Beinen liefen sie seinem Freund über die Lider, die eingefallenen Augäpfel. Große, träge Fliegen, bläulich glänzend in dem wenigen Licht, das zwischen den Vorhängen hereinfiel – sie bedeckten sein Gesicht, die rosarot marmorierten Hände, die geschwollenen Knöchel über den Pantoffeln. Paul erbrach sich auf den Teppich.

Unter dem Fernsehstuhl sah er einen großen, feuchten Fleck. Blut? Konnte man so viel bluten? Er registrierte die Maden, die über den Boden krochen, auf der Suche nach einer versteckten Stelle zum Verpuppen, und eine Medikamentenschachtel aus Pappe, an den Rändern rosa verfärbt von der Flüssigkeit, die sie aus dem Teppich aufgesogen hatte.

Paul hob die Fernbedienung auf und schaltete den Fernseher aus. Überall summten Fliegen, ein wogendes Klanggewebe. Wieder kotzte er, stolperte dann aus dem Zimmer. Im Gang drehte er das Türschloss auf – flammende Sonne fiel herein.

Keuchend stieg er ins Auto und blieb einen Moment sitzen, dann griff er nach dem Handy.

Er wählte die 112, kehrte dabei ins Haus zurück, mit der freien Hand vor Mund und Nase. »Die Polizei«, antwortete er, als man ihn in der Zentrale fragte, wen er sprechen wolle. Er schob die Stühle vor der Treppe beiseite und ging mit dem Telefon am Ohr nach oben. In gefasstem Ton meldete er den Tod von Hedwiges Johannes Geerdink, dazu die Adresse am Bunderweg, während er im Schlafzimmer nach der Luger suchte. Das ganze Haus stank nach Verwesung. Die Waffe konnte er nirgends finden, nicht neben dem Bett, nicht in den halbleeren

Kleiderschränken und auch nicht auf dem Schreibtisch, wo der Computer stand.

Unverrichteter Dinge ging er die Treppe wieder runter und wartete draußen auf die Polizei.

Eine halbe Stunde später kam aus der Richtung des Dorfes ein Streifenwagen angefahren. Mit angespannter Miene stiegen zwei Polizisten aus. »Guten Tag«, sagte der Jüngere.

Paul nickte.

»Sie haben ihn gefunden?« Der jüngere Polizist sah von einem Zettel in seiner Hand auf. Der Mann war auffallend braungebrannt, hatte helle Augen. »Den Herrn Krüzen?«

»Der bin ich.«

Der Polizist sah erstaunt auf. »Und der Tote ist … ?«

»Geerdink. Hedwiges Geerdink.«

»Und Sie sind?«

»Paul Krüzen.«

»Was Ihr Verhältnis zum Opfer ist, meine ich.«

»Ein Freund.« Pauls Blick schweifte über die Weiden am Hamriksweg. »Wir sind befreundet.«

»Mein herzliches Beileid.«

»Wie sind Sie ins Haus gekommen?«, fragte der andere. »Haben Sie einen Schlüssel?«

»Vor zwei Wochen ist bei ihm eingebrochen worden. Das Fenster war noch nicht repariert.«

Der ältere Polizist musterte ihn eine Weile. »Mein herzliches Beileid«, sagte auch er dann. »Wie haben Sie ihn vorgefunden?«

Paul schniefte und zuckte die Achseln. Tränen brannten ihm in den Augen. »Im Sessel. Überall Fliegen.«

Der Hausarzt fuhr in seinem alten Saab vor. »Guten Tag«, grüßte er in die Runde und machte sich mit den Polizisten bekannt.

»Dr. Lamérus«, sagte Paul, als der Arzt ihm die Hand gab.

Der hielt seine Hand eine Weile fest und sagte: »Wir sprechen uns gleich.«

Er ging mit den Polizisten ins Haus.

Zehn Minuten später kam er als Erster wieder raus, stellte die lederne Arzttasche auf den Boden. Er streckte das Gesicht zur Sonne und nahm ein Päckchen Gauloises aus der Brusttasche seines Tropenhemds. »Auch eine?«, fragte er und hielt Paul das Päckchen hin. Sie bliesen den Rauch in die sonnige Luft. »Man gewöhnt sich nie dran«, sagte Lamérus. »Egal, wie viele man gesehen hat.«

Paul schaute zur Seite. Fahrradfahrer fuhren langsamer, sie wollten sehen, was da los war.

Lamérus sagte: »Sie hätten ihn nicht so sehen sollen. Aber mit der Zeit vergisst man es, das weiß ich aus Erfahrung. Nach einer Weile sehen Sie ihn wieder so, wie er war.«

Sie rauchten. Paul fuhr mit der Zunge in seinem trockenen Mund herum und sagte: »Da war viel Blut.«

»Hmm«, brummte der Arzt in Gedanken.

»Unter dem Sessel. Er muss literweise Blut verloren haben.«

»Das kommt vor. Zum Beispiel, wenn jemand Blutverdünner nimmt, aber das hat er, soviel ich weiß, nicht getan. Ich habe ihn meiner Arzthelferin zufolge vor drei Jahren zuletzt gesehen. Aber egal, dafür braucht es nur eine winzige Verletzung, eine durchgelegene Stelle, eine Wunde. Dann bluten sie manchmal ganz aus.«

»So viel Blut?«

»So viel, ja.«

»Ich dachte … Dass er umgebracht worden ist. Das dachte ich.«

Lamérus nickte, mit schief gelegtem Kopf. »Ich habe den Tod festgestellt und die vermutliche Todesursache. Der Rest bleibt denen überlassen.« Er nickte in Richtung Haus.

»Was ist denn die Todesursache, Ihrer Meinung nach?«

Da sah Lamérus ihm ins Gesicht, als nähme er ihn jetzt erst wahr. »Soweit ich das sehe … Sein Herz. Ich müsste mich sehr täuschen.«

Paul ließ nicht locker. »Aber was ist mit dem Blut? Er ist vor ein paar Wochen überfallen worden. Mit brutaler Gewalt. Er hatte furchtbare Angst, dass die Angreifer wiederkommen. Und jetzt ist er tot.«

»So ein Herz ist empfindlich, es kann achtzig Jahre lang in einer Tour arbeiten, ohne einen einzigen Schlag auszusetzen, es kann aber auch nach vierzig oder fünfzig Jahren unvermittelt stehen bleiben. Vielleicht lag es wirklich am Überfall, eine Nachwirkung des Schocks, wer weiß? Ich für meinen Teil habe jedenfalls keine äußeren Anzeichen eines gewaltsamen Todes festgestellt.«

Paul tippte die Asche von seiner Zigarette. Er rechnete schon lange damit, dass Hedwiges irgendwann den Löffel abgab. Das kam öfter vor bei Männern in ihrem Alter, die auf ihr Leben zurückblickten und nicht mehr den Mumm hatten, noch was daraus zu machen, öfter als in anderen Altersgruppen. Aber dass Hedwiges' Herz mitten in einer Sendung von RTV Oost versagen könnte, darauf wäre er nie gekommen.

»Und Selbstmord?«, fragte er, weil ihm das Bild des Erhängten auf dem Dachboden durch den Kopf schoss.

Lamérus trat seine Zigarette aus und nahm die Tasche vom Boden. »Darauf gibt es keinen Hinweis, auch nicht auf Tabletten oder so. Sowas sieht ganz anders aus. Erbrochenes. Eine verkrampfte Haltung. Nein, darauf weist nichts hin. Ein plötzlicher Tod«, fuhr er in bedauerndem Ton fort, »ist natürlich sehr unbefriedigend. Da war keine Zeit für einen Abschied, für letzte Worte. Aber ich … Auf mich macht das alles einen ganz natürlichen Eindruck. Ihr Freund ist friedlich gestorben.«

Beim Auto drehte Lamérus sich um. »Falls etwas ist, falls Sie darüber reden möchten oder nicht gut schlafen, ich bin für Sie da.«

»Vielen Dank.«

Nicht so schlecht wie erwartet, dachte Paul, als Lamérus wendete und Richtung Mariënveen verschwand. Offen und mitfühlend, ganz anders als die graue Seele, als die er in seinem Sprechzimmer wirkte.

Die Polizisten kamen nach draußen. Einer ging neben dem Haus Atem schöpfen. Auf dem Sandweg wirbelte Staub um seine Schuhe. Der andere notierte sich Pauls Personalien, auch die von Hedwiges.

»Hatte Herr Geerdink eine Frau? Kinder?«, fragte er.

Paul schüttelte den Kopf.

»Eltern oder Geschwister?«

»Er war ein Einzelkind. Er hatte keinen Umgang mit anderen Menschen. Nur mit mir.«

»Irgendwelche Verwandte?«

»Kann sein. Nicht, dass ich wüsste.«

»Das finden wir schon raus«, sagte der Polizist. Er schwieg kurz, konnte seine Neugier dann aber nicht länger beherrschen.

»Der Herr Geerdink …«, sagte er, »war er … Warum war er allein, glauben Sie?«

Unwillig zuckte Paul mit den Schultern. »Weil es eben so war.«

Die Frage würde man sich bei ihm eines Tages auch stellen, und auch dann bliebe die Antwort aus.

»Wie lange hat er da gelegen?«, fragte Paul.

Der Polizist verzog den Mund. »Nicht länger als drei Tage, der Meinung war auch der Arzt. Aber es war warm, dann kann sowas schnell gehen.«

»Anfang der Woche war ich noch bei ihm«, sagte Paul. »Er war sehr bedrückt. Vor ein paar Wochen hat man ihn ausgeraubt und ihm den Schädel eingeschlagen. Und jetzt ist er tot.«

Der Polizist nickte. »Wir haben von dem Überfall erfahren.«

»Gibt es da einen Zusammenhang, glauben Sie?«

Der Polizist schüttelte den Kopf. »Unwahrscheinlich.«

Niemand, begriff Paul, weder der Arzt noch die Polizei, schien die Möglichkeit eines Mords oder Selbstmords auch nur in Betracht zu ziehen. Der Tod hatte Hedwiges auf leisen Sohlen überfallen, das Letzte, was er gehört hatte, waren ein paar Nichtigkeiten im Regionalsender gewesen.

Gegen drei kam ein opalgrauer Leichenwagen von Kloosterzand her angefahren. Ein Mann und eine Frau, beide in grauer Berufskleidung, stiegen aus, sahen die Anwesenden kurz an und drückten dann Paul ihr Beileid zum Verlust seines »Nächsten« aus. Ihr Mitgefühl war professionell und überzeugend. Sie öffneten die Hecktür des Mercedes und klappten das Fahrgestell einer Bahre aus, auf der ein Leichensack aus Kunststoff lag. Sie zogen Handschuhe und Mundschutz über und nickten den Polizisten ernst zu. Die begleiteten sie ins Haus. Paul suchte im Auto Schutz vor der Sonne, ließ die Beine draußen. Wieder war seine Welt kleiner geworden. Ein Prozess, der sich schubweise vollzog und von bleierner Unumkehrbarkeit war; die Verluste waren endgültig.

In einer kleinen Prozession kam die Gesellschaft kurze Zeit später wieder aus dem Haus, zwischen ihnen die Bahre, darauf war der Leichensack mit Spanngurten befestigt. Eine Gruppe Fahrradfahrer beobachtete, wie sie geschmeidig über den Boden des Wagens ins Innere geschoben wurde. Mit einem diskreten Klicken schloss sich die elektrische Heckklappe von selbst.

Brummend verschwand das Auto wenig später in der Kurve, das Grüppchen Fahrradfahrer löste sich auf und verteilte sich auf den Verolme- und den Bunderweg.

»Ich wünsche Ihnen viel Kraft«, sagte der Polizist mit den hellen Augen.

»Ich habe Herrn Geerdinks Schlüssel auf den Tisch gelegt«, sagte der andere. »Schließen Sie ab?«

Paul nickte. Eine Welle der Verlassenheit spülte über ihn hinweg.

»Soll ich sie holen?«

»Wird schon gehen«, murmelte er und wandte sich ab, um nicht in Tränen auszubrechen.

»Ich hole sie rasch«, sagte der Polizist.

Kurz darauf stiegen die beiden in ihren Wagen. »Wir hören uns sicher noch«, sagte der Ältere. »Da hängt eine Menge mit dran, bei sowas. Falls etwas sein sollte, mein Name ist Te Pas, Arnold Te Pas.«

»Vielen Dank«, sagte Paul. »Auch für …« Er wedelte in Richtung Haus.

»Keine Ursache.«

Knallende Autotüren, eine aus dem Fenster gestreckte Hand, gefolgt von einer so tiefen und endgültigen Stille, dass er ins Wanken geriet. Unter dem wolkenlosen Himmel, in der vollen Sonne strömten ihm Tränen übers Gesicht.

30

Am Montag stand eine Todesanzeige für Hedwiges Johannes Geerdink in der *Tubantia,* sie schloss mit den Worten:

> *Angehörige des Verstorbenen wenden sich bitte an militariaweb@hotmail.com*

Noch am selben Tag meldeten sich zwei Brüder, Hedwiges' Großneffen mütterlicherseits. Sie hätten gewusst, dass es ihn gab, sagte einer der beiden am Telefon, ihren Großonkel aber nicht gekannt.

Eine Großnichte väterlicherseits meldete sich einen Tag später; Paul wählte die Nummer, die unter der Mail stand. Eine Stimme, heiser vom Alter, erzählte, Hedwiges' Vater sei ein Cousin ihres Vaters gewesen, sie erinnere sich, dass ihre Mutter Hedwiges immer *een Vuegel* genannt habe. Sie war früh mit ihrem Mann in die Ferne gezogen, und erst nachdem er seine Tätigkeit für Shell beendet hatte, kehrten sie in die Niederlande zurück. Sie habe nie mehr an Hedwiges gedacht, bis eine Nachbarin gefragt habe, ob sie vielleicht mit »diesem Geerdink da in der Zeitung« verwandt sei.

Am Mittwochmorgen empfing Paul die Erben bei sich zu Hause. Die Großnichte wurde von einer iranischen Geflüchteten mit Rehaugen begleitet. Die schwarzhaarige Frau, ihre ehemalige Haushälterin, war inzwischen zu ihrer Freundin geworden und fuhr sie seit dem Tod ihres Mannes gelegentlich mit dem Auto herum. Die nussfarbene Haut der Iranerin hob sich von der weißen Baumwolle ihres Kleides ab.

Die beiden Großneffen waren in den Sechzigern, hatten in Deutschland Karriere gemacht. Sie waren korpulent und laut, was sich mit Pauls Bild von deutschen Geschäftsmännern deckte. Einer trug eine Brille mit selbsttönenden Gläsern.

In keinem von ihnen erkannte Paul eine Spur von Hedwiges.

Er schilderte die Situation. Er hatte mit dem Notar telefoniert, es verhielt sich folgendermaßen: Falls sie, Hedwiges' Großneffen und Großnichte, tatsächlich seine Erben waren, könne der Notar ihnen auf Anfrage einen Erbschein ausstellen. Paul erklärte sich bereit, als Bevollmächtigter die Belange ihres Großonkels abzuwickeln. Er sei Hedwiges' einziger Freund gewesen, es sei seine Pflicht, das zu tun, aber selbstverständlich nur mit ihrer Zustimmung. Falls sie die Auflösung des Ladens und alles andere dagegen lieber selbst in die Hand nähmen, biete er an, ihnen mit Rat und Tat zur Seite zu stehen. An Hedwiges' Stammkunden habe er schon Todesanzeigen verschickt. Nächsten Montag sei die Beerdigung, vermutlich würden nicht sehr viele Leute kommen.

Er schenkte Kaffee ein, auf dem Tisch standen Zucker, Schlagsahne und Süßstoff. Die Bastogne-Kekse auf der Untertasse rührte keiner an.

»Gibt es denn überhaupt was zu verteilen?«, fragte einer der Großneffen.

»Aha, der springende Punkt«, sagte Paul. Die Großnichte sah die Brüder an wie ein wütendes Vögelchen.

»Meines Wissens hatte Hedwiges keine Schulden. Das Haus ist in schlechtem Zustand, aber das Grundstück dürfte etwas wert sein. Ob es ein Testament gibt, weiß ich nicht, jedenfalls habe ich nie davon gehört.« Er sah sie alle an. Die Augen der Iranerin waren wirklich spektakular. »So leid es mir für Sie tut«, fuhr er fort, »aber ich muss Ihnen noch sagen, dass Hedwiges vor einigen Wochen zum Opfer eines brutalen Raubüberfalls wurde.«

Die Brüder stellten gleichzeitig ihre Tassen ab. »Was ist gestohlen worden?«, fragte einer der beiden.

»Ihm zufolge achtzigtausend Euro in bar. Man hat ihm die Prothese im Mund zerbrochen und ihn dann leblos liegen gelassen.«

Mit ernster Miene lauschten sie Pauls Bericht über den Überfall und den jämmerlichen Zustand, in dem Hedwiges in den letzten Wochen seines Lebens gewesen war.

Die alte Frau schüttelte den Kopf. »Schrecklich. Was für eine traurige Geschichte.«

Paul wollte noch von jenem Juniabend im Shu Dynasty erzählen und davon, wie die brutale Habgier Stegginks und seines Russen aus Hedwiges' Aufschneiderei hervorgegangen sei, doch einer der Brüder klapperte mit dem Schlüssel seines Audi A8 und fragte: »Sollen wir uns mal dort umsehen?«

Sie können es nicht erwarten, dachte Paul. Er stieg bei den Frauen ein und zeigte ihnen den Weg zu Hedwiges' Haus.

Vor der Tür holten die Brüder Taschentücher heraus und hielten sie vor die Nase. Die alte Frau schniefte und weinte ein bisschen, als sie die Wohnküche betrat. Paul öffnete die Vorhänge und ließ Licht herein, fassungslos starrten sie auf das Blut im Teppich, den durchgesessenen Fernsehstuhl, die allgemeine Misere, die von der Küche ausstrahlte. »Gott im Himmel«, sagte einer der Brüder auf Deutsch. Fliegen schwirrten träge durchs Zimmer. Wenn sie sich einem auf die Hand oder aufs Gesicht setzten, wurde man sie nur schwer wieder los. Sie *klebten* ein bisschen. Allen war bewusst, dass sie sich an Hedwiges gelabt hatten. Paul wurde erneut etwas übel. Die alte Frau hielt kurz neben den Porträts auf der Kommode inne, setzte dann aber rasch ihren Weg zur Tür fort.

»Eine Reinigungsfirma könnte hier wieder ein bisschen Ordnung reinbringen«, sagte Paul, als sie wieder draußen standen. »Das bleibt Ihnen überlassen.«

Einer der Brüder spähte durch die Gardinen in den Laden und fragte: »Gibt es hierfür einen Schlüssel?«

»Man kommt vom Wohnhaus rein, aber ich habe auch einen Schlüssel.«

Hell klingelte die Ladenglocke, als Paul die Tür öffnete.

Forschend sahen sich die Brüder um, erstaunt, dass das Schicksal sie zu Eigentümern eines unendlichen Vorrats an Säften, Zuckersirup, Keksen, eingelegtem Gemüse und Tabak gemacht hatte, alles in unordentlichen Stapeln aufgetürmt. Hedwiges hatte aus allem immer Türme gebaut.

Beim Anblick des Kaufmannsladens zog ein schmerzliches Verlustgefühl durch Pauls Brust; so anachronistisch er auch war, der Laden hatte Hedwiges' Lebensgrundlage gebildet. Dieses Monument der Stagnation war sein kleines Fenster zur Welt gewesen.

Die alte Frau murmelte: »Dass es sowas noch gibt …« Sie las die zierliche Kaufmannsschrift ihres Großneffen. Kekse von 't Molenaartje, jetzt nur € 1,89. Drei Sprühdosen Schlagsahne für den Preis von zwei. Unox-Streichwurst in der Dose, siebzig Cent.

Paul schob die Waschpulverpackungen beiseite und setzte

sich ins Fenster. Hier hatte Hedwiges' Mutter oft mit verschränkten Armen unter der Markise gestanden und geschaut, ob ihr Mann bald mit dem Pferdewagen zurückkam. Im Vorbeiradeln erschrak man vor ihrem Blick, der einen brennend traf. Auch seine Großmutter hatte schon so dagestanden; den Pferdewagen hatte Hedwiges später an einen Sammler verkauft.

Die Großnichte nahm ein Glas vom Regal und betrachtete eine Weile die blassen Knackwürste darin. Sie war wohl ein paar Jahre älter als Pauls Mutter. Die würde am Tag von Hedwiges' Beerdigung fünfundsiebzig werden. In seiner Vorstellung war sie noch so alt wie an dem Tag, als sie mit dem Russen davonlief. Mittlerweile war er selbst einiges älter als sie damals. Falls er sie so, wie sie damals war, auf dem Bunderweg vorbeiradeln sähe, wäre sie in seinen Augen eine junge Frau, etwa wie die Iranerin da draußen in ihrem weißen Kleid und mit der großen Sonnenbrille, ein Filmstar auf dem falschen Set. Er wandte den Blick von ihr ab. Die alte Frau war wirklich fasziniert von den Knackwürsten im Glas.

»Klarer Fall, scheint mir«, sagte einer der Brüder. »Erst die Gebäudereinigung und dann der Trödler. Der Rest kommt in den Container.«

Der andere Bruder nickte. Die Alte stellte das Glas mit den Knackwürsten zurück aufs Regal.

»Ganz wie Sie wollen«, sagte Paul.

»Gibt es etwas«, fragte sie, »was Sie noch von ihm haben möchten? Als Andenken?«

Paul schüttelte den Kopf. »Oder doch«, sagte er dann. »Seinen Fotoapparat. Eine Rollei. Im Urlaub war er der Letzte, der noch mit Filmen fotografiert hat.« Und kurze Zeit später:

»Und wenn es sonst keinen Interessenten gibt, hätte ich auch gerne die Marienfigur von seiner Mutter.«

Er wurde zu Hause abgesetzt. Die Erben waren sich einig, dass Paul noch vor dem Ausstellen des Erbscheins anfangen sollte, das Haus zu räumen und das Inventar zu verkaufen.

Später als sonst aß er sein Mittagsbrot und brach dann zum Krankenhaus auf. Er hatte die Pantoffeln bei sich, die erst auf dem Postweg verloren gegangen waren und dann, nachdem er ihnen ein paarmal hinterhertelefoniert hatte, bei einer Adresse in Mariënheem abgegeben wurden, einem Dorf dreißig Minuten weiter. Erst vorgestern hatte er sie schließlich bekommen.

Seit er Hedwiges gefunden hatte, war er nicht mehr im Krankenhaus gewesen. Er hatte seinem Vater Anfang der Woche telefonisch vom Tod seines Freundes erzählt.

»Das ist doch …«, hatte sein Vater gesagt, kurz geschwiegen und dann gefragt, wie Hedwiges gestorben sei. »Schrecklich«, sagte er dann, gefolgt von: »Aber vielleicht besser so als nach langer Krankheit.«

»Er ist nicht mal fünfzig geworden …«, entgegnete Paul bestürzt.

Das sah sein Vater ein. »Andererseits hatte der Kerl nichts, Paul, niemand. Dann doch lieber so, vielleicht.«

Schweigend hatte er ihm zugehört. Wenn man litt, war es besser zu sterben, diese Botschaft sandte sein Vater aus seinem Krankenhausbett in die Welt. Er würde nie aufhören, sich über den Mangel an emotionaler Beteiligung seines Vaters zu wundern, hatte er gedacht.

Er ging in den vierten Stock und erkundigte sich am Stationstresen nach seinem Vater.

»Seinem Bein gehts nicht so gut«, sagte ein Pfleger in Schwedenclogs, »aber ihm gehts blendend. Ihr Vater war schon bei der Aufnahme bestens akklimatisiert.« Die Wunde sei ein einziger Herd von Streptokokken und Staphylokokken; Antibiotika allein hätten nicht genügt, deshalb habe man einen Teil des Gewebes entfernt. All das, sagte der Pfleger, habe der guten Laune seines Vaters aber keinen Abbruch getan.

Vielleicht, dachte Paul auf dem Weg zu Zimmer 404, war sein Vater ja froh, endlich mal jemand anderes zu sehen als immer nur seinen alten Sohn. Außerdem gab es oft Kartoffeln, er bekam so viel Bratensaft, wie es sich für einen Nassesser gehörte, und keiner saß ihm gegenüber und wartete ungeduldig, bis er endlich fertig war. Den Menschen ging es im Krankenhaus oft besser als zu Hause. Sie bekamen Aufmerksamkeit, und der geregelte Tagesablauf hatte eine beruhigende Wirkung; die Mahlzeiten wurden zu festen Zeiten gebracht, und neben dem Bett hing ein Knopf für Notfälle.

»Deine neuen Pantoffeln«, sagte Paul.

»Stell sie ruhig unters Bett, ich brauche sie sowieso gerade nicht.«

Paul warf das alte Paar in den Abfalleimer.

»Wie gehts zu Hause?«

»Ich muss jede Woche mähen, das Gras wächst wie verrückt. Die Äpfel sind reif. Jedenfalls fast. Haufenweise Stare.«

»Drecksbiester«, murmelte der Vater. Er fragte nicht nach Hedwiges, anscheinend war das Thema für ihn nach dem Telefonat vor ein paar Tagen erledigt. Ist es nicht lächerlich und verachtenswert, dachte Paul, dass man als fünfzigjähriger Mann genauso leicht gekränkt ist wie als kleiner Junge?

»Am Montag ist die Beerdigung«, sagte er nach einer langen Stille. »In nächster Zeit habe ich viel zu tun. Ich versuche, zwischendurch vorbeizukommen, aber ich weiß nicht, ob ichs schaffe.«

»Schau einfach«, sagte sein Vater, während er zerstreut in dem Stapel Zeitungen blätterte, die Paul ihm mitgebracht hatte. »Ich komme zurecht.«

Nicht umsonst, dachte Paul auf dem Rückweg, stand in der Genesis, dass der Mann Vater und Mutter verlassen und sich an seine Frau binden solle, um *ein* Fleisch zu werden; die Verbindung von Eltern und Kind hatte eine begrenzte Haltbarkeit. Mit einem Kind, das nie das elterliche Haus verließ, stimmte was nicht. Nie konnten die Eltern die Augen vor ihrer Niederlage verschließen. Abneigung, manchmal sogar Hass setzte sich zwischen ihnen fest.

Im Handschuhfach lag die Walther P38. Ohne sie ging er überhaupt nirgends mehr hin. Er hatte einen leichten Schlaf und schreckte bei der geringsten Kleinigkeit hoch.

Noch fünf Tage bis zur Beerdigung. Es sah ganz danach aus, als hätten sie Hedwiges' Haus schon geräumt, bevor er überhaupt unter der Erde lag. Dann wäre es so, als hätte es Hedwiges Geerdink überhaupt nie gegeben.

Am Donnerstag fiel Paul die Schachtel auf dem Boden unter dem Fernsehstuhl ein. Eine Medikamentenschachtel. Aus weißer Pappe. Dabei nahm Hedwiges gar keine Medikamente, hatte der Hausarzt gesagt. Trotzdem hatte die Schachtel da gelegen, beim Aufheben der Fernbedienung hatte er sie deutlich gesehen.

Doch als er das Haus mit den Erben besucht hatte, war sie

nicht mehr da. Wer hätte Interesse an einer mit Blut und Leichengift vollgesogenen Medikamentenschachtel haben können? Darüber zerbrach er sich den restlichen Vormittag den Kopf.

In der Mittagszeit bekam er Hauptwachtmeister Arnold Te Pas an die Strippe, der sich nicht an die Schachtel erinnern konnte. Sie hätten sie auch sicher weder weggeworfen noch mitgenommen. Wenn eine da gewesen war, musste sie noch immer da sein.

Dann fragte Te Pas, »Und wie geht es Ihnen?«, und Paul kamen die Tränen. Nach kurzem Schweigen sagte er: »Mehrmals am Tag denke ich: Ich darf nicht vergessen, Hedwiges dieses oder jenes zu erzählen … Ich habe mich immer gefragt, ob, na ja, ob wir eigentlich wirklich Freunde sind oder nur Schicksalsgenossen. Aber wie es jetzt aussieht … zweifle ich nicht mehr daran. Kein bisschen. Was für eine lächerliche Frage, oder? Vierzig Jahre lang hatten wir regelmäßig Kontakt. Vierzig Jahre. Dann ist man befreundet.«

Unwillkürlich war er aus dem Haus gegangen, er sprach jetzt draußen auf der Wiese.

»Dann ist man doch befreundet, oder?«

»Ich denke schon, ja, nach vierzig Jahren«, sagte Te Pas. Er wollte ihm offenbar die Gelegenheit geben, sein Herz zu erleichtern.

»Dabei habe ich ihm seit Jahren nicht mehr zugehört, wissen Sie? Der Tod, nichts anderes als der Tod. Der Tod von diesem und jenem, und die Schwester von dem, und der Bruder von der … Gräber von hier bis zum Horizont, er hatte gar nichts anderes mehr im Kopf.« Er holte tief Luft, sah einem vorüberfliegenden Vogelschwarm hinterher. Große Biester.

Waren das vielleicht Kraniche? Er hatte gelesen, dass es auf der Heide zwischen Mariënveen und Kloosterzand Kraniche gab.

»Und jetzt fehlt mir seine Quengelei«, fuhr er fort. »Das hätte ich nicht gedacht, dass die mir jemals fehlen würde.«

Nachmittags kroch er auf allen vieren bei Hedwiges auf dem Boden herum, ohne die Medikamentenschachtel zu finden. Er ging ein paarmal raus, um tief durchzuatmen. Im Laufe des Nachmittags kamen die Mitarbeiter der Gebäudereinigungsfirma, die sich wunderten, dass er ungeschützt ein und aus ging. Sie trugen weiße Kunststoffoveralls und Handschuhe.

»Leichen können mit hochpathogenen Bakterien kontaminiert sein, wissen Sie?«, belehrte ihn der Chef dumpf hinter seinem Mundschutz, »sie stellen eine Bedrohung für die Lebenden dar.«

Paul nickte nachsichtig und sagte: »Machen Sie sich keine Sorgen. Ich habe ihn gekannt. Er war ungefährlich.«

Der Fernsehstuhl wurde in Folie gewickelt und zum Kleinlaster gebracht. Esstisch, Stühle und Kommode stellten sie ins Wohnzimmer und schnitten dann das blutige Stück Teppich aus. Sie rollten es auf, verpackten es in Folie und trugen es raus. Auf dem Beton blieb ein bizarrer großer Fleck zurück. Die Stelle, sagte einer der Männer, müsste man raushacken oder mit Coating zuschmieren. Leichengift bekomme man aus Beton nicht raus.

Paul irrte durch das Haus. Er war besorgt, weil er seine Luger nicht fand. Irgendwo lag eine geladene Waffe rum.

Im Schlafzimmer stöpselte er den alten Hewlett-Packard aus und wuchtete ihn hinten in sein Auto. Hedwiges' Buchhaltung legte er auf den Beifahrersitz, und während der Reinigungstrupp das ganze Haus mit irgendwelchem geruchsneutralisierenden Zeug einsprühte, suchte er bei den Papieren vergeblich nach einem Testament. Auf dem letzten der Kontoauszüge von der Rabobank, die Hedwiges anscheinend noch per Post bekam, stand ein Saldo von € 6 089,45. Er fand keine Kontonummern, aus denen zu schließen war, dass Hedwiges Privates und Geschäftliches trennte. Ein Sparkonto gab es nicht, ob er in die Rentenkasse eingezahlt hatte, konnte Paul nicht erkennen.

Er starrte durch die Windschutzscheibe. Hedwiges war kein Millionär gewesen, natürlich nicht. Er hatte mordsmäßig geblufft, an jenem Abend bei Shu. Achtzigtausend Euro in einem alten Strumpf, das war sein gesamtes Vermögen. Bis die Ratte zum Schnüffeln kam.

31

In der Wärme am frühen Abend hackte Paul Holz, das Halfter und seine Trainingsjacke hatte er an einen Ast gehängt. Er fühlte sich schwach. Erstaunlich, dachte er, wie schnell man sich daran gewöhnt, auf Gewalt gefasst zu sein. Er lebte wie ein Hase, die Nase in die Luft gereckt; überall waren Schatten und Bedrohung.

Im Wehrdienst war er mit dunklen Streifen im Gesicht durch einen kalten, dunklen Wald in Niedersachsen gekrochen. In seiner Vitrine im Büro hatte er noch eine Pappkarte, darauf ein Nummernschild mit Hammer und Sichel, zusammen mit dem Hinweis:

> Ein Fahrzeug mit einem solchen Nummernschild ist ein SOXMIS-Fahrzeug.
> Falls Sie es sehen, melden Sie es unverzüglich IHREM KOMMANDANTEN, befolgen Sie die Anweisungen auf der Rückseite des Formulars.
>
> a. Ort und Zeit der Sichtung
> b. Farbe und Merkmale des Fahrzeugs
> c. Kennzeichen
> d. Anzahl der Insassen und Kleidung (Zivil/Uniform)
> e. Fährt das Fahrzeug (in welche Richtung?) oder parkt es?

f. Was tun die Insassen? (Notizen machen, fotografieren o.Ä.)

NAME, RANG, EINHEIT

WICHTIG

Verspätete Meldungen mindern den Wert Ihrer Beobachtungen.

Sie hatten sich darüber lustig gemacht, wie über fast alles in Seedorf. Nur so hielt man die stumpfsinnigen, repetitiven Abläufe im Wehrdienst aus. Unterschwellig war da die bange Erwartung gewesen, dass es jeden Moment schiefgehen konnte; sie waren umringt von Atomwaffen mit einer Gesamt-Explosivkraft von vielen Tausend Megatonnen, in Instruktionsfilmen hatten sie gesehen, was im Feuerball einer Atomexplosion vom menschlichen Körper übrig blieb – ein schwarzer, versengter Stumpf an der Peripherie der Explosion, im Zentrum nichts als Asche.

Und Krebs für die Überlebenden. Krebs und Missbildungen.

Und der Feind war der Russe, damals und heute und für alle Zeiten. Es gab nichts Neues unter der Sonne.

Paul schlug die Axt in den Hackklotz und verließ den Wald.

Er briet Kartoffeln und taute Spinatwürfel in einem Kochtopf auf. Dazu aß er ein Hacksteak mit Bratensaft vom Vortag.

Wenn er mal wieder einen Menschen sehen wollte, müsste er in Zukunft auf die Kneipe *De Mooie Vrouw* in Kloosterzand oder auf das *Slomp* in Deurlo ausweichen, wo er so gut wie keinen kannte. Blau wie der Mantel der Heiligen Jungfrau war der Abendhimmel hinter den Scheiben, er mied sein Spiegelbild.

Nach dem Essen ging er in sein Büro, stellte Hedwiges' Computer auf den Schreibtisch und stöpselte ihn ein. Während hinter ihm der Kaffee durchlief, drückte er auf Start. Der Ventilator im Gehäuse fing an zu brummen, der Bildschirm leuchtete auf. Um die Buchstaben und Satzzeichen herum war die Tastatur bräunlich, Hedwiges hatte sie definitiv nie mehr sauber gemacht, seit er ihm seinen alten Computer geschenkt hatte. Das Passwort hatte Paul noch selbst eingerichtet.

Hedwiges hatte kürzlich eine Webseite für Schuhe besucht, die von RTV Oost, ein paar Nachrichtensites und einige Webseiten von Großhändlern. Sein digitales Leben war nicht besonders aufsehenerregend gewesen, es fanden sich keine Spuren sexuellen Interesses, weder allgemeiner Natur noch einer besonderen Vorliebe.

Weil Paul ihm dem Umgang mit Windows selbst beigebracht hatte – ein zäher, zeitraubender Prozess –, hielt er ihn nicht für fähig, seine Spuren im Netz zu löschen. Hedwiges war einfach nicht auf die Idee gekommen, Sexsites zu besuchen.

Paul durchkämmte die Worddateien, bis er auf ein Dokument mit dem Namen ICH BIN GEBOREN IN MARIËNVEEN stieß. Er öffnete es. Der Dokumentenname stimmte mit dem ersten Satz überein.

Ich bin geboren in Mariënveen.
Familie Geerdink. Papa, Mama und ich.
Zu Hause fühlte ich mich geborgen. Draußen war ich schüchtern und unsicher.
Die Einzelhandelsschule war weit weg. Jeden Samstag wieder im Laden; zum Glück.
Ich bin nie von zu Hause fort, von der Familie, der Kirche.

Nach Papas und Mamas Tod habe ich mich immer weiter von der normalen Welt entfernt.
Ich bin älter geworden und habe Fehler gemacht. Der Laden hat überlebt. Ein Wunder.
Ich verlor den Rückhalt und wurde immer einsamer.
Ich habe nicht für die Zukunft vorgesorgt, deshalb dieses abrupte Ende.
Meines Wissens habe ich nie jemandem unrecht getan.

Paul wollte weiterlesen, schaffte es jedoch nicht. Er wischte sich die Tränen ab. Es folgte eine Liste der Namen und Telefonnummern von Menschen, die von Hedwiges' Tod unterrichtet werden sollten. Am Ende des Dokuments sah Paul seinen eigenen Namen.

Paul Krüzen und Ming Shu von Shu Dynasty sind meine Erben, falls etwas übrig bleibt.
Paul kann Haus und Ladeninventar verkaufen. Auf der Rabobank ist Geld. Paul weiß alles über meinen Computer etc.
Außerdem wichtig:
Henny Kreuwel, bei ihm lief eine Finanzierung, möglicherweise habe ich noch Schulden (max. 1000 Euro).
Im Dorf waren wichtig: Baptist Weening, Ming von Shu Dynasty und Paul Krüzen. Mientje Fox, die Freundin meiner Mutter, schneidet mir die Haare und trinkt sonntags bei mir Kaffee.

Hedwiges Geerdink, 6. Juli 2013

Paul schloss die Augen, der Brief war vier Jahre alt.

Was hatte Hedwiges damals davon abgehalten, den Worten auch die Tat folgen zu lassen?

Paul durchforstete sein Gedächtnis, konnte sich jedoch nicht mehr an den Sommer 2013 erinnern. Nur an das extrem nasse Frühjahr; ein Teil der Mais- und der Kartoffelpflanzen war eingegangen. Die Bauern hatten auf den Äckern Gräben ausgehoben, um das Wasser abfließen zu lassen. Im Dezember hatten Hedwiges und er zum dritten Mal Urlaub auf den Philippinen gemacht, doch über jenen Sommer wusste er nichts mehr.

Die Frau, die Hedwiges die Haare geschnitten hatte, Mientje Fox, war letztes Jahr nach kurzer Krankheit an Lungenkrebs gestorben, obwohl sie in ihrem ganzen Leben keine Zigarette angerührt hatte. Ihr Tod, das wusste er noch, hatte Hedwiges sehr mitgenommen.

War das juristisch haltbar, Ming und er als Erben? Ein vier Jahre alter, computergeschriebener Brief?

Er las ihn erneut, wieder kamen ihm Tränen bei den Worten: »Meines Wissens habe ich nie jemandem unrecht getan.«

»Natürlich hast du nie jemandem unrecht getan, Scherzkeks«, sagte Paul sanft, »überhaupt nie.«

Seine Vorahnung hatte ihn nicht getäuscht, er hätte ihn wirklich am Treppenpfosten hängend antreffen können. Es war anders gekommen. Wieder dachte er an die Medikamentenschachtel, die ganz sicher auf dem Teppich gelegen hatte, ein bizarres, feuchtes, rosafarbenes Muster am Rand, aber wieder kamen seine stochernden Gedanken auf keine Lösung.

Elf Uhr, jetzt war es draußen völlig dunkel. Er sah auf den Monitor der Überwachungskameras. Bäume, das Gras; die Welt ohne ihn. Die Zweige bewegten sich im Wind.

Am nächsten Vormittag war er mit einem Aufkäufer verabredet, der im Internet mit »Totalauflösungen« warb. Der Mann parkte seinen Mercedes CLS vor dem Laden, er gab sich wirklich keine Mühe zu verbergen, dass die Geschäfte für ihn ausgezeichnet liefen. »Was für ein Tag«, sagte er, nachdem er seinen massigen Körper an der offenen Wagentür hochgehievt hatte. Er wischte sich mit dem Taschentuch übers Gesicht. »Schön haben Sie es hier.«

»Ich wohne ein Stück weiter.«

Zur Totalauflösung, beantwortete der Mann Pauls Frage, gehöre, dass er den Wert des Hausrates schätze und das Haus komplett räume, »danach wird der Ertrag für den Hausrat direkt mit den Gesamtkosten für die Wohnungsauflösung verrechnet«.

Er nahm ein riesiges iPad vom Beifahrersitz und folgte Paul ins Haus. Der Gestank war immer noch unerträglich, obwohl das Haus gereinigt war und seit dem Vortag ein Ozongenerator in der Küche stand.

»Stopp mal«, sagte der Mann, als Paul ihn ins Wohnzimmer führen wollte. »Damit kann ich gar nichts anfangen. Dieser Geruch … Den kriegst du nie im Leben mehr raus. Das Zeug kann ich nicht mal mehr im Secondhandladen losschlagen.«

Paul nickte. Er führte ihn durch den Gang in den Laden, öffnete die Jalousie, um Licht reinzulassen.

»Ach du lieber Himmel«, sagte der Mann. »Sachen gibts …«

Er nahm Gläser und Dosen von den Regalen und sah sich die Etiketten an. Dann machte er mit dem iPad Fotos, während er erklärte, dass er selbst nicht mit Ladeninventar handele, aber er könne einen Kollegen einschalten. »Ich schicke ihm mal ein paar Fotos. Aber das meiste von dem Zeug ist abgelaufen, sage ich gleich dazu.«

Wieder draußen unterbreitete er Paul sein Angebot. »Ich kann das Haus leer räumen, kein Ding, aber das kostet Sie zweitausend Euro. Fürs Leerräumen und Abtransportieren. Mehr ist nicht drin.«

Paul sah ihn an. Ihm fehlte die Energie, etwas dagegen einzuwenden. Wenn er ehrlich war, hätte er selbst nicht mal gewusst, was noch einen Wert hatte. Das Haus war baufällig, der Hausrat verschlissen; Hedwiges hatte es hinter sich gelassen wie eine abgelegte Haut, und für einen Augenblick sah Paul ihn vor sich, seinen weißen Körper, wie er sich nackt und feucht aus seiner alten Haut schälte und zum Licht aufstieg.

»Tja«, sagte der Mann. »Das kann ich also für Sie tun. Wenn Sie aber sagen ...«

»Schon gut.«

Nachdem der Aufkäufer wieder weg war, durchforstete er das Haus erneut nach der Luger. Mit seiner Handy-Taschenlampe leuchtete er im niedrigen Keller sogar hinter die Einweckgläser mit dem von Mutter Geerdink eingelegten Gemüse, deren Etiketten längst von Silberfischchen gefressen waren. Voller Spinnweben kam er wieder herauf. Er räumte die Küchenschränke aus und schaute unter den Einlegeböden und Schubladen nach, ob Hedwiges sie vielleicht mit Gewebeband dort hingeklebt hatte. Seine Besorgnis nahm zu – wenn Steggink und der Iwan zurückgekommen waren, hatten sie jetzt also garantiert eine Waffe. Ach, heiliger Antonius, mach, dass ich meine Luger finde ...

Was für eine sagenhafte Gelegenheit bot er Steggink da! Falls sie ihn jetzt rankriegten, konnten sie locker so tun, als wäre es ein Selbstmord, mit seiner eigenen Waffe … Natürlich wussten sie, dass Hedwiges die Luger von ihm hatte, woher sonst? Rasend schnell zog er die P38 aus dem Halfter und zielte auf einen beliebigen Punkt vor sich; schnelle Reaktionsfähigkeit, darauf kam es jetzt an.

Kurze Zeit später stellte er die Marienfigur behutsam auf den Beifahrersitz. Ihre mit dem Rosenkranz umwickelten Hände ragten unter dem Gurt heraus.

Er schloss das Haus ab und fuhr zur Happyteria.

Paul setzte sich ans Fenster, um die Straße im Blick zu behalten. Zum zweiten Mal an diesem Tag las er die *Tubantia*. Aus lauter Verzweiflung las er sogar die Kolumnen und das Rezept des Tages, etwas Lächerliches mit gebratener Ente und Orangensauce.

»Hast du mal Zettel und Stift für mich, Xi?«, fragte er irgendwann.

»Schreibst du uns was Schönes?«

»Für die Beerdigung, ein paar Worte. Kommst du Montag?«

Bedauernd schüttelte der Chinese den Kopf. »Wir haben offen, ich kann nicht weg.«

»Und du, Wen?«

»Auch arbeiten«, sagte Xi.

Wen lächelte leise. Paul versuchte, sich auf seine Rede zu konzentrieren, war aber ganz durcheinander. Sie hatten eine Todesanzeige bekommen, Hedwiges war ein treuer Gast gewesen, es wollte Paul nicht in den Kopf, dass so ein paar Fritten schwerer wiegen sollten als seine Beerdigung.

»Und Baptist?« Er fand seine Stimme selbst unangenehm laut. »Kommt der?«

Sie wussten es nicht. Baptist hatte sich an diesem Tag noch nicht blicken lassen.

Paul schrieb ABSCHIED FÜR HEDWIGES auf. Er sah sich die Wörter eine Weile an und schrieb darunter

RITA
BRIEF SELBSTMORD
TODSÜNDEN

Mit Stichpunkten und halben Sätzen füllte sich das Blatt Papier. Tief in Gedanken aß er einen Hamburger Spezial mit Röstzwiebeln. Kurz danach legte er einen Zehner auf die Theke. Während Wen das Wechselgeld abzählte, überlegte er es sich anders und nahm noch ein Softeis.

Das Eis in der Hand überquerte er die Straße. Er bog in den schmalen Durchgang ein, wo der alte Shu oft rauchte, und steckte den Kopf durch den Insektenvorhang in die Küche. »Jemand da?«, rief er und trat ein.

Ein Fliegenvernichter verbreitete sanftes violettes Licht. Das Geräusch von Schlappen im Gang. Erstaunt kam Vater Shu in die Küche.

»Ming?«, sagte Paul. »Ist sie da? Ich will ihr was sagen.« Er leckte an seinem Eis, das in der bullig heißen Küche schnell schmolz.

Der alte Shu verschwand, irgendwo im Haus hörte Paul ihn rufen.

Wenig später stand Ming in der Tür, ihr Telefon in der Hand.

»Ich bin hintenrum gekommen.«

Sie sah besorgt aus.

»Ich hab was für dich«, sagte er, zog das zusammengefaltete Blatt Papier aus der Hosentasche und gab es ihr.

Sie faltete es auf, er sah ihr beim Lesen zu. Ein paar silberne Fäden durchzogen ihr nachtschwarzes Haar; sie war ein altes Mädchen geworden. Plötzlich wünschte er ihr von Herzen, dass sich an ihrem nächsten Standort ein Mann fände, der mit ihren blauschwarzen Zähnen und ihrem knochigen Körper vorliebnahm, und dass noch ein bescheidenes Lebensglück vor ihr läge. Sie las langsam, sein Eis war aufgegessen, er hielt nur noch die Waffel in der Hand.

Ming sah auf. »Ich verstehs nicht.«

»Wir sind seine Erben. Diesen Brief habe ich in seinem Computer gefunden.«

»Wir? Die Erben von Hedwig?«

»Du und ich«, sagte er und merkte, wie seltsam es war, dass Hedwiges' Wahl auf Ming gefallen war, eine Fremde; er war zwar nicht eng mit ihr befreundet gewesen, hatte sich ihr aber offensichtlich verwandt gefühlt. Es war, als wollte er Ming mit seinem Vermächtnis einen Platz in Mariënveen geben, einen Streifen Erde zum Wurzeln. Ein halbes Haus, die Hälfte seines Besitzes. Ob sie das davon überzeugen würde hierzubleiben? Ming, die zum Amt ging? Er bezweifelte es. Vom Erlös würde sie in irgendeiner Wohnung in Arnheim Däumchen drehen, ihrem Wunsch gemäß, nichts zu tun und nichts zu wollen.

Sie zeigte auf das Datum des Briefes. »Was soll das, Paul, ich verstehs nicht!«

Sogar Hedwiges' Selbstmordbrief ist abgelaufen, dachte Paul und schnaubte belustigt. Er erklärte ihr, dass es ein alter Abschiedsbrief sei; etwas habe Hedwiges damals davon abgehalten, sich umzubringen.

»Aber Paul«, sagte sie völlig verwirrt, »ich bin doch nicht mit Hedwig *verwandt*?!«

»Du weißt doch, dass er dich geschätzt hat. Ich finde raus, ob der Schrieb noch gültig ist, ja? Beim Notar.«

Sie nickte, sagte dann: »Paul? Die Leute reden so viel hier ... Dass er ermordet wurde. Dass er es selber gemacht hat. Wegen dem Überfall und so. Was soll man da glauben?«

Sie ließ das Blatt Papier sinken, weinte ein bisschen. Es war das erste Mal, dass er eine Chinesin weinen sah. Ein paar Tränen tropften aus ihren Augenwinkeln. Schniefend wischte sie sie weg.

»Der Überfall«, sagte Paul, »das stimmt, und dass er tot ist, stimmt auch. Alles andere ist unklar. Aber dass Steggink Blut an den Händen hat, da bin ich mir sicher. Er und sein Russe. Sie hatten freie Bahn.«

Sie schüttelte den Kopf. »Du musst aufpassen, Paul. Ehrlich, der ist wahnsinnig wütend, Mann. Die Polizei war bei ihm. Er sagt, dass er dich umbringt, wenn er dich sieht. Du musst eine Weile verschwinden, das ist besser, ehrlich. Du kennst ihn. Komm wieder, wenn es ... « Sie machte eine beschwichtigende Geste.

»Ich passe gut auf.«

Sie sah wieder auf den Brief, ihre Augen schossen über die Zeilen. »Ich mache eine Kopie, okay?«

Praktisch veranlagt, dachte er, immer schon gewesen. Geht auf Nummer sicher. Sie verschwand nach hinten und kam gleich darauf mit einem zweiten Blatt Papier wieder, gab ihm sein Exemplar zurück.

»Sehe ich dich am Montag bei der Beerdigung?«

Sie versuchte zu lächeln. »Ich weiß noch nicht. Montag ist

viel los immer. Eine große Hochzeit nächste Woche … Vielleicht kurz.«

Er hatte es bei Baptist gesehen, bei Xi und bei Wen und jetzt also auch bei ihr: Angst. Sich aus allem raushalten, freundlich lächeln, wie die Schweiz sein.

»Hast du einen Mülleimer?«, fragte er mit der Waffel in der ausgestreckten Hand.

Sie streckte ihm die Hand entgegen, er nahm sie kurz in seine. Eine schlaffe Hand, als wären keine Knochen drin; unter den Nägeln hatte sie Trauerränder. Er ließ los. Sie nahm ihm die Waffel ab und warf sie weg.

32

Montag, 7. August, der Tag, an dem Hedwiges' Beerdigung und der Geburtstag seiner Mutter zusammenfielen; die Temperatur werde zwischen dreiundzwanzig Grad an der Küste und siebenundzwanzig Grad im Inland variieren, sagte der Wettermann im Autoradio. Am frühen Abend könne es vor allem in der Mitte und im Osten des Landes Gewitter geben. Nach den Nachrichten lief wieder einmal *Summer in the City* von The Lovin' Spoonful.

Im Kühlraum der Trauerhalle in Kloosterzand lag die Temperatur knapp über dem Gefrierpunkt; in seinem Zustand hatte man Hedwiges' Leichnam nicht in so einen modernen Abschiedsraum bringen können, zu dem die Angehörigen rund um die Uhr mit einer Chipkarte Zutritt hatten.

Paul war der einzige Besucher. Außer ihm, sagte der Verwalter, sei in den letzten Tagen nur eine ältere Dame zu Hedwiges gekommen, in Begleitung einer »dunkelhäutigen Frau«.

Er ließ ihn allein mit dem verschlossenen Sarg und zog die Tür des Kühlraums hinter sich zu.

Paul hatte sich für einen einfachen Sarg aus Pappelholz entschieden, mit flachem Deckel und acht runden Sargschrauben. Er konnte sich kaum vorstellen, dass das Etwas da drin, das auf ungebleichter Baumwolle ruhte, wirklich sein Freund sein sollte. Seine Fantasie kam einfach nicht weiter als bis zu dem Holz.

In einer Stunde würde der Sarg in die Mariakerk in Mariënveen gebracht werden.

Das waren seine letzten Momente allein mit Hedwiges. Paul fror in seiner guten Kleidung, sein Atem dampfte. Ihm fiel nichts Brauchbares ein, es gab nichts, was er Hedwiges noch hätte sagen wollen. Er legte die Hand kurz auf den Sarg und verließ dann den Kühlraum. Der Verwalter war nirgends in Sicht.

Unterwegs aß er Fritten in der Snackbar von Kloosterzand. Ein fettleibiger junger Mann hinter dem Tresen, noch keine zwanzig Jahre alt, lehnte mit seinem kolossalen Hintern an der Fritteuse. Reglos, mit verschränkten Armen sah er Paul beim Essen zu. Zwischen Büscheln dünner blonder Barthaare glühten rote Furunkel. In der Kneipe hinter der Schwingtür lief das Radio. Ab und zu war eine schrille Frauenstimme zu hören. Die Sonne brannte aufs Fenster. Brummfliegen greinten an der Scheibe.

Paul hängte seine Anzugjacke über die Lehne, unter den Achseln und am Rücken war er schweißnass. Ihm wurde schlecht von den Pickeln im Gesicht des Jungen. Warum starrte der ihn so an?

Paul ließ den Teller halbvoll stehen und bezahlte. Feindselig schweigend schob der junge Mann ihm das Wechselgeld über die Glastheke. Paul wartete, bis er die Hand wieder zurückgezogen hatte, um sie nicht berühren zu müssen.

Ein Schuss mitten in sein verfettetes Herz. Er würde platzen wie ein Wal.

Um halb eins war er in der Kirche, der Sarg stand schon vor dem Altar. Er fand den Pfarrer in der Sakristei, wo er gerade ein violettes Messgewand über den Kopf zog.

Sie hatten am Freitagabend miteinander gesprochen, als Teixeira zu ihm gekommen war, um über Hedwiges zu reden. Der Pfarrer gab zu, dass er Hedwiges nur oberflächlich gekannt hatte; er habe ihn ein bisschen aus den Augen verloren, seit er nur noch den Kirchensender hörte.

»Lieber Wasser«, sagte er, als Paul ihm einen Kaffee anbot. »Abends Kaffee, dann kein Schlaf.«

Sein Niederländisch hatte innerhalb weniger Jahre große Fortschritte gemacht. Er war strenggläubig, aber sehr beliebt; seine Augen hinter der goldgerahmten Brille blickten sanft. Paul zeigte ihm den Abschiedsbrief. Kopfschüttelnd schob Teixeira ihn kurz darauf über den Tisch zurück. »Schrecklich. Und so schlimm, dass wir nichts mehr für ihn machen konnten. Jemand wie Hedwiges … Ich …« Er nahm einen Bastogne-Keks von der Untertasse, betrachtete ihn und sagte: »Am liebsten will ich ihm den Trost von Jesus in die Ohren schreien. Kommt alle zu mir, die ihr euch plagt und schwere Lasten zu tragen habt. Ich werde euch Ruhe verschaffen.«

Er ist noch jung, dachte Paul, er leidet wirklich an jeder verlorenen Seele. »Na ja«, sagte er, »am Ende hat er es ja nicht gemacht.«

»Stimmt«, räumte der Pfarrer ein, »aber er wollte es.« Er trank einen kleinen Schluck. »Was möchten Sie über ihn sagen, wenn ich fragen darf?«

»Ein bisschen was über … Ich weiß noch nicht so genau. Vielleicht über die heilige Rita und ein paar Todsünden. Ich muss mir das erst noch zurechtlegen.«

»Und auch über Hedwiges?«

»Ja, natürlich. Wer er war. Und über den Unterschied zwischen Freundschaft und Schicksalsgemeinschaft, glaube ich …«

»Sie haben …« Der Pfarrer hob die Hand, suchte nach dem richtigen Wort. »Sie schauen ein bisschen … abstrakt auf das Leben, glaube ich?«

»Kann sein.«

»Und die heilige Rita! Sie ist hier nicht so beliebt, glaube ich? Bei uns schon.«

»Niemand betrachtet sich gern als aussichtslosen Fall.«

Als Teixeira lächelte, wurde ein Netz zarter Linien auf seiner dünnen Haut sichtbar; er musste an die vierzig sein.

Jetzt, in der Sakristei, wo Paul gelegentlich als Kind gewesen war, schenkte der Pfarrer zwei Tassen Kaffee aus einer Thermoskanne ein. »Achtung, Flecken«, sagte er laut zu sich selber.

»Lassen Sie mich das machen«, sagte Paul.

»Geht schon, geht schon.«

Sie besprachen den Ablauf der Zeremonie. Nach der Kommunion hätte Paul Zeit, ein paar Worte zu sagen. Er dürfe dem Mikrofon nicht zu nahe kommen, weil es sonst übersteuere.

Kurz vor Beginn des Gottesdienstes ging Paul in die Kirche. Kein Chinese, kein Baptist. Nicht mal der. Eli, Eli.

Oswaldo Teixeira entzündete die Kerzen rings um den Sarg an der Flamme der Osterkerze und nahm dann hinter dem Altar Platz. Rascheln, als sich die Menschen auf sein Zeichen hin in den Bänken erhoben. Paul hörte die Worte, mit denen er in der Nacht auf dem Dachboden die bösen Geister abgewehrt hatte. *Der Herr ist mein Hirte, nichts wird mir fehlen.* Seine Lippen folgten der Kette von Wörtern von den grünen Auen zum Ruheplatz am Wasser ... *Denn du bist bei mir, dein Stock und dein Stab geben mir Zuversicht.*

Gottvertrauen, dachte er, und eine Walther P38. Er hatte sie im Handschuhfach liegengelassen. Wie sehr sehnte er sich danach, sich an einem rauschenden Wasser, an einem weichen Ufer auszuruhen; der Zustand der Gewalt hatte ihn geschwächt. Frieden, begriff er, begann mit Erschöpfung.

Mit fester Stimme sang der Pfarrer:

Würde ich sagen: »Finsternis soll mich bedecken, statt
Licht soll Nacht mich umgeben«, auch die Finsternis wäre
für dich nicht finster, die Nacht würde leuchten wie der
Tag, die Finsternis wäre wie Licht.
Denn du hast mein Inneres geschaffen, mich gewoben
im Schoß meiner Mutter.
Ich danke dir, dass du mich so wunderbar gestaltet hast.
Ich weiß: Staunenswert sind deine Werke.

In seiner Lesung verband er Hedwiges' Leben mit dem der Schlichten, Trauernden, Sanftmütigen, der Barmherzigen und Reinen im Herzen, die das Reich Gottes erben würden.

Paul wollte ihm gern glauben, er hätte das alles so gern geglaubt, damit der da, die geborene Unschuld in seinem Sarg, im Jenseits wiederauferstand.

Er kramte Münzen für die Kollekte heraus und nahm die Hostie in der geöffneten Hand entgegen; auf dem Rückweg zu seiner Bank nickte er zwei alten Leutchen zu, die ihre Einkäufe noch bei Hedwiges' Großeltern gemacht hatten.

Er war an der Reihe. Während er das Blatt mit seinen Notizen auffaltete, blickte er zu den fast leeren Bänken und sagte: »Ich möchte ein paar Dinge über Hedwiges sagen. Über sein Leben.« Er sah auf das Papier, bekam die Wörter jedoch nicht scharf. Also ließ er das Blatt wieder sinken und sah in die Kirche. »Ich habe einen Brief gefunden, auf seinem Computer. Einen Abschiedsbrief von vor vier Jahren. Es scheint … Ja, es scheint, dass er damals einen Grund gefunden hat, sich doch nicht das Leben zu nehmen. Etwas. Einen Strohhalm. Er hatte nicht so viel, wofür er leben konnte, Hedwiges. Sehr wenig.« Er nickte und rieb sich übers Kinn. »Der Strohhalm ist zerbrochen. Alle hier haben davon gehört, dass Hedwiges vor drei Wochen überfallen wurde. Sein Erspartes war weg, und etwas noch viel Wichtigeres: sein Grund, am Leben festzuhalten.«

Er schob das Mikrofon ein Stück tiefer. »Die heilige Rita, das wollte ich noch sagen, ist bei einem Urlaub auf den Philippinen unsere Schutzpatronin geworden. Wir sind jedes Jahr zusammen in den Urlaub gefahren. Hedwiges hat jedes Mal einen furchtbaren Sonnenbrand bekommen. Er hatte ganz empfindliche weiße Haut.«

Er schaute über die Bänke, sein Blick blieb an Hedwiges' Großnichte und der Iranerin hängen. Es machte ihm Mut, dass die Iranerin da war. »Wenn Rita deine Heilige ist«, fuhr er fort, »dann verhältst du dich ruhig. Du willst nicht, dass der Jäger dich sieht, du bleibst ganz still sitzen, wo du sitzt, und rührst dich nicht.« Er nickte in Richtung Sarg. »Und jetzt liegt er da, und man sagt, es sei ein natürlicher Tod gewesen. Das war es natürlich nicht. Hedwiges ist gestorben, weil er keinen Grund mehr hatte weiterzuleben. Den haben ihm zwei Männer mit Sturmhauben geraubt.«

Als hätte die Stille ihm widersprochen, fuhr er mit schriller Stimme fort: »So ist es doch, oder? Deshalb liegt er jetzt da. Jeder weiß, wer sie sind. Ich brauche keine Namen zu nennen, denn die sind allen bekannt. Wir sitzen mit ihnen in der Kneipe und trinken mit ihnen Bier. Wir fürchten uns vor ihnen und tun so, als wüssten wir von nichts. Wir kommen nicht zu Hedwiges' Beerdigung, um uns nicht reinziehen zu lassen. Und so schweigen wir Hedwiges tot.«

Er sah auf seine Notizen und rieb sich über die Augen; jetzt waren die Buchstaben wieder lesbar. »Ich möchte es mit den Worten der Psalmen ausdrücken«, sagte er und spähte aufs Papier: »›Ich hasse sie mit glühendem Hass, auch mir sind sie zu Feinden geworden.‹« Und ohne den Blick von seinen Notizen zu wenden: »Hedwiges, das wollte ich noch sagen, war natürlich kein Millionär. Jeder denkt, es sei so, aber das ist Unsinn. Er hat geblufft, als er das sagte, an dem Abend bei Shu. Irgendwann Anfang Juni. Er hatte was auf der hohen Kante, wie wir alle. Ich hoffe, dass diese eine Sünde, dass sein dummer Übermut ihm vergeben wird. Ich hoffe, dass unser Pfarrer recht hat und dass Hedwiges getröstet und selig werden wird, denn wenn er nicht ins Himmelreich kommt, wer dann?«

Er ließ das Blatt sinken und ging am Sarg vorbei zu seinem Platz, wobei er das beunruhigende Gefühl hatte, schwerelos zu sein und einen luftleeren Raum zu durchqueren. Er hoffte, nicht in Ohnmacht zu fallen.

Der Pfarrer erhob sich, die Maschinerie kam wieder in Gang. Er besprenkelte den Sarg mit dem Weihwedel, die Ketten des Weihrauchfasses klapperten, als er den duftenden Rauch über dem Sarg schwenkte. Das wars dann auch schon fast – sie sprachen noch das Vaterunser, und danach nahmen die Träger den Sarg und trugen ihn aus der Kirche. In einer Prozession gingen sie über den Kirchplatz, der Verkehr auf dem Bunderweg stoppte, als sie die Straße zum Friedhof überquerten. In der Dorpsstraat donnerte ein Lohnunternehmer vorbei, die Dreschmaschine rupfte Zweige und Blätter von den Linden an der Straße.

Sie traten durch das Eisentor, das noch in der Schmiede von Pauls Großvater gefertigt worden war, und folgten den Sargträgern über den weißen Kiesweg zum Grab. Hohe, runde Wolken trieben am Himmel.

Die Träger stellten den Sarg auf die beiden Querbalken, am Kopfende des Grabs hielt der Küster das Kreuz in die Luft. Paul sah sich um. Die Iranerin stand ein paar Meter hinter ihm, sie hatte die Großnichte untergehakt. Er nickte den Hennies zu, die mit verweinten Gesichtern im Blumenbeet eines Nachbargrabs standen. Die Großneffen waren nicht erschienen.

Der Pfarrer warf eine Schaufel Sand auf den Sarg, sprach die Worte »Denn Staub bist du, zum Staub musst du zurück«, blickte noch einmal ernst hinab und verschwand dann mit dem Küster in Richtung Ausgang.

Einer nach dem anderen warfen sie Sand in die Grube und verließen den Friedhof. Gedämpft erklangen ihre Stimmen zwischen den Gräbern; als einer der Letzten kam Paul an die Reihe. Er warf eine Handvoll Sand in die Tiefe. »Tschüss, Kumpel«, murmelte er in sich hinein. »Gut gehn.«

Zum Leichenschmaus kamen noch weniger Menschen als in die Kirche.

»Junge, Junge«, sagte die Großnichte, »Sie waren ja ganz schön geladen.«

»Aber nur für den, der hören wollte, oder?«, fragte Paul mit einem schiefen Lächeln.

»Sie haben von einem Brief gesprochen? Einem Abschiedsbrief?«

Paul zog Hedwiges' vier Jahre altes Testament aus der Innentasche und überreichte es ihr.

Während sie las, fragte er die Iranerin: »Haben Sie schon mal eine niederländische Beerdigung erlebt?«

Freundlich sagte sie: »Ich lebe schon seit zweiundzwanzig Jahren hier.«

»Oh. Dann ist es sicher nicht das erste Mal, nein.«

»Es war sehr schön, was Sie gesagt haben. Alles so echt. Direkt aus dem Herzen.«

»Hier steht also eigentlich ...«, sagte die alte Frau.

Er nickte.

»Sowas aber auch. Wie soll es denn jetzt weitergehen?«

»Ich weiß nicht«, sagte Paul. »Ich bin noch nicht dazu gekommen, mich zu erkundigen.«

Sie nickte ununterbrochen, die Perlenanhänger in ihren knittrigen Ohrläppchen wippten auf und ab. »Sind Sie sicher, dass der Brief echt ist?«

»Ich habe ihn in seinem Computer gefunden. Ach, vielleicht ist er ja gar nicht rechtskräftig. Dann ändert sich nichts für Sie.«

Ein alter Bauer mit Bürstenschnitt gab ihm als einer der wenigen die Hand und sagte laut: »Mein herzliches Beileid. Eine schöne Ansprache.«

»Danke.«

Anschließend fragte der Bauer sehr laut seine Frau: »Was hat er gesagt?«

»Er ist taub«, sagte die entschuldigend.

»Ach so«, sagte Paul.

Der Leichenschmaus dauerte nicht länger als eine halbe Stunde. Die Erleichterung und Fröhlichkeit, die sich manchmal nach einer Beerdigung einstellten, blieben aus. Um halb vier war Paul wieder zu Hause.

33

Gegen Abend gewitterte es. Der Regen ließ auf sich warten. Das Unwetter war schnell vorbei, es trieb nach Osten davon. Paul aß eine mehlige Tiefkühlpizza im Garten und spülte sie mit Bier runter. Es war still und drückend, in weiter Ferne donnerte es noch ab und zu.

Ihm blieb nichts anderes mehr zu tun als zu warten. Diese Nacht oder die nächste, lange würde es nicht mehr dauern. Auf dem Rücken einer Todsünde kam schon die nächste herangestürmt; nach Missgunst und Raffgier war jetzt *ira* an der Reihe – Wut, Rachsucht. Pauls Anklage am Sarg dürfte allmählich zu seinen Feinden durchgedrungen sein. Öl ins Feuer. Stegginks Verhalten war vorhersehbar, irgendwo im Verborgenen bereiteten der Iwan und er sich vor.

Paul tauschte die gute Kleidung gegen einen Overall. Im alten Schweinestall, wo das Werkzeug lagerte und der Rasentraktor stand, nahm er die Motorsäge vom Regal und füllte Benzin nach.

Mit der Säge in der Hand ging er zu dem Wäldchen zwischen Wohnhaus und Straße, rechts von der Einfahrt, ein Wald aus jungen Eichen, die Alois nach dem Tod seines Vaters wieder angepflanzt hatte. Ranken blühenden Geißblatts hingen in den Zweigen. Paul warf die Säge an und gab Gas; hungrig fraßen sich die Zähne ins Holz des ersten Baums, feuchte Sägespäne flogen aus den frischen Kerben unten am Stamm. Die Säge jaulte höllisch an diesem frühen Abend, wie sein Großvater damals legte er heute einen Baum nach dem anderen um. Die Wipfel kreisten über seinem Kopf, rauschend und krachend stürzten sie hinab. Mit dem Ärmel wischte er sich den Schweiß aus den Augen und machte weiter, innerhalb von zwei Stunden lagen alle Bäume am Boden.

Zufrieden blickte er auf die Verwüstung, die er angerichtet hatte. Laub, Baumstümpfe. Von seinem Büro aus könnte er jetzt alles sehen, was sich von der Brücke her näherte. Ein Frontalangriff war damit ausgeschlossen. Der Feind müsste von der Seite kommen, auf ihm unbekanntem Gelände. Er müsste den Bach und den Wald hinter dem Haus durchqueren, oder das offene Feld im Norden; so wäre er von vornherein im Nachteil.

Ein pastellfarbenes Auto fuhr auf dem Bunderweg. Es bremste in der Kurve, Paul duckte sich zwischen den gefällten Bäumen. Das Auto blieb in der Kurve fast stehen, neben dem Schild KRÜZEN KUROSIA & MILITARIA, und bog dann rechts in die Einfahrt. Paul legte sich flach auf den Bauch. Der Motor ging aus, die Tür wurde geöffnet, er hörte Schritte auf dem Kies. Mit einer Handvoll Erde schmierte er sich Gesicht und Stirn ein. Dann hob er den Kopf ein Stück über den Baumstamm, hinter dem er sich verschanzt hatte.

Ineke Wessels.

Unschlüssig stand sie in der Einfahrt. Sie ging zum Haus und lugte durch die Stallfenster in die Deele. Dann bog sie um die Ecke, er hörte den schweren Messingklopfer auf die Nebentür schlagen. Wenig später kam sie unverrichteter Dinge zurück. Bei der Scheune schaute sie durch das Fenster in sein Büro, betrachtete, den Arm auf die Tür ihres Renault Twingo gestützt, den Hof noch eine Weile – das Haus, die Scheune, die dichte

Linde, die das Bauernhaus überragte. Dann stieg sie wieder ein, machte kehrt und fuhr zurück zur Straße. Er presste sich flach an den Boden. Es dauerte lange, bis sie in den dritten Gang schaltete.

Dünn wie ein Gazetuch hing der Nebel über dem bläulichen Gras. Es schien, als brächten die Linde und die große Rotbuche dahinter ihre eigene Dunkelheit hervor.

Er schloss das Haus ab und zog sich in die Scheune zurück. Der Schweiß auf seinem Rücken trocknete. Die Kaffeemaschine gurgelte, leckendes Wasser zischte auf der Heizplatte. Er schenkte sich Kaffee ein und setzte sich an den Schreibtisch. Während er in das Duralex-Glas blies, dachte er an seine Mutter, die heute fünfundsiebzig geworden war. Eine alte Frau, irgendwo. In ihrem Schoß war er gewoben worden, doch sie hatte ihn als Webfehler betrachtet. Irgendwie war er nie dazu gekommen, sie abzulehnen oder zu hassen. Er war ihr immer treu geblieben. Ihr Hündchen. *Meine Ehre heißt Treue.* Treue war der Anker, den er, von seinem Sonnenzeichen dazu ausersehen, durch den Schlamm schleifte.

Er lehnte sich im Dunkeln auf seinem Bürostuhl zurück. Der Monitor der Alarmanlage war schwarz wie Onyx, die P38 lag in Reichweite auf dem Schreibtisch. Sie hatte einen Willen, wollte Feuer und Chaos verbreiten. Alles um ihn her war Schatten geworden, war fließend und unfest, nur die Waffe war hart und echt.

Gegen Mitternacht stand er auf und betrat die dunkle Verkaufsscheune. Mit leisem Klirren sprangen die Neonröhren im First an und tauchten seine Schatzkammer in eine weiße Glut. Er kramte so lange in dem Karton mit Offiziershemden, bis er die kleinste Größe gefunden hatte. Er zog den Overall aus, das Hemd an. Muffig roch es, schimmelig. In Socken ging er über den Betonboden zur Schneiderpuppe in der SS-Uniform, mit der seine Sammlung begonnen hatte. Ein Prachtstück. Wo fand man so etwas heute noch? Das Kammgarn der Jacke war steif geworden und die Knöpfe ließen sich nur schwer durch die Löcher schieben, aber so war das eben, ein Schneider, der zum Arbeitseinsatz abgestellt wurde, hatte diese Uniform vor fünfundsiebzig Jahren irgendwo in einer Baracke in Halle genäht, und danach hatte sie eine Weile den weißen Körper des SS-Hauptscharführers Dieter Soltau umspannt. Was hatte er gedacht, der kleine Mof? Hatte er irgendwann gezweifelt? Geschaudert vor der unergründlichen Leere des Ostens, die durchquert werden musste? Oder hatte der stetige Blödsinn aus den Posaunen des Propagandaministeriums ihn taub gemacht für Angst und Defätismus?

Paul fuhr in die Uniformhose, knöpfte sie zu und zog die Jacke an. Der raue Stoff kratzte an den Schenkeln.

Die Waffe glitt mit Leichtigkeit ins Halfter und wieder heraus.

Jetzt, da sie eng und steif um seinen Körper lag, war die Uniform eine Rüstung, die Angst und Zweifel abwehrte – in Reiterhose und scharf geschnittener Jacke mit Kragenspiegeln und Epauletten wurde man augenblicklich zum Übermenschen. Der Körper richtete sich auf, bereit, alles Mögliche mit Füßen zu treten. Schade, dass er damit nicht in die Kneipe gehen konnte, die Frauen würden selbst heute noch reihenweise umkippen.

Die Uniform, schoss es ihm durch den Kopf, war genauso alt wie seine Mutter.

Auch die Stiefel hatte er noch. Tausend Euro brachten einem solche Stiefel ein, in der SM-Szene waren sie ganz versessen darauf. Er bekam sie nur schwer an, musste fest auf den Boden stampfen, um mit dem Fuß ganz hineinzukommen.

Er betrachtete sich im Ankleidespiegel – der Mof gegen den Bolschewiken, so war es historisch korrekt. In Feldgrau wartete er auf den Iwan, das Letzte, was der sähe, wäre die Pistole eines Hauptscharführers an seiner Stirn. Er würde sterben wie in einem Albtraum seines Großvaters.

Die Scheune wurde wieder dunkel, tastend fand er den Weg zurück zu seinem Bürostuhl.

Mit verkochtem Kaffee schleppte er sich durch die reglose Nacht; Zweige schabten übers Dach. Das rote Lämpchen der Kaffeemaschine verbreitete in der Dunkelheit eine körnige Glut.

Manchmal nickte er ein, Bilder des vergangenen Tages vor Augen. Weihrauch, der über dem Sarg zerfloss und sich verflüchtigte, das violette Messgewand, in das der Pfarrer geschlüpft war. Die Iranerin strich mit dem Zeigefinger über die Innenseite seines Handgelenks, mit Tränen in den Augen.

»Paul?!«, hörte er auf einmal Hedwiges' Stimme. *»Paul?!«*

Er fuhr hoch, zu spät, um ihm zu Hilfe zu kommen. Ihre Hände verfehlten einander auf der Schwelle von Traum und Wachzustand; kalt und schwarz stand der Kaffee im Glas.

Es war nach drei. Er stand auf, ging mit steifen Beinen zur Scheunentür. Er entriegelte sie und trat einen Schritt nach draußen. Das Flutlicht blieb aus, erst zwei Meter weiter würde es anspringen. Er roch die feuchte Nachtluft, die stechenden Ausdünstungen von frisch auf den Feldern verteiltem Kuhmist.

Still war die Nacht, doch wenn man das Ohr an die dicken Eichen neben der Scheune legte, hörte man den Saft durch ihre Adern brausen.

Er versuchte, die Dunkelheit auf der anderen Seite der Einfahrt zu ergründen, hinter der Verwüstung, die er da angerichtet hatte.

Iwan? Bist du da?

Müde. Abgrundtief müde. Nur die Uniform hielt ihn noch auf den Beinen. Die permanente Igelstellung hatte ihn erschöpft, ausgehöhlt, ein Exoskelett aus Kammgarn, Leder und Knöpfen war er, weiter nichts, taumelnd.

Er nahm die P38 aus dem Halfter, lud sie und trat einen Schritt aus dem Dunkeln. Die Lichter sprangen an, als er zur Mitte der Einfahrt ging. Eine Flut von Licht umringte ihn samt seinen Schatten. Grell und reglos brannten die LED-Lampen, viermal 8500 Lumen pinnten ihn wie eine verzweifelte Motte in ihrer Mitte fest. Das Dunkel hatte sich hinter die Lichtgrenze zurückgezogen, es wartete geduldig, seinen rechtmäßigen Platz wieder einzunehmen.

Sein Arm warf einen langen Schatten, als er die Waffe auf das Dunkel richtete. Na komm, Iwan, mach Schluss mit dieser Darbietung. Lass mich nicht allein – der Hase will erschossen werden, wo er geboren wurde. Mach, dass die Finsternis mich verschluckt, dass das Licht um mich zu Nacht wird.

Der Kies knirschte unter seinen Stiefeln, als er sich langsam um die eigene Achse drehte.

Iwan?

Geißblatt, der Alarmruf eines Rotschenkels weit entfernt.